KB234427

횡단하는 문화

랭보에서 김환기로

이찬규 지음

구름서재

책머리에

이것은 동서양의 풍속과 일상, 미술, 음악, 문학으로 이어지는 여정의 글들이다. 하나의 길은 또 다른 길로 스스로 열리곤 했다. 그때마다 거기에는 사람들이 있었는데, 길 위의 그들은 이데올로기에는 멀고 작은 이야기들에는 가까웠다. 구획된 길들은 도리어 지리멸렬했다. 사람들이 있는 곳에는 마을의 개들이 노란 달을 따라 컹컹 짖어대는 고샅길, 나무꾼들이 나무하러 다니다 선녀도 가끔 만나게 되는 나뭇길, 누이와 함께 슬쩍 숨고 싶어 뒤꼍으로 이르는 뒤안길, 산골 마을 저녁 밥 짓는 푸르스름한 연기처럼 오도카니 나 있는 두멧길, 좁고 호젓해서 혼자 오기 잘했다는 생각에 시나브로 깃드는 오솔길, 눈이 녹아 질척거려 길이 함께 수작하는 눈석잇길들이 또 다른 삶의 길들을 불러냈다. 그리고 프랑스의 시인 르네 샤르의 시집에는 이런 구절이 실려 있었다.

"길아, 너 거기 있니?"

뒤돌아보면 길들은 아득한데, 밟고 있는 이 길은 쓰라릴 정도로 생생했다. 아득함과 생생함을 같이하는 저 길들은 무엇일까 생각했다. 하루는 길었고, 세월은 짧았다. 해가 지면 선생님과 막걸리 한잔 기울일 것이다.

2006년에 출간되고 이제 절판된 『불온한 문화, 프랑스 시인을 찾아서』에 실려 있던 몇 꼭지의 글들을 여기에 다시 증보해서 실었다. 나와 무슨 인연처럼 이름이 같은 출판사의 박찬규 兄이 프랑스 시에 관련된 그것들을 꼭 되살리고 싶어 하셨다. 그리고 여러 지면을 통해 게재되었던 글들도 새롭게 묶는다. 애써주신 분들께 감사드린다.

그리고 당신, 랑그(langue)가 아니라 파롤(parole)인 당신을 생각한다. 당신이라 부를 때 허수경의 시 구절이 흩날리는 꽃잎들처럼 들이닥치는 이 봄날이 좋다.

"당신…, 당신이라는 말 참 좋지요. 그래서 불러봅니다."

2012년 명륜동의 봄날
이찬규

차례

제2부 : 프랑스 작가를 찾아서

제1부
횡단하는 문화

정양희의 작품 세계 혹은
한스 벨머를 넘어서

한없이 낯선 인형들

"인형처럼 예쁘구나! 깨물어줄까?"라는 관용적 표현은 정양희의 구체관절인형들 앞에서 속절없다. 인형도 나이를 먹는다면, 그녀가 만든 10살 남짓의 소녀 인형은 이상한 약들을 오랫동안 복용했을 눈빛으로 다리까지 흘깃 벌리고 있기에 그것을 품에 안고 거리를 활보하기에는 꽤나 거북살스러울 것 같다. 성년으로 보이는 160센티미터 가량의 여자 인형도 마찬가지여서 품에 품어 보고 싶은 사람이 있다면, 만삭으로 부풀어 오른 배가 그런 짓을 방해할 것이다. 더구나 황달기가 만연해서 임신중독증과 같은 질병이 우려되는 임산부 인형이다. 수많은 여자 인형들 사이에서 유일하게 발견할 수 있는 남자 인형은 목과 손목이 밧줄로 칭칭 감겨져 공중에서 사형수처럼 흔들거리고 있다. 간단하게 말해서 정양희의 작품들은 쓸데가 없다. 왜냐하면 품에 안고 거리를 활보 할 수도, 방 안에서 같이 뒹굴 수도, 거실에 손님들 보라고 걸어 놓을 수도 없는 것들이다. 작가의 구체관절 인형들은 인간을 위한 목적으로 만들어진 것이 아니며, 따라서 한없이 낯설다. 사실 그런 목적 없는 물건을 본 것이 언제였던가? 매년 천연기념물도 수십 종씩

멸종되어가고 있듯이 자연조차 인간을 위한 것이 아니면 끝내 사라지는 시대에, 너무도 인간을 닮았으나 결국 인간을 위한 것이 아닌 그녀의 작품들은 가히 포스트 모던적이거나 그보다 더 수상쩍은 것이

정양희 〈인형1〉

기도 하다. 그런데도 나는 그녀의 작품 하나를 슬며시 '입양'하고 싶다는 생각이 간절해진다. 방금 주위를 찬찬히 둘러보았으나 인간을 위한 목적 아닌 것이 단 한 가지도 없었기 때문이다. 컴퓨터, 불빛, 꽃, 책상… 그 위에 인간에게 낯선 것 하나 문득 올려놓고 싶은 것이다.

사디즘과 마조히즘이 혼용하는 인류적 경험

　한 사람의 엑스터시가 다른 한 사람의 희생을 딛고 생겨난다면, 정양희의 작품 속에서도 일종의 위반적 에로티시즘이 발견되는데 그것 또한 인간을 위한 것이라기보다는 온전히 '인형의 것'으로서 빛을 발하고 있다. 그렇게 정양희의 인형들은 '실재'하기 시작한다. 이쯤 되면 가공할 작품들 속에서 감지되는 트라우마나 프로이트의 언캐니the uncanny같은 거대 담론 쪽으로 기우는 것이 해설적 방식이기도 하나, 정양희의 작품들 앞에서는 오래전부터 애송해 왔던 시 한편이 먼저 입

9

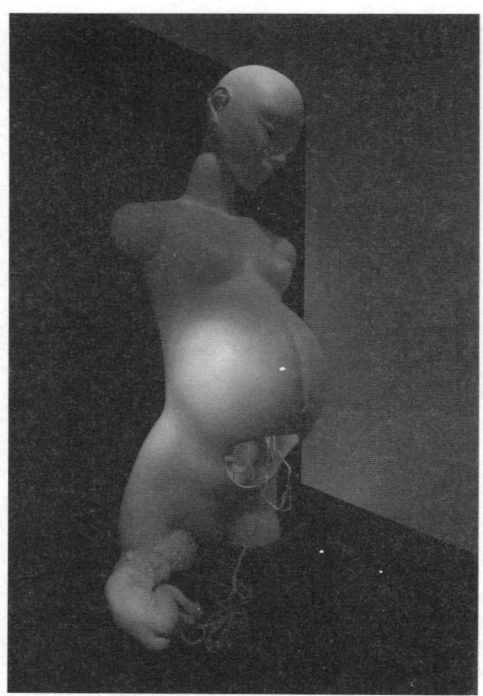

정양희 〈인연〉

속에서 달싹거린다. 젊은 나이로 요절한 이연주의 「얕은 무의식의 꿈」이라는 제목의 시이다.

"(…)으으, 어머니, 유리창에, 내, 얼굴이, 눈이, 무서워요, 내손이, 웬일인지, 조금씩, 움직여요, 아, 나는 가만히 있는데, 손이, 움직여요, 문고리를, 열잖아요, 개떼가, 아, 몰려오는, 구둣발 소리, 그들은, 겁탈할 거에요, 그들은 짓이길 거예요, 어디, 먼 데로, 도망쳐요, 어머니, 어디 계세요, 나도 모르게, 그들과, 내가, 아, 난 싫어요, 뭐라구요, 이제는, 살아 있는 게, 죄라니요, 도망칠 수, 없다니요, 그럼, 나는, 아으!…"

정양희의 구체관절인형들은 "자신은 가만있는데도 손이 조금씩 움직여지는" 그 불길한 경험에서부터 시작하여 남성적 주체성이 억압하거나 밀어낸 여성적 신체들과 그 모성적 힘을 다시 갈무리하고 (특히 〈인연〉이라는 작품을 보라), 죽음을 담보로 해서 사디즘과 마조히즘이 혼용하는 그 인류적 경험까지도 일깨운다.

벨머와 바타이유

구체관절인형의 창시자라고
할 수 있는 초현실주의 작가 한스
벨머Hans Bellmer의 작품들을 들여
다보자면 구체관절인형의 태생
적 특성은 괴기스러움이다. 프로
이트에 의하면 인형이란 대상 자
체가 "거세와 죽음에 대한 유아
기의 불안"을 포괄하고 있지만,
그러한 괴기스런 성향은 무엇보
다도 극단적인 대립물들을 억지
로 함께 붙여 놓으면서 나타난다.
일테면 벨머의 작품 중 하나는 상
체가 없고 두 개의 벌거벗은 여성

정양희 〈인형2 〉

의 하체들만이 맞붙어 있음으로서, 가부장적 문명사 속에서 오래전부
터 존재해왔던 여성에 대한 욕망과 공포라는 심리적 이중의식을 투사
한다. 정양희의 작품 세계도 일단 그와 같은 노선에서 크게 벗어나 보
이지는 않는다. 가령 그녀의 <에고이스트>라는 인형은 성욕을 자극
시키는 풍만한 가슴과 절단된 다리를 지닌 불구적 하체를 대립적으로
붙여 놓은 작품이다. 아니면 G. 바타이유의 역설대로 절단된 신체 앞에
서 느끼는 공포감은 성욕과 대립되는 것이 아니라 도리어 "에로틱한
환희"를 가동시키기 위한 필요조건일 것이다.

그 눈빛

작가가 이러한 자신의 작품들을 마치 무의식의 심연 속으로 되돌려 보내려는 듯이 우리나라에서 그리 흔치 않은 지하(地下) 갤러리를 전시장으로 꾸준하게 선호하는 것도 흥미롭다. 하지만 그녀의 구체관절 인형들은 초현실주의에서 표방하고 있는 환상이나 무의식의 세계에서뿐만 아니라 지금 우리가 살아가고 있는 현실 그 어디에선가 필경 한번은 만난 듯한 모습들을 내장하고 있다. 눈빛이 풀린 10살 남짓의 소녀도, 배가 부풀어 오른 누런 여인도, 그리고 "서커스단의 어린 여자 광대" 인형들까지, 마치 어느 먼 곳에서 생명만을 부지한 채 간신히 돌아온 누이와 이모처럼 통절한 느낌을 우리에게 안겨주기 때문이다. 여성들에게 둘러싸인 채 목에 밧줄이 걸려있는 남성 인형(아레스)도 여성의 불행과 핍박에 대한 단죄를 받는 듯도 하지만, 그런 통절한 느낌에서 예외가 아니다. 왜냐하면 그 얼굴의 표정이 한 식솔들을 겨우 이끌고 가면서 조로해가는 가장의 그것이기 때문이다. 초현실주의자 한스 벨머의 작품 속에서 느낄 수 있는 것이 기괴함이라면, 그리고 좀 더 좋게 말해서 기괴함이 뿜어내는 어떤 숭고함이라면, 벨머나 1980년대 일본의 인형작가 요츠 야시몬의 작품 속에서 결코 느낄 수 없는 것은 바로 이 통절함이다. 따라서 인형의 구체관절들마다 깃들여 있는 이 통절함은 정양희의 것이기도 하다.

- Pandora's group exhibition, 2005

서루나, 순간의 아득함으로 살아가기

"이미지는 사물에서 나오는 빛과 시선에서 나오는 빛의 교차점에 있다."
– 플라톤 –

투명 덩어리

비가 내렸고, 도착한 서루나의 작업실은 '혼돈' 혹은 '시선'이라는 제목을 가진 일련의 작품들이 벽에 쌓여있거나 바닥에 뉘여 있어서 사람이 앉을 자리가 없었다. 그림 사이를 몸의 면적을 최대로 움츠려 서성거릴 수밖에 없었는데, 옷에 아직 묻어있던 빗방울 하나가 그만 바닥에 놓여있던 그림으로 굴러 떨어졌다. 흠칫 놀라서 화가의 기색부터 살펴보았는데, 다행히 눈치를 채지 못한 것 같았다. 그녀는 광고 사진 속에서 인위적인 포즈를 만들고 있는 여성들의 이미지가 자신의 주된 소재라고 말하면서 비 오는 창문 바깥을 살펴보고 있었다. 고개를 숙여 물방울이 굴러갔던 곳, 그 흔적을 다시 찾아보려 하는데, 대신 수많은 물방울들이 겹쳐져 상이한 색채들이 어룽거리는 어떤 투명의 흔적 같은 것이 그림 속에서 먼저 다가왔다. 그녀가 사용하고 있는 색채와 실루엣들은 서로 겹쳐지면서 겨울 햇살 아래서 녹아내리고 있는 눈사람 같은, 아니 눈사람이 녹고 나서 그 자리에 고여 있는 약간의 물 같은, 실체가 아니라 그립기도 하면서 동시에 두렵기도 한 어떤 투명의 흔적 같은 것을, 스스로 투명덩어리가 되어 감내하고 있는 진법을 펼치고 있었다. 또한, 서로가 겹쳐지고 이탈하면서 시방 펼고 있는 그 투명덩어리들이 이렇게 되묻고 있는 것을 들을 수도 있었다. "모든 존재들은 어떤 불완전한 투명 덩어리들인가?"

경계

광고 속의 여성은 모두들 예쁘고 겁나게 잘 나가는 줄 알았다. 하나의 생각을 또 다른 생각으로 교체하는 것이 재현이라면, 서루나의 그림들은 우선 광고 속의 여성들에 대한 그러한 생각을 오롯이 바꾸어

서루나 〈gaze〉

준다. 자신의 것이 아닌 것에 대한 끝없는 선망과 소비를 조장하는 현대 사회 속에서 광고 속의 여성은 도리어 정체성의 불안을 대표하고 있는 이미지들, 오로지 타인이 자신을 '바라본다'라는 의식 속에서 자신과 불화하는 이미지들로 부각된다. 그래서 그림 속의 여성들은 그렇게 윤곽과 실루엣이 갈라지면서 다수로 분열되고, 마치 투명덩어리처럼 몸 안의 공간이 몸 밖의 공간과 동일한 질감의 상태로 처리되고 흐려진 채, 이

렇게 되묻고 있는 것은 아닌가.

"그렇다면 당신의 시선이 마중 나와 내가 당신의 깊은 곳으로 들어
갔을 때 나는 아직 당신 바깥에 있는 것인지요?"

시선을 받아내는 시선

서루나의 그림들이 보다 더 의미 있는 이유는, "우리 모두가 광고 속
의 여성들과 같은 신세"라는 각성에만 머물고 있지 않기 때문이다. 그
러한 각성은 사실 새로울 것이 없다. 하지만 타인의 시선을 받아내고
있는 여성들의 배후에는 다만 어느 순간만이라도 스스로의 현전을 염
원하는 아니마적 욕망이 자라잡고 있기에 서루나의 그림들은 아주 오
랫동안 어른거린다. 그와 동시에 타인의 시선을 받아내고 있는 그림
속의 여성들의 무표정한 시선 혹은 감겨있는 눈은 현전의 그러한 완
전한 순간이 결코 도래하지 않을 것이라는 것을 우선 탁 깨놓고 말해
주고 있는 듯도 하다. 그럼
에도 불구하고, 지나간 순
간들을 허락하고 다가올
순간들을 자신의 희망으
로 회임하고자 하는 기도
가 모델의 얼굴과 전신에
지문처럼 칭칭 감겨 새겨
져 있는 것이 서루나의 작
품세계이기도 하다. 그래

서루나 〈confusion〉

서 '현전에 대한 영원한 갈망'으로 몸들은 또 한번 내부와 외부의 경계를 허물며 수 없이 겹쳐지고, 배경처럼 몸과 마음의 잔상들이 태어나고 밀생(密生)하는 그 아득한 순간성의 아우라를 지니게 된다.

한 방울의 빗물을 받아내는 그림

이번 전시회에 나오는 그녀의 작품들이 기존의 작품들과 다른 것은 광고 속의 모델이라는 소재들이 신기하게도 점점 자연속의 물상들을 떠올리게 한다는 점이다. 일테면, 모델의 얼굴은 어디론가 하염없이 떠밀리는 강의 물빛들을, 그림의 배경으로 펼쳐진 모델의 머리카락들은 바람을 따라 순하게 흔들리고 있는 솔잎들을, 모델의 옷깃은 겨울밤 얼어 있는 강의 어둠 뒤로 숨었다가 다시 환하게 나타나는 오리 떼의 날개 죽지들을 받아내고 있다. 당겨 말하자면, 그녀의 그림은 보다더 거대한 시공간의 움직임에 말을 걸고 있는 중이다. 그래서 나는 그날 한 방울의 빗물을 받아낸 그림에 대해서 아직 서루나 화가에게 고백하지 하지 않은 채, 지켜보고 있는 중이다.

- 서루나 개인전, 2005

박정원,
生의 한가운데, 소녀들의 한가운데

'소녀'라는 단어를 발음하기

박정원은 자신의 그림들에 대해서 '가학적'이라거나 '병적'이라는 일탈(逸脫)적인 평가를 가장 많이 들어 왔다고 한다. 그러면서 자신의 그림에는 '남자가 없다'라는 말을 덧붙였다. 나는 곧 남자가 보이지 않는 그녀의 '일탈적인' 그림들을 지켜보다가 조금씩 안타까워져 갔다. 내가 소년이었을 때, 그림 속의 소녀들처럼 잘려지고 뒤틀려진 불구이거나<거의 모든 소녀들>, 목마를 타는 대신 척추에 봉이 꽂혀 목마처럼 돌아가고 있거나<목마소녀>, 항문에 바퀴가 움푹 꽂혀 있는데 양다리를 양 손으로 붙잡아 태연히 올리고 있거나<자전거 소녀>, 다리가 셋인 기형이거나<수상한 다리들>, 땅따먹기를 하는데 공기돌 대신 노란 알약들을 한 움큼 움켜쥐고 있는 <땅따먹기> 소녀들을 못 만난 것이 후회스러웠기 때문이었다. 모든 소년들은 결국 그렇게 결여와 뒤틀림으로 인한 불구이거나 자연스런 성적 욕망으로 사회적으로 불온해진, 혹은 동시적으로 그녀들의 웃음과 무중력 상태로 뭇 사람들을 불안하게 만드는 소녀들을 한 번쯤 꿈 꾸었을지도 모른다. 눈을

박정원 〈자전거소녀〉

감고 '소녀'라는 단어를 발음해보라. 그 발음에서 번져 오르는 '소녀'의 하얗고 순결한 시니피에는 봉에 꽂혀있거나 다리가 셋인 그런 다정의 화냥 같은 소녀들의 것이 아니다. 그래서 소녀들의 한가운데에서는 백설 공주를 꿈꾸는 소년도, 남자도 모두 쫓겨나 있다. '남자가 쫓겨난' 그림 속의 소녀들은 인간 존재에 대한 안이한 선입견을 그 근저에서부터 뒤흔들어주며 대개는 사물들과 교접하고 있다. 아마도 사람들은 그러한 교접이 내뿜고 있는 전복적인 상상력 속에서 '가학적'인 그리고 '병적'인 것의 절정들을 본 것 같다.

넘실넘실 소녀들

그런데 모든 사람들이 알고 있는 이야기이지만, 가학적이거나 병적인 것이 양식화되어 있는 것처럼 재미없는 것은 없다. 아방가르드에서 추구되었던 형식의 파괴나 실험도 양식화되면서 고답적인 역사가 된 것이다. 박정원의 그림들은 그런 점에서 아직 양식화되어 있지 않은 생의 한가운데에 있고, 부정한 것들을 다시 부정함으로써 긍정의 차원으로 지양시키는 일반적 길항의 과정을 수행하고 있지 않아서 더욱 재미있다. 그 재미란 가학적인 것과 편안함, 병적인 것과 관능 사이의 경계에서 형성되는 긴장감의 지속적인 미해결에서 발현된다. 세계는 암담하고, 소녀들은 의자나 바퀴 같은 외계에 기이하게 꽂혀 있지만, 소녀들의 표정은 병적이기보다는 도리어 휴식을 잘 취한 건강한 짐승 같은 냄새를 풍겨내고 있는 것이 박정원의 고유한 작품 세계이기도 하다. 특히 <넘실넘실 소녀들>의 행복한 표정은 거의 완벽한 것이어서, 말로 떠드는 설명

박정원 〈넘실넘실 소녀들〉

이고 개념이고 프로이트고 개나발이고를 일절 떠난 채, 물론 도덕적인 문제 제기는 스며들 틈도 없는, 그곳 지상 2m쯤의 공중에서 부유(浮游)하며 소녀들은 제 자신을 스스로 완성하고 있다. 그 소녀들의 한가운데에서는 마치 생의 비의처럼, 아니면 초경(初經)처럼 붉은 과실들이 우수수 쏟아져 나오고 있다. 또 한편으로는 이종 교접된 소녀들의 표정이 매우 구체적이란 것이 작품의 예술적 완성도를 담보해주고 있다. 즉 자전거 바퀴와 교접된 소녀의 그로테스크하게 편안한 표정은 바로 그것이어서, 과실과 교접된 '넘실넘실 소녀들'의 열락에 가까운 표정과는 결코 바꿔치기 할 수 없다는 것을 각각의 작품들은 선험적으로 느끼게 해주고 있다. 기이하고 불온한 교접들 속에서도 소녀들이 온전하게 간직하고 있는 저 방치에 가까운 행복의 표정들은 어디서 연유하는 것일까? 일찍이 메를로 퐁티가 갈파했듯이, 몸이란 자신한테 귀속되어 있는 것이 아니라 외계와도 이어져 있다는 양의성(兩義性)에

대한 진정한 인식과 경험은, 기실 우리를 무한하게 즐거우면서도 불안하게 만들어 줄 수가 있는 것이다. 그러면서도 그 표정들은 아이와 여성 사이에 존재하는 알 수 없는 미지의 아우라를 지속적으로 생산한다. 그리고 그 아우라는 알아도 설명해서는 안 되는 것이기도 하다.

Uncanny

박정원은 자신의 예술 세계를 언어로 표현하기 위해서 프로이트의 '언캐니(Uncanny)'란 개념에 주목한다. 집(Canny)처럼 낯익고 편안한 공간이 이방인에게는 문득 낯설고 기이한 곳이 될 수 있다는 것, 즉 미학적 매혹의 본질들 중의 하나에 해당하는 개념이다. 하지만 박정원의 그림들은 거꾸로 낯설고 기이한 것들을 낯익고 편안한 것들로 만들어 주는 주술적 힘도 포함하고 있다. 그런 힘은 어디서 연유하는 것일까… 다만 화가의 작업실에서 나오는 길에 마지막으로 물어보았다. "작업하면서 많이 우세요?" 그녀는 "예"라고 대답한다. 그렇게 물어 본 것은, 그림의 소녀들 속에서 물감을 개면서 울고 있는 검은 여자가 보였기 때문이다. 그녀가 조금 더 나이 들어 조금 더 늙는다면, 그래서 자신의 그림들에 서사적 깊이를 조금 더 확보한다면, 그 그림들은 화가 자신이 아니라 그림을 바라보는 관객의 어떤 生의 장면까지 필경 투영할 수 있을 것이다. 그것은 무서운 이야기이지만, 예술의 오래된 힘이기도 하다.

- 박정원 개인전 2005

이연미,
그토록 불길한 욕망들을 향한 씻김굿

까만 쓰레기 봉지를 뒤집어쓴 여인

이연미의 그림은 인간의 현란한 욕망들을 응시하고 있다. 보드리야르가 말했듯, 소비가 생활의 중심이 된 오늘날의 '소비자본주의' 시대에서의 욕망은 결코 만족이란 것을 모른다. <이기적 욕망>이라는 연작에 표현된 여인은 검고 커다란 머리 위에 기화요초들을 얹어 놓고 있다. 화폭의 중심에서 부풀어 오를 대로 부풀어 오른 검은 색은 그것을 짊어진 눈동자 없는 여인의 하얀 두 눈 만큼이나 불길하다. 그녀의 그림 속에 지속적으로 나타나는 눈동자 없는 여인들, 혹은 눈에서 피를 흘리는 여인은 육체뿐만 아니라 영혼마저 소비시키는 욕망이 세계를 올곧게 인식하게 하는 인간

이연미 〈이기적인 욕망〉

이연미 〈완벽한 정원되기〉

의 눈마저 멀게 한다는 것을 환유하는 것일까? 더군다나 눈 없는 여인의 부풀어 오른 머리는 마치 하늘에 떠 있는 열기구처럼 밑에서 타오르는 불길을 받아 공중부양하고 있다.

그래서 여인은 까만 쓰레기 봉지를 머리에 뒤집어쓰고 우리네들의 덧없는 아집과 욕망의 파편처럼 이리저리 도시 위로 떠돌아다니는 서글픈 형상이기도 하다. 이연미의 그림 속에 표현되는 도시들도 곧잘 무지개 위에서 공중 부양되어 있다. 그렇게 찬란하지만, 이내 사라지게 될 무지개들 위로 고층 빌딩들은 우후죽순처럼 세워져 있다. '완전한 정원되기'라는 제목의 연작에서는 인간들이 나뭇잎 사이에서 얼굴들을 내밀고 있다. 겨우 살아있는 듯하나, 그들은 모조리 입이 잘린 채 피를 흩뿌리고 있다. 사람들의 한없는 욕망은 누군가를 밟고 올라가야 하고 누군가를 희생시켜야 한다. 이연미의 작품은 그러한 희생자들의 아픔과 처연함 또한 응시하고 있다.

그토록 불길한 욕망들을 향한 씻김굿

욕망에 지배되고 있는 세계를 악어의 이빨을 지닌 거대한 새, 피를 흘리고 있는 나무, 먹은 것을 걷잡을 수 없이 도로 토해내는 주둥이, 구름 속에서 버둥거리며 오줌을 싸는 군상들로 표현하고 있는 이연미의 그림은 그토록 불길한 욕망들에 대한 씻김굿이기도 하다. 또한 예술가들이 지니고 있는 자기 현시에 대한 욕망에 대한 씻김굿이기도 하다. 그렇게 욕망의 파편화 속에서 스스로를 발견하고야 마는 화가의 치열한 자기모색은 윤동주의 「서시」를 시나브로 떠오르게 한다.

이연미 〈무지개와 구름이 있는 거대한 도시〉

"하늘을 우러러 / 한점 부끄럼 없기를 / 잎새에 이는 바람에도 / 나는 괴로워했다"

아, 얼마나 무서우면서도 가슴을 뛰게 하는 구절인가. 그런데 이연미의 그림 속에 등장하는 불길한 욕망의 상징물들은 신기하게도 현실 속에서 볼 수 없는 것들이다. 그것을 화가는 상징적 상상이라고 명명하고 있다. 상징적 상상의 미덕은 현실에서 존재하지 않았던 것을 존재할 수 있도록 풀어내고 경험되지 않은 새로운 가능성들을 제시하는 것에 있으리라. 상징적 상상은 처음 시작하기는 힘들지만 나중에는 끝이 없을 정도로 창대하게 이어진다. 작가도 감내하기 버거운 작품의 불확정한 이질감을 걷어내기 위해서는 상징도 연이어 상징을 낳지만, 상상도 상상을 끝없이 낳아야 하기 때문이다. 그러다 보면 삶의 구체적 육질에 맞닿아 있는 끈을 아주 놓아 버리는 경우가 생기기도 한다. 그것은 자기 현시에 대한 욕망만큼이나 작가가 극복해야 하거나 첨예하게 의식해야 할 문제일 것이다. 요컨대, 세계는 상징으로 고정되지 않는다.

아크릴 물감냄새, 수박 냄새, 그리고 장맛비

화가를 작업실에서 만났을 때, 그녀는 사람들이 자신들의 욕망에 너무 치여 살지 않았으면 좋겠다고 한다. 고개를 숙인 채 수박을 썰면서 세상이 그랬으면 좋겠다고 말한다. 아크릴 물감 냄새 사이로 이윽고 수박 냄새가 지나갔다. 밖에서는 장맛비가 쏟아지고 있었다. 이연미의 그림들이 일삼아 지니고 있는 여백의 풍성한 공간들이 아득한 출렁거림으로 다가왔고, 참 좋은 시절들이 흘러간다는 생각도 들었다. 이연미의 그림들은 그렇게 아무것도 얻지 않아도 좋을 비물질적인 시간의 소중함을 다시 한 번 일깨워주고 있었다.

김환기, 푸른 점화

한국 미술과 함께 나 자신을 만나러 가는 길

수화(樹話) 김환기는 한국 추상 회화의 선구
자이다. 이러한 평가에 이의는 없을 것이다. 그
는 글로서 간간히 밝힌 자신의 노정과 같이 한
국적 정서의 양식화와 서구적 매체의 한국화
를 구상과 비구상을 넘나드는 수많은 작품들
을 통해서 애초에 실현했기 때문이다. 파리에
서의 삶을 회고하는 글에서 김환기는 이렇게
그의 생각을 적는다.

수화(樹話) 김환기

"나는 동양 사람이요, 한국 사람이다. 내가 아무리 비약하고 변모한다 하더라도
내 이상의 것을 할 수가 없다. 내 그림은 동양 사람의 그림일 수밖에 없다. 세계적
이기에는 가장 민족적이어야 하지 않을까. 예술이란 강력한 민족의 노래인 것 같
다. 나는 우리나라를 떠나 봄으로써 더 많은 우리나라를 알았고 그것을 표현했으며
또 생각했다. 파리라는 국제경기장에 나서니 우리 하늘이 역력히 보였고 우리의 노
래가 강력히 들려왔다. 우리들은 우리의 것을 들고 나갈 수밖에 없다. 우리 것이 아
닌 그것은 틀림없이 모방이 아니면 복사에 지나지 않을 것이다."

세계적이 되려면 가장 한국적이어야 한다는 것, 지금은 범상한 표현일 수 있겠지만 육이오 전쟁이 끝나고 민족의 참화가 채 가시지 않은 1956년에 당시 세계 예술의 중심지라는 프랑스 파리로 유학가면서 그는 이미 이러한 생각을 다시 한 번 다짐한다. 때문에 김환기의 삶과 작품 세계를 살펴본다는 것은 전시회에서나 심지어 우리나라 초중등 교과서를 통해서도 서양 미술에 더 익숙해져 있는 우리에게 있어서 한국 미술과 함께 나 자신을 만나러 가는 길이기도 할 것이다.

전남 신안군 읍동리 955번지

김환기 생가

김환기는 1913년 전라남도 기좌섬에서 태어났다. 전남 신안군 읍동리 955번지에는 아직 그의 생가가 남아있다. 김환기가 작품 속에서 가장 많이 사용했던 푸른색은 '환기 블루'라는 별칭이 붙을 만큼 개성이 깃든 색이다. 그 개성은 체험에서 비롯된다. 그리고 그 체험이 세상과 처음 맞닥트리는 유년의 체험이라면 더욱 강렬해지고 웅숭깊어질 것이다. 그래서인지 그의 제한된 색에서는 사시사철 섬에서 바라 본 남해의 바다와 같이 부드러운 율동과 계절의 변화를 머금은 푸르름들이 다채롭게 펼쳐진다. 그리고 그 바다의 푸른빛에는 화가의 체온이 그대로 배어있는 듯한 따사로움과 돌아가지 못한 고향에 대한 애틋함이 함께 아울러진다. 김환기는 산, 달, 강, 여인, 백자 등을 소재로 삼은 단순화되고 정제된 작품들을 이런 특유의 푸른 색감으로 담아낸다.

이과회(二科會)

화가로서의 김환기의 본격적인 출발은 일제 식민지하의 동경 유학 시절부터 시작된다. 일본으로 유학의 길을 떠난 것은 그이 나이 14살 때였으며, 1933년 동경에서 중학 과정을 마치자 곧바로 니혼 대학 미술학부에 진학한다. 재학시절 그의 첫 공식 발표작은 1935년의 <종달새 노래할 때>이다. 이 작품은 당시 일본 화단에서 진취적인 경향의 예술 단체인 '이과회(二科會)'에서 입선한다. 그림에는 물동이를 이고 가는 조선 아낙의 모습이 부각되어 있고 먼 배경으로 바다가 펼쳐져 있다. 하지만 형태의 윤곽선은 단순화되고 배경의 풍경들 또한 기하학적인 구성을 이룬다. 이러한 방식은 당시 일본 화단에서 유행했던 서구 입체파의 영향과 관계되어 있다. 하지만 그림 속 아낙의 모습과 같은 구체적 모티프는 그가 한국의 화가임을 오롯이 보여준다.

노시산방(老柿山房)과 성북동

1937년 일본 유학을 마치고 한국으로 돌아온 김환기는 미술가뿐 아니라 많은 문인들과도 교류를 가졌다. 김용준, 이태준, 김광섭, 정지용 등 당대의 기라성 같은 작가들과의 교류도 이때 시작된다. 특히 미술

평론가, 수필가, 화가로 활동했던 근원(近園) 김용준과의 우정은 각별했다. 김용준은 서울 성북동에 노시산방(老柿山房)이라는 한옥을 지어 살았다. 그가 사정이 생겨 서울을 떠나자 김환기가 그곳을 인수해서 사는데, 자신의 호인 '수화'에서 한 자를 따고 부인 김향안 여사의 이름에서 한 자를 따 수향산방(樹鄕山房)이라 개명한다. 김용준은 이곳에 때때로 놀러 왔는데 그 시절 그가 수화를 모델로 그린 <수화소노인 가부좌상(樹話少老人 跏趺坐像)>이라는 해학 넘치는 제목의 그림이 남아 있다. 성북동과 그곳에 대한 김환기의 애착은 매우 남달랐던 것 같다. 부암동 환기미술관에 딸려있는 수향산방 강의실도 여기에서 유래한다. 그는 「산방기」라는 글에서 다음과 같이 적고 있는데, 문인들과의 교류는 그의 남다른 글쓰기의 열정과도 관련된다.

> "성북동으로 왜 오라는 것인가. 그 이유는 간단하다. 전차 머리에까지 도보로 20분, 그렇게 멀지 않다는 것, 성북동은 수돗물이 아니라 우물물을 먹는다는 것, 그리고 꽃 피고 숲이 있고 단풍이 들고 새가 운다. 달도 산협의 달은 월광이 다르다."

파리 체류와 김환기

김환기의 화단 활동은 1947년 유영국, 장욱진, 이규상 등의 화가들과 함께 한국 근대회화의 추상적 방향을 여는 '신사실파' 그룹을 결성하면서 새로운 활기를 띠기 시작한다. 육이오 동란을 겪으면서 당시의 그림 세계에는 전쟁의 참화라는 동시대의 비극적 상황이 반영된다. 하지만 억제된 색조와 대상을 단순화시키는 그의 남다른 조형양식 탐구

는 <피난 열차>와 같은 작
품에서도 드러나는데, 이
러한 절제의 방식은 전쟁
속에서도 결코 무너지지
않는 순정한 마음과 공동
의 희망을 더욱 강렬하게
대변하는 듯하다. 때문에
그가 취하는 절제의 방식
은 점점 더 단순화되어가
는 양상을 보여주면서도
그 어떤 기하하적 패턴으
로도 환원될 수 없는 충만

자신의 그림 앞에 선 김환기의 모습

함을 지니게 된다. 그것은 아마도 자연 혹은 인간으로 비롯된 이야기
들로 가득 채워져 있는 충만함일 것이다.

광복 이후부터 프랑스 유학 시기를 포함하는 김환기의 청년시절의
화풍은 한국적 모티프 발견으로 일관된다고 할 수 있다. 이는 곧 전통
에 대한 새로운 눈뜸을 의미하는 것이기도 하다. 고국을 훌쩍 떠나 약
3년간의 파리 체류 기간 동안 김환기에게 절실하게 제기된 문제는 한
사람의 이방인 화가로서 유럽 예술의 중심지이자 세계 무대에서 스스
로의 정체성을 확인하는 일이기도 했다. 그는 세계 무대에서 한국적
전통을 담고 있다고 생각되는 대상들을 자신의 근원적인 모티프로 도
입한다. 일테면 우리 산하의 달과 구름, 나무와 매화, 사슴과 학 그리고
항아리 등이 그림 속에서 극도로 농축되고 양식화된 형태로 되살아나
게 된다. 특히 우리나라의 백자에 대한 김환기의 각별한 애정은 여러

편의 글로도 남겨졌다. 그 중 하나는 얼마나 그가 "희한한" 한국적 미의 추구에 천착하였는지를 보여준다.

> "사실 나는 단원이나 혜원에게서 배운 것이 없다. 나는 조형과 미와 민족을 우리 도자기에서 배웠다. 그러니까 내가 그리는 그것이 모두 도자기에서 오는 것들이요, 빛깔 또한 그러하다. 저 푸른 그릇을 보라. 저 흰 그릇을 보라. 저 둥근 항아리를 보라. 굽이지도 않고 금하나 없는 쭉 빠진 우리 자기를 본다는 것은 희한한 일이다."

작업실과 대학교수 직을 버리다

김환기와 김향안

1959년 프랑스에서 돌아온 김환기는 홍익대학교에서 계속 후학들을 가르친다. 그가 추구했던 한국적 미가 더욱 다양한 푸른빛들을 통해 펼쳐지는 시기이기도 하다. 1963년에는 상파울로 비엔날레에 한국을 대표하는 화가로 김환기가 초대된다. 그리고 그는 그곳에서 고국으로 돌아오지 않고 곧장 미국으로 건너간다. 서울에 있던 작업실과 대학교수 직을 모두 버리고, 뉴욕에서 새로운 예술 각오를 다지기 시작한 것은 그의 나이 51세가 되던 해이다. 이미 명성과 안정을 얻은 중년의 화가가 그 모든 것을 포기하는 것은 언제나 용이한 일이 아니겠지만, 새로운 지점에서 출발하고자 하는 예술적 투혼은 그 모든 것들을 간단히 포기하게 만든다. 여기에는 부인 김향안 여사가 증언하는 하나의 일화도 깃들어

있다. 부인은 김환기가 상파울로 비엔날레 전시장에 걸려있는 자신의 그림을 보며 "허망해, 너무 허망해"하면서 눈물을 흘렸다는 일화를 전한다. 요컨대, 자기 타협을 하지 않는 예술가의 길은 언제나 험난하다. 김환기는 결국 한국으로 돌아오지 않고 미국 뉴욕에서 향년 62세의 일기로 세상을 마감한다. 사인은 뇌일혈이었다. "아, 이런데 누워 있었으면 좋겠다"며 뉴욕 생활 중에 즐겼던 산책길의 캔시코Kensico 공동묘지에 안장되었다. 2009년 11월 22일, 전남 신안군 군청 영상회의실에서는 군수, 재단이사장, 관계실 과장 등이 모여 뉴욕 김환기, 김향안 부부의 묘를 안좌도로 이장하는 협약식을 갖는다.

푸른 점화(點畵)

1970년 제1회 <한국미술대상전>의 출품 작들 중에서 심사위원들은 놀라운 작품을 발견한다. 김환기가 뉴욕에서 출품한 <어디서 무엇이 되어 다시 만나랴>라는 제목의 추상화였다. 그리고 그와 우정이 돈독했던 김광섭 시인의 시「저녁에」의 마지막 구절을 제목으로 차용한 이 100호 크기의 추상 작품은 첫 대상 수상작으로 선정된다. 우리가 만나고 헤어지는 수많은 인연들, 그

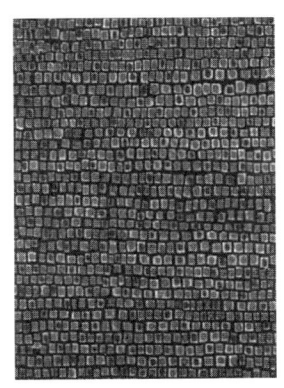

김환기 <어디서 무엇이 되어 다시 만나랴>(1970)

아스라한 인연들이 마치 성좌와도 같은 무수한 푸른 색점들로 잔잔하게 펼쳐지는, 바로 푸른 점화(點畵)의 세계를 알리는 작품이었다. 이는

한마디로 하나의 변신이라고 할 수 있다. 한국의 화가 김환기는 뉴욕에서 결국 모든 그림의 시작인 '점'으로 작품 세계를 완성해가는 순수 추상화가로 변신한다. 하지만 그 추상의 세계는 "예술은 자연처럼 점일 뿐"이라는 김환기의 언명처럼 뉴욕의 도시가 아니라 동양적 자연관에 맞닿아 있다. 동양적 자연관은 "이것이 있으면 그것이 있고, 이것이 없으면 그것도 없다. 이것이 생김으로써 그것이 생기고, 이것이 멸함으로써 그것도 멸한다"라는 연기론(緣起論)에 근거한다. 화면 전체를 뒤덮는 일련의 균등한 푸른 담채화풍의 색점들로 확산되어 가는 그 무한의 공간은 김광섭 시인의 「저녁에」라는 시를 진정 저녁 하늘, "예술은 자연처럼 점일 뿐"인 그 세계로 고스란히 되돌려주는 작업일 것이다.

저녁에

저렇게 많은 별 중에서
별 하나가 나를 내려다본다.
이렇게 많은 사람 중에서
그 별 하나를 쳐다본다.
별은 밝음 속에서 사라지고,
나는 어둠 속에 사라진다.
이렇게 정다운
너 하나 나 하나는
어디서 무엇이 되어
다시 만나랴.

달항아리의 미학

김환기는 우리나라 백자의 감흥과 서정을 제대로 느낄 수 있었던 추상화가였다. 특히 김환기는 조선 백자 중에서도 달항아리에 매료되었다. 김향안 여사의 회고에 따르면, 수화는 백자 달항아리를 성북동 집의 정원에 놓고 "달 뜬다"며 마치 아이처럼 좋아했다고 한다. 그는 1950-60년대에 백자를 소재로 한 그림을 많이 그려 달항아리 화가라는 별명이 붙기도 한다.

달항아리는 18세기를 대표하는 조선 백자로 최대 지름과 높이가 1:1을 이룬 보름달처럼 둥근 모양과 희고 깨끗한 살결이 특징이다. 달항아리를 가만히 바라보고 있으면 보름달처럼 완전하게 둥글지 않다는 것을 알게 된다. 완전한 좌우대칭이 아니기에 약

국보 제310호 달항아리

간 비틀어지고 변형된 상태가 오히려 변화와 생동감을 갖게 하는 달항아리의 제작 비밀 중의 하나는 가운데 이음새에 있다. 당시의 기술로는 대개 높이가 40㎝가 넘는 큰 백자를 물레로 한번에 뽑아올릴 수가 없었다. 그래서 윗부분과 아랫부분을 따로 제작해서 사발을 포개는 방식으로 이어 붙였다. 겉으로는 보이지 않지만 안쪽에는 도톰하게 덧붙인 흔적이 만져진다. 달항아리는 가마 안에서 구워지는 동안 모양이 일그러져 완전한 원형을 이루는 경우는 드물지만, 오히려 좌우 비대칭

의 둥그스름한 모습에서 자연스러움과 무심한 아름다움이 스스로 스며 나온다. 김환기의 작품 세계에서 일관하는 유현하면서도 무심한 자연미는 하늘의 달과 달항아리 사이에서 오랫동안 관조하던 그런 고즈넉한 시간들로부터 비롯될 것이다. 1946년 김환기는 「이조 항아리」라는 제목의 시를 남긴다.

지평선 위에 항아리가 둥그렇게 앉아 있다
굽이 좁다 못해 둥실 떠 있다

둥근 하늘과 둥근 항아리와
푸른 하늘과 흰 항아리와
틀림없는 한 쌍이다

똑
닭이 알을 낳듯이
사람의 손에서 쏙 빠진 항아리다

− (신천지, 1946년, 2월호)

환기 미술관

1992년 개관한 환기 미술관은 서울특별시 종로구 부암동에 소재한다. 화가는 살아생전 그림 그리는 것 외에 소원이 하나 더 있었다. 수화(樹話)라는 호의 의미처럼 물 맑고 나무 많은 동네에 사람들과 같이 그림도 그리고 전람회도 여는 미술관을 짓는 꿈이었다. 수화는 그것을 꿈으로 남기고 세상을 뜬다. 그리고 화가의 아내 김향안 여사(1916-2004)

가 사재를 털어 그러한 미술관을 세운다. 사설 개인 기념 미술관으로는 국내 최초이다. 김향안은 미술관을 건립하며 이렇게 말한다.

환기미술관

"오늘의 미술관은 살아서 움직여야 한다. 우리 모두가 요구하는 것이 충족되어야 한다. 시각적인 것, 음악적인 것 그리고 시가 읊어져야 한다. (…) 나도 그런 새로운 미술관을 만들고 싶고, 만들 것이다."

미술관 건물의 형태는 수화의 정서와 작품 세계를 반영해서 곳곳마다 산, 달, 별, 구름, 바위, 나무의 이미지들을 형상화하고 있다. 관람객들이 그것들을 나름대로 발견하는 즐거움도 각별하다. 서울에 살면서도 서울을 그립게 만드는 곳, "어디서 무엇이 되어 다시 만나랴" 하고 가만히 읊조려보게 되는 곳이다.

피아니스트 백혜선
음표에서 풍경을 꿈꾸다

어느 토요일 오후, 내리는 비가 온화한 음악처럼 신록들을 적시고 있었고, 네루다의 「스무 편의 사랑의 시와 한편의 절망의 노래」속에는 다음과 같은 구절이 적혀 있었다. "내가 나를 떠나서 멀리 퍼져 나간다…" 그녀를 만나러 약속장소인 국립중앙박물관으로 향했다. 나는 이제부터 '나를 떠나서'이다.

나를 떠나서 : 이 비가 그치면 어디에서 피아노를 연주하고 싶은가? 어디든 피아노를 배달해 드리겠다.

백혜선 : 고맙다. 그렇다면, 산정(山頂)이다. 자연 속에서 나는 많이 작아질 것이고, 시원한 바람이 불어올 것이다. 계곡의 물소리까지 그곳으로 올라오면 더욱 즐거울 것이다.

나를 떠나서 : 비가 그치지 않았으면 좋겠는데… 계곡의 물소리, 피아노 연주하는데 시끄러울 것 같다.

백혜선 : 피아노 연주를 물소리에 맞추면 소리들은 시끄럽지 않을 것이다. 하지만 더 중요한 것은 그 곳의 주민들, 일테면 새들과 곤충들, 그곳을 지나가는 구름과 바람들, 흐르는 물들에게 피아노 소리를 들려주고 싶은 것이다. 자연 속에서는 그들이 주인이다.

백혜선

나를 떠나서 : 우리나라에는 취학 전에 피아노 배우는 어린이들이 왜 이렇게 많은가? 특히 대도시의 어린이들이 그렇다. 피아노 학습이 머리를 좋아지게 한다는 과학적 실험결과가 나온 뒤로부터 그 숫자가 더 급증한 것 같다. 국립중앙박물관에서 준비한 ≪세계적인 피아니스트 백혜선이 들려주는 바바 이야기≫, 무슨 의도인가?

백혜선 : 피아노는 일생 중 가장 먼저 만나게 되는 악기일 것이다. 그래서 또한 친근한 악기이지만 피아노 연주가 암기 공부처럼 여겨져 아이들이 쉽사리 흥미를 잃기도 한다. 음악은 어머니의 품속에서 처음으로 배우는 말처럼 자연스럽게 다가와야 한다. 처음 우리가 말을 배울 때 그것을 암기하는 방식으로 배웠겠는가. '아기코끼리 바바 이야기'는 프랑스의 작곡가 풀랑크의 피아노곡이다. 어느 날 풀랑크가 자신의 작품을 연습하고 있는데 네 살 배기 조카가 슬며시 다가와 한마디 해준다. "삼촌이 지금 치고 있는 음악은 왜 그렇게 지루한 거죠? 이

것을 한번 쳐주세요." 조카가 그에게 하품을 하며 건네 준 것이 동화책 「아기 코끼리 바바」이다. 풀랑크는 놀이삼아 동화책 속에 들어있는 그림들의 내용에 맞추어 즉흥 연주를 한다. 어느덧 그의 주위로 조카뿐만 아니라 이웃집 아이들도 모여들었다는 일화가 있다. 어른들은 아이가 피아노를 학습용 도구라기보다는 장난감처럼 여기도록 배려해야 한다. '공부 삼아'가 아니라 '놀이 삼아' 피아노가 시작되어야 한다. 그럴 때 함께 모이게 된다. 정신없던 부모도, 이웃집 친구도, 기르는 강아지도 함께 모인다. 이야기를 음악으로 옮겨 보는 것, 처마에서 떨어지는 빗소리를 음악으로 옮겨보는 것, 아니 그 빗줄기의 소리가 아니라 모습을 음악으로 옮겨 보는 것, 앞발을 든 강아지, 아침 햇살 속으로 날아드는 종달새의 날갯짓 소리… 내가 소중하게 여기는 것은 아이들이 지니고 있는 호기심과 상상력의 힘이다. ≪백혜선이 들려주는 바바 이야기≫도 그런 '의도'로 마련된 것이다. 사실 나는 이 콘서트에서 연주곡마다 배경으로 등장하는 그림들 또한 종국에는 사라져야 한다고 생각한다. 어떤 일정한 이미지가 아이들의 상상력과 호기심을 그 만큼의 일정한 수준으로 제한할 수 있기 때문이다. 피아노곡을 들으면서 어떤 아이는 갓 자른 수박에서 퍼져 나오는 과즙 향을 느끼고, 또 다른 아이는 저 먼 사막에 산다는 낙타의 발걸음을 떠올린다면, 우리는 함께 모여 새로운 이야기를 만들고 새로운 음악을 창조할 수 있을 것이다.

나를 떠나서 : 러시아의 작곡가 무소르그스키의 피아노 모음곡 ≪전람회의 그림≫도 떠오른다.

백혜선 : 무소르그스키는 자신의 친구였던 화가 하르트만의 유작

전람회를 보고 난 후 영감을 받는다. 그에게 영감을 불러일으킨 그림들은 지금까지 세간에 남아 있다. 총 10개의 피아노곡 중 제 5곡의 모티프가 된 <달걀껍질이 붙은 병아리의 발레>라는 그림은 아이들뿐만 아니라 어른들에게까지 웃음을 자아내게 한다. 하지만 그림보다는 차라리 제목 자체에서 떠오르는 갖가지 이미지들이 아이들을 즐겁게 할 것이다. 상상력은 즐거움에서 비롯된다.

나를 떠나서 : 솔깃하다. (백혜선의 지향점은 영상(映像) 매체가 우리들의 통신과 인식의 유일무이한 수단으로 작동되는 시대를 넘어서, 그보다 더 먼 미래에 도래하게 될 심상(心象)의 시대를 향하고 있는 것이 분명하다.) 처음 피아노를 배운 때가 다섯 살 즈음이라고 들었다. 무엇이 피아노를 시작하게 하였는가.

백혜선 : 코코아다.

나를 떠나서 : (…) 당신은 많은 사람들이 인정하는 세계적인 피아니스트이다. 조금 더 이야기를 해 달라.

백혜선 : 피아노 연습을 하기 전에 따뜻한 코코아 한 잔을 마실 수 있었다. 그것이 고마웠다. 나는 하얀 사기잔에 담긴 코코아 한 잔을 비운 뒤 연습을 시작하였다. 이 자리를 빌어서 어릴 적 나의 스승에 대해서 말하고 싶다. 언제부터인가부터 매일 10시간이 넘게 피아노를 배웠다. 하지만 선생님 옆에서 나는 지루하거나 힘들지 않았다. 선생님은 피아노를 놀이처럼 가르쳐 주셨고, 흑과 백으로 이루어진 피아노 건반

앞에서 꿈을 꾸게 해주셨다. 그분이 아니었더라면 오늘날의 나라는 존재는 없었을 것이다. 그분은 기교뿐 아니라 음악과 예술을 진정으로 사랑하도록 이끌어주셨다.

나를 떠나서 : 부러울 뿐이다. 스승님도, 코코아도… 당신은 세계적인 피아니스트보다는 먼저 진솔한 한 인간이 되기를 바라는 것 같다. 그래서 이 '만남'의 순간을 매우 건조하며 장식 없는 형식과 문체로 집필해야겠다는 생각이 퍼뜩 든다. 진솔함이 미사여구로 바래지기를 원하지 않는다. 당신이 좋아하는 음악가를 이야기해 달라.

백혜선 : 너무 많아 망설이게 된다. 한 사람만 꼽으라면, 결국 바흐다. 그의 음악은 우리에게 엄청난 자유를 부여하였다. 그리고 그는 우리에게 음악을 통해서 모든 것을 할 수 있게끔 해주었다. 많은 사람들이 좋아하는 모차르트는 한마디로 군더더기가 없는 음악을 우리에게 선사하였다. 진정한 예술가만이 예술 속에서 군더더기를 걷어낼 수 있는 것이다. 라흐마니노프는 내가 본받고 싶은 작곡가이자 연주자이다.

나를 떠나서 : 당신은 예원학교 재학 중에 미국으로 건너가 보스턴 뉴잉글랜드 음악원의 러셀 셔먼 교수로부터 지도를 받는다. 그의 교수법은 꽤나 독특하다. 그는 피아노를 배우는 모든 학생들에게 릴케, 니체, 버나드 쇼 등의 작품들을 읽고 쓰는 감상문 과제를 내주곤 했다. 당신에게 있어서 음악적 내력을 추동하는 문학가들이 있다면 누구인가?

백혜선 : 옥타비오 파스, 박경리, 윤동주다. 아, 그리고 헤르만 헷세

의 작품들, 특히 『유리알 유희』…

이 부분에서 말로 표현되지 않은 상황 하나를 조리 없이 이야기해야 한다. 조리 있게 이야기 할 수가 없는 것들, 하찮은 것이라 치부될 듯한 이야기들을 결코 삭제할 수 없는 것이 우리들의 삶이기도 하기 때문이다. 일테면 백혜선이 앞서 이야기한 코코아와 그것을 담고 있는 하얀 사기잔 같은 것들이다. 백혜선은 방금 전에 헷세의 이름을 마지막으로 거명하다가 창문 쪽으로 천천히 눈길을 돌렸다. 그녀의 눈빛은 잠시 동안이지만 지금 이곳의 장소와 시

앵그르 〈샘〉

간을 떠나 무엇인가를 기다리고 있는 듯하였다. 이상한 것은 그 순간 그녀가 왜 그들의 작품을 좋아하는지 물어보아야 하는데, 전혀 그러고 싶지 않게 되었다는 점이다. 다만 나의 가슴 속에 옥타비오 파스, 박경리, 윤동주, 헤르만 헷세를 읽으면서 오래전에 느꼈던 감동들이 오롯이 되살아났다. 박경리가 이런 말을 한 적이 있었다.

"삶이란 틀 속에 끼우면 이해도 안 되고 해석도 안 됩니다. 문학도 그렇지요." 그리고 나는 조금 전에 백혜선이 한 말을 이제 깨닫고, 박경리의 말 뒤에 옮겨 적는다. "연주가 기교의 틀 속에 갇히면 안 됩니다. 왜냐하면 연주는 세상과의 교감과 조화이기 때문이지요. 아이들을 위해서 우리가 해야 할 유일한 일이 있다면 그들의 상상력을 틀 속에 가두

지 않는 일입니다."

　사실, 만남이 계속되는 동안 내가 그녀의 연주를 즐겨 듣는다는 이야기를 하지 않았다. 그래서 그녀의 연주를 듣고 있노라면, 진정한 예술가는 "영감을 받는 자가 아니고 영감을 누군가에게 주는 자"라는 프랑스 시인 엘뤼아르의 말이 항상 떠오른다고 말하려는 순간, 그녀가 또 한번 꾸밈없이 웃고 있었다. 나는 그때 엘뤼아르의 제법 멋진 말을 인용할 기회를 포기해도 좋겠다는 생각이 들었다.

　나를 떠나서 : 오늘 꾸밈없이 웃는 큰 예술가를 만났다. 그 동안 큰 예술가는 이래저래 몇 분 만나보았다. 하지만 꾸밈없이 웃는 큰 예술가는 처음 만나게 된 것 같아 내가 쩔쩔맨다. 귀중한 시간을 내주어서 감사하다.

　백혜선 : 비가 그친 것 같다. 감사하다.

-아름지기, 국립중앙박물관재단, 2008

결혼 오디세이,
어머니와 오르페우스에게 길을 묻다

10월 10일

헤아려 보니, 그때 어머니 연세 일흔 두 살이셨다. 밖에는 눈이 내렸고 당신께서는 간만에 패물함을 정리하고 계셨다. 그런데 지난해에는 보이지 않던 연두색 빳빳한 봉투가 그 속에 들어있는 것이 나의 눈에 띄었다. 군데군데 흠집이 나 있는 검은 색 패물함과 황금빛보다는 차라리 구릿빛을 띠고 있는 오래된 몇 개의 금반지들 사이에서 연두색은 유난히 이물스러워

조선시대, 작가, 제목미상

보였기 때문이다. 무엇이냐고, 꺼내보아도 되냐고 여쭈어도 아무 말씀 없으시기에 궁금함을 못 참고 봉투 속에 들어있던 카드를 열어보았더니 아버지의 글씨체가 눈에 들어왔다.

"나요. / 이런 편지 처음 쓰오. / 부끄럽소. / 그만 쓰리다."

그래도 끄트머리에 10월 10일이라는 날짜가 적혀 있어서 그것이 결

혼기념일을 위한 카드라는 것을 이내 알 수 있었다. 그때 나는 그 내용
없음이 너무 우스워서, 웃고 말았다. 이제 조금 더 나이 들어 헤아려 보
니, 나는 그런 카드를 아내에게 한 번도 보낸 적이 없었다. 물론 결혼기
념일 뿐 아니라 아내의 생일날 등등에 편지며, 선물이며, 카드며, 메일
이며 부지런히 선사했지만 그렇게 상대방을 곡진하게 흔들어 놓은 것
은 없었다. 그래서 '결혼'에 대한 글을 청탁 받았을 때, 이런 주제로 글
을 온당하게 쓰실 분은 내가 아니라 연두색 카드를 일생에 한번이라
도 받아보셨던 어머니라는 생각이 들었다. 하지만 어머니는 이제 전신
이 노쇠하셔서 몇 년 이래 글자 하나 쓰시지 못하신다. 그 연두색 카드
를 쓰셨던 당신도 이제는 세상에 안 계시다. 그리고 이제 난 프랑스에
서 들은 꽃에 대한 이야기 하나를 떠올리며 지금 글을 쓴다.

시들어서 아름다운

옛날 프랑스의 어느 작은 마을 어귀에 결혼을 앞둔 청년 하나가 심
란한 표정으로 서성거리고 있었다. 청년은 몹시도 가난하여서 결혼당
일까지도 신부에게 줄 선물을 준비하지 못하고 있었기 때문이다. 그런
데 청년의 눈에 불현듯 들에 피어있는 꽃들이 눈에 띄었다. 그는 정신
없이 들꽃을 꺾어서 성당에서 자신을 기다리고 있던 신부에게 뛰어갔
다. 그날 결혼식에 참석했던 하객들의 구전에 의하면, 하얀 들꽃을 한
아름 안고 있었던 신부는 그 어떤 휘황찬란한 보석으로 장식한 신부
들보다도 아름다웠다고 한다. 그것이 결혼식에서 신부가 들고 있다가
식이 끝나면 여자친구에게 던져주는 꽃다발인 부케(bouquet; 꽃다발

을 의미하는 프랑스어)의 유래이다.

꽃다발은 참 좋은 것이지만, 빨리
시들어서 안타깝고, 그래서 더 아름답
기도 하다. '결혼'이라는 단어도 화려
한 결혼예식보다는 결혼식 이후, 즉
신부의 꽃다발이 시들고 나서 장구하
게 펼쳐지는 결혼생활을 의미한다. 우
리나라의 전통 혼례식에는 꽃은 없지
만 몇 개의 독특한 상징물이 등장하는
데 거개가 결혼식보다는 결혼생활에

얀 브뤼겔 〈작은 꽃다발〉

대한 기원이 담겨있다. 친지들이 신부의 치마에 던져주거나 신랑이 차
고 있는 주머니에 넣어주는 밤과 대추가 그런 경우이다. 밤은 신랑 신
부가 합심하고 거듭 합체해서 자식을 많이 낳으라는 것이고, 대추는
서리 맞은 대추처럼 쪼그랑 쪼그랑 늙더라도 서로를 귀하게 여기라는
기원이다. 하지만 그 기원이 어디 홀되게 육체에 대한 것에만 머물겠
는가. 금실이 좋아야 자식도 많이 생기는 법이며, 늙어서도 새록새록
그 금실을 잊지 말라는 청이 그 과실들 안에 온전하게 들어있는 것이
다.

서로에게 속죄하며 함께 걸어가라

우리나라의 전통 혼례는 지역에 따라서 절차나 방법은 조금씩 차이
가 있는데, 신랑이 초례청에 들고 들어가는 나무기러기 한 쌍은 예외

가 없다. 나무로 깎아 만든 기러기는 결혼식의 부케처럼 그 날의 주인 공들을 돋보이게 하지는 않는다. 하지만 이 나무기러기 한 쌍이 전통 혼례에 필수적인 것은 밤이나 대추와 마찬가지로 결혼생활을 위한 기원이 그 속에 담겨 있기 때문이다. 기러기는 철 따라 살기에 가장 적합한 곳을 찾아가는 동물이며, 함께 교미한 한 쌍은 결코 서로 헤어지지 않는 정절의 새로 알려져 있다.

힌두교에서의 결혼식은 현세에서 자신의 죄를 씻는 여러 의식들 중에서 가장 중요한 정법이기도 하다. 성화가 밝혀지고 하객들과 사제들의 진언이 합송되는 가운데 신랑 신부가 손을 맞잡고 나란히 7보를 걸어 나가면 그 결혼은 속죄의식과 더불어 이루어진다. 인생의 험난한 길이라도 죽을 때까지 함께 속죄하며 걸어간다는 것, 그것이 결혼생활이라는 뜻이리라. 4세기경부터 그리스도교에서도 혼인을 서로의 목숨을 걸어야 하는 성사로 간주해서, 신랑 신부가 될 남녀는 성당을 찾아가 죽음이 서로를 갈라놓기 전에는 헤어지지 않을 것을 하느님에게 맹세하였다. 때문에 성당에서 결혼을 서약했던 로미오와 줄리엣도 죽어서야 헤어졌던 것.

핏기 없는 혼백들도 둘러서서 울었노라.

오르페우스는 그리스 로마 신화에 등장하는 최초의 시인이었다. 그가 노래할 때면 주위에 있는 돌과 나무조차도 흐느꼈다고 한다. 아름다움 때문에 울 수 있는 피조물은 인간뿐인데도 말이다. 그런 오르페우스의 마음을 사로잡았던 아내가 결혼 직후에 독사에게 물려 죽자,

그는 아내의 시체를 집에다가 두고 끝도 없이 울고 또 울었다. 그리고 그는 죽음도 자신과 아내를 결코 갈라 놓게 할 수 없을 것이라고 맹세하는 최초의 인물이 된다. 오르페우스는 자신의 악기인 리라를 들고 저승에 내려가 앞을 가로막는 저승신들을 노래로 감동시킨다. 『변신 이야기』를 쓴 오비디우스는 이 장면을 "핏기 없는 혼백들도 둘러서서 울었노

미카엘 푸츠 〈오르페우스와 에우리디케〉

라." 하고 묘사하고 있다. 감동한 저승신은 오르페우스에게 뒤에서 따라 나서게 될 아내를 결코 돌아보아서는 안 된다는 조건으로 그녀의 부활을 허락하게 된다.

하지만 '결코'라거나 '절대'라는 부사어는 인류 최초의 연인들인 아담과 이브의 선악과 이래 신화나 전설 속에서 언제나 불길하고 처연한 냄새를 풍긴다. 옛날 옛적의 그 나무꾼은 선녀의 옷을 훔쳐서 하늘로 못 올라간 그녀와 결혼했지만, 아이를 셋 낳을 때까지 '결코' 훔친 옷을 보여주면 안 된다는 노루의 말을 잊고 만다. 선녀는 자신의 옷을 보자 아이 둘을 양팔에 끼고 하늘로 훨훨 날아가 버리고 만다. 오르페우스도 마찬가지였다. 아내가 자신의 뒤를 제대로 따라오는지 궁금해져서 그 '결코'를 잊고 힐끗 뒤를 돌아다본 순간, 아내는 어둠 속으로 영원히 사라져 버리고 만다. 오르페우스는 홀로 이승으로 올라와 그 상실의 아픔을 노래로 읊는다.

이 대목에서 '결코' 대신 '만약'이라는 다른 부사어를 사용해 보기로

하자. 만약에 오르페우스가 결혼 직후, 즉 신혼이 아니고 아이를 셋 이상 낳았거나 결혼한 지 30년이 넘었더라도 죽은 자신의 아내를 구하러 저승길을 헤쳐 내려갔을까? 그 보다는 조금 더 간단한 방식을 택하지 않았을까. 어쩌면 아내가 독사에게 물렸다는 소식을 듣고 시쳇말로 화장실에 들어가 세 번을 연거푸 웃을지도 모를 일이다. 그런데 사람들은 갓 상처한 홀아비가 한 번도 아니고 굳이 세 번을 웃는다고 이야기하는 것일까? 무엇보다 홀아비의 알량한 기대와 미래의 새로운 모험을 강조하는 것이겠지만, 이 3이라는 숫자는 시간의 흐름 속에서 서로 사랑하는 모든 부부들이 갖는 세 가지 소망에 대한 부정을 떠올리게 한다. 자신들의 감정이 현재에도 유효하고, 미래에도 유효하며, 과거에도 유효했었기를 바라는 세 가지 소망이자 한결같은 것에 대한 부정의 웃음이다. 그러한 웃음대신 남편이 아내와 영원히 함께 함을 원했다면, 저승의 어둠 속으로 사라진 아내를 자신도 끝까지 뒤따라가는 선택을 해야 할 것이다. 로미오와 줄리엣은 아직 청춘이고 신혼이었지만, 이 마지막 방법을 선택한 커플이었다. 줄리엣은 죽음을 결심하고 나서 이렇게 혼자 외쳤다. "오라, 밤이여, 그리고 로미오도…"

바흐와 파블로프

아내와 영원히 함께 있음을 원한 남편들은 소설이나 영화보다는 현실 속에서 더 많을 것이다. 일테면, 음악의 아버지라 일컫는 바흐의 경우이다. 그의 아내는 바흐가 작곡에 전념할 수 있도록 다른 모든 집안일을 도맡고 있다가 그만 하릴없이 먼저 죽고 말았다. 집에서 아내의 장례식을 준비해야 하는데, 그런 일을 도맡아 할 사람이 없어진 것이다. 그래서 바흐는 끊임없이 이렇게 말하며 오열했다고 한다. "아내가 있다면, 이 모든 일을 처리해 줄 터인데, 아내가 이 모든 일을…" 개에게 빵을 던져주기 전에 종을 울렸더니 소리만 듣고도 개가 침을 질질 흘리더라는 그 유명한 조건 반사의 창립자 파블로프도 마찬가지 경우이다. 이 이론을 증

요한 세바스티안 바흐, 1685-1750

명하기 위해서는 수십 마리의 개들을 항상 건강한 상태로 작은 실험실에서 길러야 했다. 파블로프가 유명해지기 전이었으니, 아무도 그 일을 거들떠보지 않았다. 결국 그 수십 마리의 개들을 길러준 것은 일명 '개부인'으로 불렸던 파블로프의 아내였고, 그는 마침내 조건반사 연구로 노벨상을 받는다. 요컨대, 파블로프는 마침내 아내 덕분에 노벨상을 받았다.

김훈과 도종환

죽을병에 걸린 환자는 운명의 날이 임박해오면 자기를 사랑으로 간호하는 상대방을 가끔씩 죽을 힘을 다해서 괴롭힌다. 이상 문학상을 수상한 김훈의 「화장」이라는 소설 속에서도 죽어가는 아내는 남편 앞에서 똥을 싸도 연신 싸고, 그 냄새는 마스크를 써도 정신을 잃을 만큼

강하다. 사랑하는 부부 사이에 누군가 불행히도 그런 병에 걸리게 되면 간병인은 대개 그 나머지 사람인, 아내이거나 남편이 된다. 자식들이야 그 병치레를 조금 거들어 줄 수 있을 것이다. 옛날 분들은 그런 괴로움을 "에구, 이제 정 떼고 갈려고 저런다."고 하셨다. 죽어가는 연인이 살아있는 연인에게 동행을 청하는 대신, 자신을 잊게 하고 심지어 진저리치도록 하는 행위는 어른들의 말씀대로 또 다른 사랑의 방식일까. 이 대목에서 우리는 오르페우스의 아내 이름을 알아야 할 것 같다. 그녀의 이름은 에우리디케다. 신화 속에서 오르페우스는 죽지도 않고 저승의 강을 넘어갔다고 한다. 하지만 그것은 오르페우스의 혼자 생각이다. 에우리디케의 입장에서 보면 자신을 사랑한 남편이 이제는 함께 죽어서 그 곳에 온 것이다. 저승은 결국 산 자가 와서는 안 되는 곳이기 때문이다.

죽음의 문턱을 오르는 오르페우스는 깊은 잠에 빠져 있는 것 같기도 하다. 어둠을 뚫고 마침내 이승 세계의 빛이 보이는데, 자신의 뒤를 따라오는 에우리디케가 절박한 소리를 내기 시작한 것이다. 걱정으로 미칠 것 같지만 오르페우스는 다시 참고 걸어간다. 그런데 이번에는 에우리디케가 쓰러지며 비명을 지르는 소리가 들리고, 그녀의 남편은 그만 뒤를 돌아다본다. 그 뒤돌아봄은 곧 영원한 작별이다. 남편이 뒤돌아보도록 만든 에우리디케는 애당초부터 부활이 아니라 사랑하는 남편을 배웅하고자 한 것이 아니었을까. 이승과 저승은 결국 이어질 수 없는 서로의 소실점들이기 때문이다. 홀로 이승에 도착한 오르페우스는 그때야 말로 진정 주위에 있는 돌과 나무들 조차도 감동해 흐느끼는 사랑과 이별에 대한 절창들을 남겼다는 이야기도 전해온다.

많은 사람들이 부부간의 사랑에 대해서 이야기할 때 죽음까지 초월한 오르페우스를 자주 언급한다. 왜냐하면 신화 자체가 그런 사랑을 기리고 있기 때문이다. 하지만, 관점을 바꾸어 읽자면, 남편을 저승세계에서 놓아 준, 그래서 그가 나머지 절창들을 이승세계에서 부를 수 있도록 허락해 준 에우리디케의 사랑은 거대하다. 우리나라의 도종환 시인도 아내를 몹쓸 병으로 먼저 떠나보내고 말았다. 그의 시 「꽃씨를 거두며」는 망처를 기리면서도 이러한 사랑의 거대함으로 언제나 지금까지 살아있다.

> "언제나 먼저 지는 몇 개의 꽃들이 있습니다. 아주 작은 이슬과 바람에도 서슴없이 잎을 던지는 뒤를 따라 지는 꽃들은 그들을 알고 있습니다. 아이들과 함께 꽃씨를 거두며 사랑한다는 일은 책임지는 일임을 생각합니다. 사랑한다는 일은 기쁨과 고통, 아름다움과 시듦, 화해로움과 쓸쓸함 그리고 삶과 죽음까지를 책임지는 일이어야 함을 압니다. 시드는 꽃밭 그늘에서 아이들과 함께 꽃씨를 거두어 주먹에 쥐며 이제 기나긴 싸움은 다시 시작되었다고 나는 믿고 있습니다. 아무것도 끝나지 않았고 삶에서 죽음까지를 책임지는 것이 남아 있는 우리들의 사랑임을 압니다. 꽃에 대한 씨앗의 사랑임을 압니다."

사르트르와 프레베르

노벨 문학상을 거부한 장 폴 사르트르와의 계약 결혼으로도 유명한 프랑스 여성작가 시몬 드 보부아르는 『제 2의 성』에서 결혼생활의 첫 번째 이득은 그것이 개인을 고독으로부터 구해준다는 데 있다고 말한다. 하느님께서도 일찍이 젖과 꿀이 흐르는 에덴동산에서 결국 울고 마는 아담을 굽어 살피다가 "인간이 혼자인 것은 좋지 않다"라고 독백

파리에 있는 장 폴 사르트르의 묘지, 1905-1980

한다. 하지만 '사람이 사람을 얼마나 고독하게 하는가'로 시작되는 유행가 가사도 있음을 간과하지는 말자. 보부아르와 같이 20세기 프랑스 문단을 풍미했던 시인 자크 프레베르는 무미한 결혼 생활이, 혹은 사랑했던 사람의 무관심이 한 사람을 쓸쓸하게 무너뜨리는 것을 담담한 필치로 그려 주는 시 한편을 남기고 있다. 고즈넉한 선율의 샹송으로도 불렸던 그 시의 제목은 「아침 식사」이다.

"그이는 잔에 / 커피를 담았지 / 그이는 커피 잔에 / 우유를 넣었지 / 그이는 우유 탄 커피에 / 설탕을 넣었지 / 그이는 작은 숟가락으로 / 커피를 저었지 / 그이는 커피를 마셨지 / 그리고 그이는 잔을 내려놓았지 / 내겐 아무 말 없이. / 그이는 담배에 / 불을 붙였지 / 그이는 연기로 / 동그라미를 만들었지 / 그이는 재떨이에 / 재를 털었지 / 내겐 아무

말 없이 / 나를 보지도 않고 / 그이는 일어났지 / 그이는 머리에 / 모자를 썼지 / 그이는 비옷을 입었지 / 비가 오고 있었기에 / 그리고 그이는 / 빗속으로 나가 버렸지 / 말 한마디 없이 / 나를 보지도 않고. / 그리고 나는 두 손에 / 얼굴을 묻고 / 울어 버렸지."

보부아르가 21살 사르트르가 24살 때인 1929년, 그 두 사람은 그녀가 다니고 있던 파리의 소르본 대학에서 만나 사랑을 하게 된다. 그리고 카톨릭적인 도덕률이 중요하게 여겨지던 당시에 그들은 2년 동안만 동거하기로 하는 계약 결혼을 한다. 요즘 우리나라의 대학가에서 생겨나는 동거 문화라고 할 수 있는데, 동거의 계약 만료 기간을 명시했다는 점에서 한층 더 '쿨'하다. 두 사람은 약속했던 2년이 지나자 '쿨'하지 않게 계약 연장을 하기로 한다. 이유는 서로에게 사랑을 확인했다는 것, 그리고 또 한 가지는 서로에게 자유를 확인했다는 것이다. 상대방을 사랑하는 만큼, 사랑은 소유할 수 없는 물건이라는 것을 아는 만큼, 상대방의 자유까지 사랑 할 수 있는 힘을 그 계약결혼 동안 습득한 것이다. 그들은 성당에서 결혼식을 치르지도 않았고, 동사무소에 가서 결혼신고도 하지 않았지만, 사랑이 아니라 사랑과 자유로서, 결속이 아니라 결속과 독립으로서 한평생을 같이 살았다. 샹송으로 불린 자크 프레베르의 또 하나의 시 「너를 위해 내 사랑아」는 사랑을 가지려고만 했던 자의 헛됨을 보여주고 있다.

나는 새를 파는 시장에 가보았지
그리고 새를 샀지
너를 위해
내 사랑아
나는 꽃을 파는 시장에 가보았지

그리고 꽃을 샀지
너를 위해
내 사랑아
나는 고철시장에 가보았지
그리고 쇠사슬을 샀지
너를 위해
내 사랑아
그리고 나는 노예시장에 가보았지
그리고 나는 너를 찾아 헤맸지만
너를 찾지 못했지
내 사랑아.

부엉이는 종달새 둥지로 가지 않소

빅토르 위고, 1802-1885

오늘날의 우리 시대는 '어떻게 사랑받을 수 있는가'의 시대이다. 평상시에도 예뻤던 참 많은 사람들이 성형 수술을 하고, '얼짱' · '몸짱'이 유행어가 되었다. (참고로 '짱'이라는 말은 우리나라가 아니라 일본어에서 유래된 것이다.) 그리고 그 모든 것들은 이렇게 질문하기 시작한다. "응? 나 사랑스러워?" 서로 닮은 미남미녀들의 이런 질문에 휩싸이게 되면 즐겁기도 하지만, 불현듯 카지모도의 시대가 그리워지기도 한다. 카지모도는 빅토르 위고의 <노트르담 드 파리>에 등장하는 추악하게 생긴 종지기이다. 하지만 그는 한 여인을 사랑한다. 목숨까지 감수하는 그의 사랑에 감동하고 그의 불꽃같은 욕망에 전율한 여인은 마침내 손짓한다. "내 곁으로 와요…" 그 말줄임표 속에는 '이제는 당신을 사랑해 줄게요'라는 속삭임이 담겨있을 것이다. 그러자 목숨을 다해서 그녀를 사랑했던 카지모도는 "아니오. 싫소. 부엉이는 종달새 둥지로 가지 않소"라고 대답한다. 이제 세 쌍 중에 한 쌍은 헤어지는 이혼 시대에 살면서 '어떻게 사랑받을 수 있을까'가 아니라 '어떻게 사랑할 수 있을까'로 끝까지 고뇌했던 카지모도의 시간이 불현듯 그리워지는 것이다.

- 참진, 2004

여행으로의 초대,
트루바두르와 김소월의 길들

길아 너 거기 있니?

트루바두르Trouvadour는 12세기 경 프랑스 남부에서 활동하였던 음유시인들을 일컫는다. 당시의 음유시인들은 대개 방랑자였다. 그들에게 지금 무엇 하시냐고 물으면, 이곳 아닌 저곳을 가리키며 따뜻한 남녘이나 해지는 서쪽으로 간다고 일러주었다. 남쪽도 그렇고 서쪽도 그렇고 가도 가도 서쪽이며 남쪽이니, 그들의 출발지와 목적지는 모두 언제나 길 위에 있었다. 음유시인들이 언제까지 그랬냐고? 시를 더 이상 노래하지 않고 책상 앞에 앉아 종이 위에 쓰기 시작하면서 그들은 더 이상 방랑하지 않게 되었다. 트루바두르를 가인(歌人)이라고 부를 수도 있겠는데, 그들의 음유시는 일용할 양식과 잠자리를 제공받을 수 있는 방편이 되었다. 땅거미가 지는 박야(薄夜)가 찾아들면, 집을 짓고 '거주하는 사람'들은 어둑어둑해진 두멧길 위를 걸어와 하루의 잠자리와 약간의 먹을 것을 겸손하게 청하는 가인을 반갑게 맞이하였다. 가인은 그 대가로 램프 심지를 돋우고 그 주위에 모여든 식구들을 위해 노래했다. 중세의 노래는 하루의 일출과 일몰을 모두 겪고 난 사람

의 몸이나 짐승의 눈빛처럼 대부분 고즈넉
했다. 프랑스의 현대 시인 르네 샤르는 그
런 트루바두르의 시절을 그리워하는 장시
(長詩) 한편을 남겨놓고 있다. 시에 등장하
는 트루바두르는 마지막 장에서 이렇게 묻
는다.

트루바두르 작자미상

　　"길아, 너 거기 있니?"

　12세기 경 트루바두르가 걸어갔던 프랑스 남부의 길은 지금의 길과
는 사뭇 달랐을 것이다. 아스팔트로 포장된 대로를 자동차들이 횡횡
거리며 달리는 것을 바라보고 있으면, "길아, 너 거기 있니?"처럼 활유
적인 표현을 쓰고 싶은 마음은 사라진다. 길을 떠나는 것 자체가 목적
이 된 적도 있었는데 이제는 대개 어딘가에 이르기 위한 수단으로 길
이 사용되기 때문이다. 길이 인생살이로 비유된다면, 우리의 현대적
삶이 마냥 내달리기만 하다가 사고(事故)나는 길처럼 비유될까 안쓰럽
다.

눈석잇길을 조심하세요

　길은 예전에 여러 가지 모습을 가지고 있었다. 땅이 곤죽처럼 질편
해져 걸음을 옮길 때마다 무시로 욕이 나오는 진창길, 누이와 함께 슬
쩍 숨고 싶은 뒤꼍으로 난 뒤안길, 마을의 좁은 골목길에 개들이 노란

소월의 시비

달을 따라 컹컹 짖어대는 고샅길, 나무꾼들이 나무 하러 다니다 선녀도 가끔 만나게 되는 나뭇길, 여러 굽이로 꼬부라져 구렁이도 힘들어 한다는 꼬부랑길, 큰길로 마치 무슨 비밀처럼 통하는 샛길, 두메산골에 저녁의 밥 짓는 푸르스름한 연기처럼 오도카니 나 있는 두멧길, 눈이 녹아 질척거리는 눈석잇길, 돌이 많이 깔린 비탈로 이르는 돌너덜길, 폭이 좁고 호젓해서 혼자 오기 잘했다는 생각이 드는 오솔길, 마소에 메워 물건을 실어 나르는 썰매가 다닐 수 있는 발구길들 뿐이겠는가. "붉은 흙을 밟으며 어디로 가도 이 세상으로 다 이어진 아침 그 길"(김용택)도 있을 것이며, "걸음 걸음 놓인 그 꽃을 사뿐히 즈려밟고 가게 되는"(김소월) 연분홍 길도 있을 것이다. 이런 길들을 번갈아 걷게 되면, 그러지 말라고 해도 우리는 어느덧 트루바두르가 되어 노래를 흥얼거리게 될 것이다. 사람들이 불편하고 더딘 행보에도 불구하고 제주도의 올레길이나 산티아고 가는 길을 걸으며 삶의 의미를 다시 발견하고자 한다면, 그것은 이미 구획되고 터가 잡힌 삶으로부터 벗어나고자 하는 열망이다. 그리고 그 열망은 우리가 여행의 초대를 받고 싶어 하는 근본적인 이유가 되기도 한다. 더군다나 이제 떠나고 싶은 시간이 우리 앞에 성큼 다가와 있다. 그런데 그대여, 그 시간이 언제냐고 묻지 말라.

부끄러워 몸 둘 바를 모르는 경우

여행을 떠난다는 것은 분명 가슴 설레는 일이다. 그럼에도 많은 이들이 생각보다 그리 자주 떠나지는 못하게 된다. 어디론가 떠날 일을 자꾸 뒤로 미루다 보면, 설레던 것도 남세스러워진다. 여행을 미루는 데는 항상 합당한 이유들이 있었을 것이다. 그럴 때면 『백학당시문집(白鶴堂詩文集)』에 실려 있는 우언 한 토막을 읽어보아도 좋을 것이다. 요약해 보면 이러하다.

사천 지방 산골에 두 스님이 살고 있었더랬다. 한 사람은 가난하고 또 한 사람은 돈이 많았다. 어느 날 가난한 스님이 돈 많은 스님에게 말하였다.
"남해(南海)에 한번 다녀오려고 하는데 자네 생각은 어떤가?"
"어떻게 가겠다는 건가?"
"물통 하나, 밥공기 하나면 충분하지 않겠는가?"
"허허, 나는 배 한 척을 사서 남해로 갈 준비를 최근 몇 년간 해오면서도 아직 그 뜻을 이루지 못하였는데, 자네는 정말 무엇을 믿고 다녀오겠다는 건가?"
이듬해에 가난한 스님은 정말 남해에 다녀와서 그 이야기를 돈 많은 스님에게 들려주었다. 돈 많은 스님은 부끄러워 몸 둘 바를 몰랐다.

누군가 이렇게 말한 적이 있다. "몽고에는 왜 가냐? TV에서 몽고 특집 해주는데?" 사실 방송사의 전문가가 찍은 영상들은 아름답다. 하지만 떠나는 일은 대신해 줄 수가 없는 노릇이다. 떠남은 떠남이 아닌 다른 무엇으로 대체할 수 없다. 일상을 훌훌 털고 일어설 때 우리의 마음은 환하고 가벼운 것들을 한번쯤은 누리게 되는 것이다.

4개의 트렁크

집에 있는 트렁크들을 세어보니 4개다. 3개의 트렁크에는 여름이면 가족들의 겨울 옷가지들이, 겨울이면 여름 옷가지들이 잔뜩 들어 있다. 하지만 하늘색 트렁크 하나는 항상 비워놓는다. 탤런트 김창완이 로토 표를 재킷 주머니에 집어넣으면서 바보처럼 슬며시 웃는 오래된 광고가 있다. 비워 놓은 채 옷장 위가 아니라 방 한쪽에 놓아 둔 하늘색 트렁크는 그런 로토 같은 희망을 슬며시 안긴다. 그것을 들고 금방이라도 길을 나설 수 있다는… 하지만 정작 떠날 때는 비워 둔 트렁크조차 거치적거리는 방해거리가 될지도 모른다. 미국의 저명한 사진작가 월 베이커는 몇 개월을 준비한 끝에 페루 중부의 오지를 향한 여행길에 오른다. 그는 도중에 자신처럼 먼 여행길에 오른 페루인들과 함께 여행 물품들을 서로 비교해 본 적이 있었던 것 같다. 그때 베이커가 일기책에 적어 놓은 기록은 아래와 같다.

> **미국인의 장비** : 침낭, 모기장, 나일론 끈, 성냥과 양초, 벌채용 칼, 스위스칼, 여벌 바지, 셔츠, 양말, 취사도구, 사진기, 노트, 필름, 펜 여러 자루, 사전과 지도 여러 장, 치약, 칫솔, 브러시, 면도기, 비누, 수건, 비옷, 구급약 일습, 건포도와 견과류, 차, 밀짚모자.
> **페루 원주민의 장비** : 물통, 벌채용 칼.

린위탕(林語堂)과 훌륭한 여행자

린위탕, 1895-1976

떠나는 것, 가뭇없이 떠돌아다니는 것, 이와 같은 방식들에는 애당초 비움이라는 의미가 들어있다. 하지만 오늘날의 여행은 채우는 방식에 가깝다. 앞에서 본 미국인의 장비 목록에 대한 예가 아니더라도 누구나 한번쯤 여행에 필요한 것들을 잔뜩 가지고 갔다가 그것보다 더 많은 것을 저 "다른 곳"에서 사서 귀가하느라 고생한 경험이 있을 것이다. 물질적인 것뿐만 아니라 정신적인 경우도 비슷하다. 계획된 시간에 맞춰서 목적지를 향해 가는 여행, 그 여행 앞에 자꾸만 '체험', '학습', '문화'라는 말이 접두어처럼 붙는 경향만을 보아도 그것이 느껴진다. 그리고 정신적인 경우뿐만 아니라 육체적인 경우도 비슷하다. 지인들과 얼마 전에 떠났던 전라도 문화탐방 여행을 돌이켜보면, 여행 중에 너무나 먹어 대서 집에 돌아올 때쯤이면 배만 불룩한 거미꼴이 난적도 있었다. 문화 탐방 보다는 이른바 포식 기행이 된 것이다. 하지만 그러한 것들을 온전하게 나쁜 측면으로만 몰아가고 싶지는 않다. 비움이 아니라 자동차 트렁크에, 머릿속에, 뱃 속에 늘 잔뜩 채워서 돌아오는 여행도 삶에 필요한 활력소를 제공하며 못 잊을 추억이 되기 때문이다. 그냥 그렇게 배불리 가득 채우면서 살면 제일 좋을 듯도 싶다. 그럼에도 불구하고 모든 여행의 근본적인 방식이 비움이라고 덧붙이는 이유는, 바로 그 비움의 과정과 순간 속에서 세계가 더 생생하게 다가오기 때문이다. 세계에 대한 생생함… 한번 죽을 뻔 하다 살아 난 사람이 세상 모두가 새롭게 보이는 것과 비슷한 경우라고 할 수 있을까. 어쩌면 우리에게는 작은 죽음과 같은 비움의 여행이 조금 더 필요한지도 모른다. 중국의 현대 작가인 린위탕은 훌륭한 여행자에 대해서 이렇게 말해주고 있다.

> "여행한다는 것은 방랑한다는 뜻이다. 방랑이 아닌 것은 여행이라고 할 수 없다. 여행의 본질은 의무도 없고, 정해진 시간도 없고, 소식도 전하지 않고, 호기심 많은 이웃도 없고, 이렇다 할 목적지도 없는 나그넷길인 것이다. 좋은 여행자는 자기가 어디로 갈 것인지를 모르는 법이다. 나무랄 데 없는 훌륭한 여행자는 자신이 어디에서 왔는지도 모르는 사람이다. "

카뮈, 보들레르, 그리고 유랑 병사

때때로 드넓은 생각은 드넓은 광경을 요구하고, 새로운 사유는 새로운 장소를 요구한다. 사람들은 자신이 속한 고정된 하나의 세계로부터 벗어날 때 자신을 진정 느껴 볼 수 있는 시간을 갖게 된다. 『이방인』을 쓴 알베르 카뮈 또한 이렇게 말한 적이 있었다. "고귀하고 진지한 학문인 여행은 우리를 우리 자신에게로 이끈다." 일상을 탈출하여 여행을 떠난다는 것은 이와 같은 이유로 우리에게 필요하다. 하지만 여행은, 아니 어디론가 떠나는 것은 어떤 특별한 이유들이 있어서라기보다는 어떤 먼 곳의 부름처럼 마음이 항상 살아서 가

샤를르 보들레르, 1821-1867

동되기 때문에 생겨나는 일종의 본능인지도 모른다. 인류의 원초적 유랑의 본능이 집과 문명이라는 안락한 둥지를 떠나 저 '다른 곳'에 이르는 길 위로 때로는 몽롱하게 때로는 강성하게 우리를 몰아세우는 것이다. 그것은 19세기의 상징주의 시인인 샤를르 보들레르가 「여행에의 초대」라는 시에서 노래했던 것처럼 "우리들을 비참한 일상으로부터 해방시켜줄 알 수 없는 열병"일 수도 있을 것이다. 그렇게 미지의 세계로 향한 길은 끝없고 열병은 치유할 수 없으나 어느 순간 일상과 생계를 위하여 걸음을 멈추어야 하는 것이 살아 있는 것들의 몫이니, 크리스토퍼 프라이의 희곡에 등장하는 유랑 병사의 다음과 같은 노래를 이 글의 결구로 삼기로 하자.

나는 가벼이 떠도네, 빛처럼

그것은 육신이 지닌 마음의 무게 때문에
여전히 자신의 마음을 끌고 다니려는 자는 누구나
떠돌 수 있기 때문이니…

참진, 2006

새로운 안내판과
서울의 궁궐들을 만나다

홍화문의 틈으로

삼월에 쏟아지는 함박눈, 내려야할 버스 정류장을 결국 지나쳐 창경궁에 이릅니다. 즐거운 일탈(逸脫)이지요. 창경궁의 정문은 정기 휴일로 닫혀 있습니다. 태어나면서부터 그 근처에서 학교를 다니고, 그 근처에서 줄곧 밥 벌어 먹으며 살아오느라 화요일이 창경궁의 휴일날이라는 것쯤은 알고 있는 터였지요. 하지만 그런 소소한 지역적 이력 덕분에 하나 더 알고 있는 것이 있습니다. 바로 창경궁의 정문인 홍화문은 닫혀 있어도, 그 거대한 두 문짝 사이가 한 뼘 정도 벌어져 있다는 사실입니다. 우리나라에서 가장 오랜 된 홍화문의 틈 사이로 함박눈이 쌓여가는 명정전을 들여다본 적이 있는지요? 그러다가 그 아름다움에 그만 숨이 막혀 본 적이 있는지요… 그것은 제가 살아오면서 간직하게 된 몇 안 되는 비밀의 광경들 중의 하나입니다.

새로운 안내판과 문화적 품격

여전히 맑은 자연수가 흐르는 창경궁 입구의 옥천교 옆에는 눈을 맞으며 서있는 궁궐의 안내판도 보입니다. 새로 교체된 안내판이 궁궐의 공간 속에서 제 모습을 뽐내지 않고 하나의 여백처럼 고즈넉이 서 있는 것이, 번쩍거리는 스테인리스 스틸로 제작되었던 예전의 안내판들과 사뭇 다른 점입니다. 이렇게 안내판을 다시 마련한 분들은 아마도 바탕색깔을 고르는데 있어서도 자연재로 이루어진 궁과의 조화를 세심하게 고려하였던 듯싶습니다. 눈 내리는 삼월, 홍화문의 틈으로 바라보는 비밀의 광경 속에서 안내판이 기와 빛이라는 것이, 한 쌍의 돌하르방처럼 풍경과의 교융을 일구어내고 있다는 사실이 새삼 고마웠습니다. 어느 신문에서는 안내판의 색깔이 짙은 회색이라고 단순하게 소개하고 있지만, 그 색깔은 궁궐 지붕의 대부분을 이루고 있는 기와지붕과 연결됩니다. 이를 우리는 자신을 드러내지 않으면서도 문화유산의 의미와 시간의 흐름을 자연스럽게 느끼게 해주는 문화적 품격에 대한 하나의 예라고 말할 수 있을 것 같습니다.

물론 안내판은 그 본래적 기능이 정보의 내용 전달에 있겠지요. 우리나라 궁궐을 산책하다가 마주치게 되는 그 안내판의 정보란 것이 아주 오랫동안 저를 주눅 들게 만들었습니다.

"정면 5칸, 측면 4칸 규모로 처마 서까래 위에 덧서까래를 달아 꾸민 겹처마에 건물의 측면 좌우 끝에 박공을 달아 벽면 상부가 삼각형으로 된 맞배집으로 도리가 7개로 된 지붕틀을 쓴 칠량구조이다."

이는 경복궁 집옥제(集玉齋) 앞에 서 있던 안내판의 내용이었습니다. 이런 안내판은 일종의 폭력입니다. 마치 암호 같은 건축 양식사(樣式史)를 줄줄 늘어놓는 그런 언어적 폭력과 고립 앞에서 옳거니 하고 고개를 끄덕거렸을 사람이 얼마나 있을까요. 그것들이 게다가 부적절한 위치에 서 있어서 궁궐의 관람까지 방해한다면 말이지요. 며칠 전에 찾아간 경복궁 근정전 앞에는 내용이 좀 더 쉽게 바뀐 안내판이 서 있었습니다. 저는 그곳에서 다음과 같은 안내판의 구절을 읽으며 고개를 끄덕거리는 사람들을 분명 확인할 수 있었습니다.

"하늘이 내린 큰 복이라는 뜻으로 경복궁이라 이름 지었다."

이러한 것을 우리는 관람객의 입장에서 제작된 안내판이라 말할 수 있겠지요.

하지만 아쉬운 점이 있다면 아직도 안내판에는 일반인이 이해하기 어려운 용어들이 적지 않게 사용되고 있다는 것입니다. '박석'이 뭐야, '월대'가 뭐야라고 묻는 질문들을 그 앞에서 들을 수가 있었지요. 물론 "건물을 받치고 있는 석조 기단이 건물보다 앞쪽으로 나와 있는 공간인 월대" 운운 하는 식의 설명을 붙인다면, 안내판의 내용 자체가 주제를 간략하게 정리하는 의도와는 달리 마냥 늘어져버리는 애로사항들이 있을 것입니다. 이러한 문제점은 어떻게 극복해나갈 수가 있을까요? 개인적으로 새로운 안내판에서 가장 마음에 드는 부분은 각각의 안내판들마다 궁궐을 한눈에 조망하게 해주고 현재의 위치를 가르쳐주는 입체지도가 연계되어 있다는 점입니다. 구중궁궐 속에서 더 이상 헤매지 않고 체계적으로 문화재들을 탐방할 수 있게 된 것, 안내판의 또 다른 역할인 셈이지요.

교태전의 마루 냄새

경복궁의 중심에는 중궁전이라고도 부르는 교태전(交泰殿)이 있습니다. 그곳을 봄날 오후 세 시 정도에 즐겨 찾는 이유가 하나 있습니다. 왕비의 침전이 있던 교태전의 나무 마루로 들어오는 햇볕이 제가 알기로는 가장 냄새가 좋고 따스하기 때문입니다. 오래된 소나무 목재로 햇볕이 스며들어 살굿이 되스며 나오는 햇빛 섞인 나무 냄새를 맡아본 적이 있는지요? 그래서 교태전은 마루에 걸터앉아 오래 머물며 궁궐 관람객들을 이래저래 바라볼 수 있는 장소이기도 합니다. 언제나 그렇듯이 외국인 관람객의 대부분은 일본과 중국인들입니다. 어떤 때는 우리나라 사람들조차 눈을 씻고 찾아봐도 보이지 않고 거의 그들만 찾아오는 경우들도 허다합니다. 하지만 그들이 궁궐 안내판을 눈여겨보는 경우는 거의 발견할 수가 없었습니다. 영어 외에 일본어나 중국어로 된 설명들이 새로운 안내판 속에서 모두 사라진 것도 그러한 홀대에 단단히 한몫 했을 것입니다. 다시 말해 우리나라 궁궐을 찾는 외국인들 중 가장 많은 비중을 차지하는 동양인들이 안내판을 찾지 않는 점은 아쉬웠습니다. 차라리 우리나라 문화유산의 안내판에는 프랑스나 영국처럼 자국의 언어만 큼지막하게 아로새겨져 있으면 어떨까 하는 생각도 들었습니다. 그리고 영어 또한 다른 외국어들처럼 균등하게 오디오시스템을 통해서 청취할 수 있게 하면 어떨까 하고 상상해봅니다. 새로운 안내판의 글자체가 너무 작다고 투덜거리는 나이 드신 분들의 불만도 들었기 때문입니다. 관광 수입이 전 세계 GDP의 10%를 차지하는 오늘날, 역사적 문화재의 얼굴이라고도 할 수 있는 안내판의 가독성을 높이기 위한 방안들을 다시 한 번 고려해 보아야 할 듯도 싶습니다.

궁궐의 안내판을 위하여

영국 타임즈지의 서울 특파원은 어느 유력한 신문의 삼월 기고란에서 서울의 궁궐은 건축물 이상의 것이 되어야 한다고 역설한 적이 있습니다. 그런 그가 새로이 교체된 안내판을 이래저래 살펴보았나 봅니다. 그리고 이렇게 결론짓습니다.

"문화재청 안내문에는 삶도, 인간도 없고 정보만 있다." 그는 서울의 궁궐에 대한 절대적인 호감을 전제하면서 이렇게 다시 비판합니다.

"경복궁은 무능한 교사처럼 역사를 가르친다, 인간은 천성적으로 지명이나 숫자보다 이야기를 잘 기억한다."

그 영국 기자가 안내판들을 꼼꼼하게 읽어보았는지 부쩍 의심도 가는 부분이지만, 역사적인 궁궐을 좀 더 생생한 이야기들이 숨 쉬는 공간으로 만들어보자는 질정으로 갈무리하면 좋을 듯싶습니다. 저도 안내판 앞에서 고개를 자주 끄덕거리기도 했지만, 지금은 그 내용들 중에서 생각나는 것이 사실 거의 없습니다. 왜 국왕의 탯줄을 태실(胎室)에 보관했는지, 무엇 때문에 경복궁이라는 이름이 붙여졌는지 (새로운 안내판에 적혀 있음), 궁궐 지붕 위에 조각되어 있는 짐승 같은 잡상들은 무엇인지, 경회루가 연희의 장소였다는 정보보다는 그 곳에서 경회루의 풍광을 칭송하기 위해 읊어졌다는 짧막한 시구가 안내판에 아로새겨져 있다면 좀 더 오랫동안 마음 속에 남아 있을 것 같습니다. 하지만 우리의 궁궐들 속에서 시작된 새로운 안내판들은 일방적으로 말하는 투를 벗어나 관람객의 입장으로 거듭남을 분명 보여주고 있습니다. 이는 우리 문화재의 아름다움과 정체성을 새롭게 빚어내는 첫걸음들 중의 하나이기도 할 것입니다. 그런데 이제 곧 우리나라의 궁궐 안에서 가래나무, 함박꽃나무, 귀룽나무, 때죽나무, 회화나무, 회양목들과 같은 온갖 나무들의 신록 잔치가 다시 열릴 날이 얼마 남지 않았다는 사실을 알고 계신지요? 오래 오래 보존하고 사랑해야 할 것들이 너무 많아 큰일입니다.

- 아름지기, 국립중앙박물관재단, 2007

프랑스 음악,
그 온화한 슬픔의 경계

여행사들이 주관하는 예술의 나라 프랑스의 관광일정 속에는 미술관 방문은 흔히 있어도, 음악을 위한 일정을 찾아보기는 쉽지 않다. 거기에는 물론 까닭이 있을 것이다. 예술의 나라 프랑스 하면 우리들의 머리 속에는 무엇보다 먼저 '빵모자'를 눌러 쓴 화가들이 떠오르기 때문인지도 모른다. 또 다른 까닭으로는, 모나리자의 초상화로부터 고흐의 그림들에 이르기까지 수박 겉핥기 식으로 진행되는 관광 일정 속에 연주회처럼 시간을 잡아먹는 일정은 도태되기 마련이다. 더군다나 음악은 파리의 에펠탑을 뒤로 하고 빙긋이 웃으며 기념사진 찍기도 곤란한 무형의 예술이 아닌가. 언젠가 사진 찍기나 스마트폰을 들고 다니는 일이 시들해지는 시절이 온다면, 그렇게 여행을 하면서 무엇인가를 남기려고 애쓰는 시간들이 마뜩찮은 시절이 온다면, 다음과 같은 여행담도 그 나라를 다녀 온 사람들로부터 더 많이 듣게 될 수 있을지도 모른다. 공원의 의자에 앉아서 거리의 악사가 연주하는 포레의 가곡을 들으며 오후의 햇살을 하릴없이 맞다 보니 깜빡 잠이 들어 버렸노라고. 이 글은 그런 시절을 못내 상상하면서 쓰여진 프랑스 음악의 간략한 지형도이기도 하다. 물론 그런 시절에는 찾아가야 할 길 마저

와토가 그린 〈코메디 프랑세즈〉. '코메디 프랑세즈'는 1680년에 창립된 프랑스의 국립극단 이름이다.

잃게 만드는 한여름 밤의 꿈 같은 지형도가 도리어 유효하겠지만 말이다.

"음악은 귀에 상쾌하게 들리도록 음을 결합시키는 예술이다"라고 프랑스의 작가이자 작곡가였던 루소가 정의하였듯이, 음악은 인간의 감정과 결합된다. 그리고 그 결합의 형태는 지리, 풍토, 언어를 달리하는 각 민족들의 독특한 정서를 통해서 여러 꼴로 솟아나온다. 독일과 오스트리아를 중심으로 하는 내향적인 북방의 음악이 사변적이고 중후한 느낌을 주고, 남방의 외향적인 이탈리아 음악이 감성의 표출을 우선으로 한다면, 프랑스 음악은 또 다른 정서적 문법을 지닌다.

프랑스 음악은 내향적이지도 외향적이지도 않은 균형과 구상을 가지고 있다. 또한 형이상학적 감각과 시적인 감각을 동시에 수용하는 프랑스 음악은 일반적으로 우아하고 유려한 면을 지니고 있다. 요즘과 같은 봄밤에 가령 프랑스 고전음악을 대변한다는 가브리엘 포레의 선율을 듣다보면, 배꽃들이 떨어지면서 일으키는 아름다운 윤무(輪舞)들이 사라진 뒤에도 오래도록 그 허공 속에 시선을 머물게 하는 먹먹한 힘이 느껴지기도 한다. 하지만 노래 하나에도 그 노래가 나오고 불려지는 사연이 있다. 말하자면 하나의 방향감을 제시해 준다는 측면에서 그러한 특성의 언급은 분명 유효하지만, 특정 시기와 프랑스 음악가들의 작품에 구체적으로 접근하면 할수록 그러한 특성의 일괄적인 적용 또한 인위적일 수밖에 없다는 것이다.

바로크와 베르사유의 축제

17, 18세기, 즉 바로크 시대의 프랑스 음악은 국왕의 권위를 빛내기 위해 정치와 전쟁과 예술이 총체적으로 동원되던 궁정을 중심으로 제2의 황금시대를 맞이한다. 특히 루이13세와 '태양왕'이라 불렸던 루이14세 때 음악의 중심지가 교회로부터 수많은 연회와 축제가 벌어지던 베르사유 궁전으로 이동하면서, 궁정발레와 궁정오페라의 양식이 확립된다. 바로크는 어원적으로 '(진주처럼) 화려하고 현란한'이라는 의미를 담고 있다. 륄리, 샤르팡티에, 쿠프랭 등 바로크 시대의 프랑스 음악가들은 당시 유럽음악의 진원지였던 이탈리아의 영향 아래, 그리고 또한 이탈리아 음악을 극복하면서 화려함과 고전적인 균형을 동시에

구가하는 프랑스적인 선율을 남긴다.

장-바티스트 륄리 Jean-Baptiste Lully(1632-1687) : 이탈리아의 어느 물 방앗간집 아들로 태어나 14살 때 하인의 신분으로 프랑스에 도착한 그가, 나중에 프랑스 음악에 대한 전권을 행사하게 될 줄 누가 알았을까. 처음에 무용수로 궁정에 입성하였던 그는 루이14세에게서 음악적인 재능을 인정받아 궁정발레의 작곡가로서 일하게 된다. 그 후 왕궁의 음악 총감독 자리를 맡으면서 프랑스에 귀화한다. 창작생활 전반기에 는 같은 이름을 가진 프랑스 최고의 극작가인 장 바티스트 몰리에르 와 협력하여 극중에 발레를 삽입하는 새로운 장르인 '코미디-발레'의 음악을 도맡는다. 1664년에는 베르사유 궁전의 낙성식을 기념하는 1주 일간의 디오니소스적인 축제를 위해 「마법에 걸린 섬의 환락」이라는 희대의 공연을 그 두 명의 예술가가 함께 도모한다. 그 외에 「부르주아 신사」, 「푸르소냑 씨」 등의 코미디 - 발레를 합작한다. 륄리의 또 다른 업적은 서정적 비극(tragédie lyrique)을 창시한 점이다. 그는 이 장르에서 이탈리아풍의 관능적인 아리아를 의식적으로 배제하고, 프랑스의 비 극작가인 라신의 작품에서 비롯된 낭독 투의 서창(敍唱), 그리고 발레 와 합창곡이 뒤섞인 장려한 가극무대를 선보인다. 륄리는 바로크 시대 의 모든 오페라 작가들의 제재였던 영웅과 흥분의 광휘로 가득한 고 대신화를 바탕으로 한 '서정적 비극'을 통해 프랑스의 모든 예술적 특 성들을 모으고자 했던 음악가였다.

프랑스의 전통적인 궁정발레와 그로부터 비롯된 코미디-발레의 양 식을 거쳐, 륄리는 마침내 프랑스 오페라의 기본 틀을 세운다. 오늘날 까지 '프랑스풍 서곡'으로 통하는 느림-빠름-느림의 형식으로 이루어진 서곡이 붙은 5막 구성의 오페라가 바로 그것. 하지만 17세기의 어느 추운 겨울날, 박자를 맞추던 지팡이(그 시절에는 오늘날과 같은 얄팍한 지휘봉을 쓰지 않고, 지팡이처럼 길고 굵은 지휘봉으로 마룻바닥을 두드리면서 박자를 맞추었다) 끝에 다친 발가락이 덧나 베르사유 궁정 최대의 음악가가 몰(沒)할 줄 누가 알았을까.

마르크 앙투안 샤르팡티에 Marc Antoine Charpentier(1643-1704) : 어린 시절 화가 수업을 받기 위해 로마에 갔던 그는 자코모 카리시미의 성담곡(聖譚曲)인 오라토리오를 우연하게 듣게 된다. 그 길로 화가의 수업은 끝나고, 카리시미로부터 3년 동안 사사를 받은 뒤 당대의 빼놓을 수 없는 종교음악가가 된다. 하지만 21세기 프랑스를 대표하는 카운터테너인 제라르 렌느Gérard Lesne의 청아한 목소리가 곁들여지는 시편송(詩篇頌)들을 들어보면, 그의 음악이 신에 대한 엄정한 찬양만이 아니

피에르 마르탱이 1722년 그린 〈베르사유 궁전〉

라, 신이 없더라도 들려오게 될 소리의 아름다움에 대한 찬양임을 알게 된다.

샤르팡티에의 세속음악은, 너무나 궁정적이었던 륄리와 결별한 몰리에르와 함께 「상상병 환자」등의 코미디-발레를 공동제작하면서 시작된다. 샤르팡티에가 코미디-발레에서 명성을 얻게 되자 륄리는 그에게도 등을 돌리고 만다. 특히 1693년 성황리에 공연된 「메데(Médée)」는 그의 대표적인 프랑스풍의 5막 오페라이다. 하지만 알 수 없는 까닭으로 그 공연은 초연 당시 오래가지 못하고, 삼백 년이 지난 1984년에야 음반으로 들어볼 수 있게 된다. 어찌 보면 그의 세속적인 명성을 시기한, 륄리를 주축으로 한 음해가 도리어 그의 음악적 깊이를 더해주는 결과를 낳는다. 그가 말년에 작곡한 오라토리오, 칸타타, 시편송은 유기적인 구성과 랩소딕하게 타오르는 악상 전개의 양 영역을 동시에 움켜쥐고 있는 곡들이다. 샤르팡티에는 당대에 륄리만큼의 명성을 얻지는 못했으나, 오늘날 프랑스에서의 관심은 분명 륄리를 압도하고 있다.

프랑수와 쿠프랭 François Couperin(1668-1733) : 그가 작곡한 쳄발로(하프시코드)의 화려한 선율 끝에 어쩔 수 없이 묻어나는 우수의 편린들은 그의 말년을 예감케 한다. 세상을 뜨기 몇 해 전부터 일체의 교회음악장 직과 작곡을 스스로 그만두었던 그는, 매일 한번씩 찾아오는 저녁의 어둠 앞에서 무엇을 생각하고 있었을까.

쿠프랭은 당대에 가장 유행했던 양식인 오페라를 일생동안 한 편도 작곡하지 않은 채 건반악기의 효시라고 할 수 있는 쳄발로의 시대를 연다. 1716년에 그가 출판한 『쳄발로 주법』은 프랑스의 가장 이상적인 쳄발로 교칙서 가운데 하나가 되며, 뒤에 바흐도 그 주법을 깊이 연구한다. 그가 남긴 쳄발로 음악들은 몇 개의 소곡들이 묶어져 하나의 작품을 이루는 형식인데, 작품 자체에는 표제가 없으면서도 각 소곡들에는 그 성격을 대변하는 제목들을 붙인 것이 특이하다. 이를테면 제3모음곡은 1. 음산한 2. 춤추듯이 3. 서글픈, 제14모음곡은 1. 사랑의 꾀꼬리 2. 겁먹은 방울새 3. 구슬픈 멧새 4. 뽐내는 꾀꼬리라는 대조적인 의미의 소제목들을 가지고 있다. 하나의 감정을 그와는 정반대의 감정으로 떠받드는 음악적 조성이 누적되면, 그 끝에는 어떤 감정이 버티게 되는 것일까. 결국 그가 행했던 말년의 기나긴 침묵은 죽음의 강팍한 순간을 대비(對備), 아니 대비(對比)하기 위한 음악적 조성은 아니었던가. 그는 220개의 쳄발로 소품 외에 프랑스풍과 이탈리아풍을 함께 존중하는 여러 개의 트리오 소나타와 기악합주곡을 남긴다.

프랑스대혁명과 19세기

프랑스대혁명은 음악세계에까지 커다란 변화를 가져온다. 무엇보다도 교회나 궁정의 살롱이 아니라 극장이나 광장이 음악의 전당이 되는 자리바꿈이 일어난다. 그리고 혁명가들은 음악이야말로 대중을 선동하기에 가장 유용한 예술이라는 것을 이해한다. 고섹Gossec과 카텔Catel은 혁명 축제와 행사들을 위한 음악에 전념했던 대표적인 음악가들이다. 19세기에 이르러서는 이탈리아와 독일의 작곡가들에 의해서 연회, 군중장면과 같이 화려한 볼거리가 중요시된 그랑 오페라(Grand Opéra)가 파리의 중산층 시민들을 중심으로 유행한다. 하지만 이들이 외국인이었다는 점과 프랑스적인 음악으론 세계적 호소력을 담보할 수 있는 음악가가 부재하였다는 점에서, 음악사가들은 이 시기를 유럽을 주도하던 프랑스 음악의 쇠퇴기로 보기도 한다.

이러한 시기에 다행스럽게도 프랑스의 유일한 낭만파 음악가라고 할 수 있는 베를리오즈가 태어난다. 그리고 구노C. Gounod는 온통 이탈리아 오페라 일색이었던 당시의 극장가에 프랑스적인 서정으로 소화한 오페라 「파우스트」(1859)를 가지고 일격을 가하기도 한다. 박진감과 화

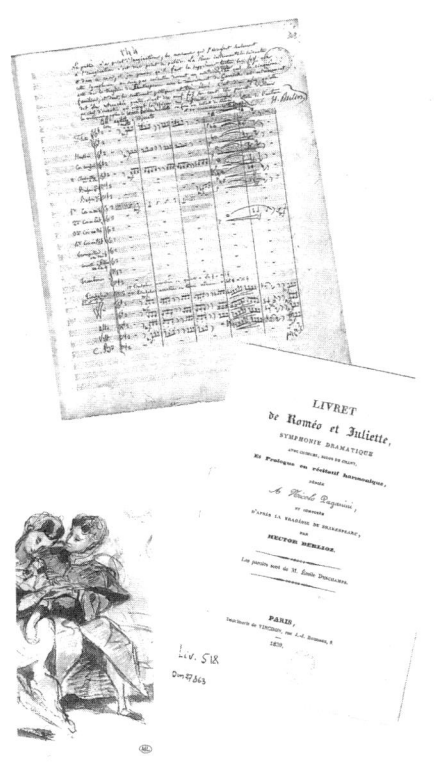

베를리오즈의 드라마틱 교향곡 「로미오와 줄리엣」, 자필총보의 일부

려함보다는 청초함과 진정성을 강조한 그의 오페라 색채는 프랑스 근대음악의 이정표 구실을 하게 된다. 그 뒤에 비제G. Bizet의 사실주의 경향이 엿보이는 대표적인 오페라 「카르멘」(1875)이 나오면서 프랑스 음악이 개화한다. 그리고 포레의 유려한 음악은 당시 이탈리아 오페라를 뒤이어 유럽을 휩쓸었던 바그너 열풍에서 벗어나는 20세기 프랑스 인상주의 음악의 밑그림이 된다.

루이 엑토르 베를리오즈 Louis Hector Berlioz(1803-1869) : 사랑에 실패한 젊은이는 절망하여 아편 자살을 시도한다. 하지만 자살에도 실패한 그의 머릿속으로 아편 기운을 따라 기괴한 꿈들이 거미줄처럼 내려온다. 이것이 '어느 예술가의 생애와 에피소드'라는 부제가 붙은「환상 교향곡」에서 베를리오즈가 음악으로 표현하고자 했던 주제이다. 일상의 모든 실패는 낭만의 한 단서이다. 바꾸어 말하면 낭만주의자는 이루어질 수 없는 것들만 욕망하기에, 그의 모든 욕망들은 실패를 전제한다.

의과대학에 들어간 베를리오즈는 그의 선택이 잘못 됐다는 것을 이내 깨닫고 음악으로 길을 바꾼다. 그는 식구들의 냉대 속에서도 교회에서 연주회를 열지만 엄청난 빚만 진다. 분발하여, 1826년 로마 콩쿠르에 응모하는데 역시 낙선한다. 다음해 다시 응모하여 겨우 예선을 통과하지만 그의 곡은 연주 불가능이라는 판정을 받는다. 그 사이 그는 어느 영국인이 제작한 연극「로미오와 줄리엣」에서 줄리엣 역을 맡은 여배우를 사랑하지만, 줄리엣이 어디 그를 거들떠보기나 하겠는가. 열패감에 휩싸인 무명 음악가는 마리 모크라는 다른 여인을 찾아서 약혼을 한다. 하지만 그의 짧은 이탈리아 체류 동안에 약혼녀는 어느 악기 제작자와 혼인을 해버린다. 줄리엣도 아닌 약혼녀마저 배신을 하자 베를리오즈는 그녀와 그녀의 가족들을 살해하기 위한 계획을 치밀하게 세우고 이탈리아를 떠난다. 물론 자살도 그 계획의 일부였지만, 도중에 마차가 전복되면서 계획은 모두 무위로 끝난다. 그의 생애가 안고 있는 앞으로의 실패들도 유장할 것이지만, 바로 그때의 경험이「환상 교향곡」의 밑그림이 된다. 사랑에도 실패하고, 자살에도 실패하는, 그래서 아직도 살아있는 자의 슬픔이 묻어나는 라르고-알레그로 악장의 첫 주제(그는 이 첫 주제가 "연인에 대한 강박적 영상이다"라고 말한다)가 다른 모든 악장들에 반복되어 나타난다. 베를리오즈의 이러한 주제의 반복은 그후 확립되는 '순환 교향곡' 양식의 기원이 된다.

인간이 가질 수 있는 감정적 내용들을 정확하게 음으로 전달하는 능력에 있어서 그는 아무도 따라오기 힘든 음악가였다. 악곡에 제목을 붙이는 '표제음악'을 창안한 점 또한 베를리오즈의 그러한 능력의 산물이다. 따라서 그의 음악은 형식미보다는 제목이 품고 있는 줄거리와 감정들의 표현을 통해서 생명력을 확보한다. 각 악장마다 '몽상-정열', '무도회', '전원의 풍경', '단두대로의 행진', '마녀의 경축일 밤의 꿈' 이라는 제목이 붙여진 5악장의 『환상교향곡』은 음악사에 있어서 최초의 표제 교향곡이다. 오페라음악이 설정된 상황의 묘사라는 점에 있어서, 이 작품을 가사 없는 오페라라고 부를 수 도 있을 것이다. 그의 또 다른 표제음악들인 「로미오와 줄리엣」, 「파우스트의 저주」 등도 청각적 상상력이 일구어낸 탁월한 극적 교향곡들이다. 의미심장한 표제를 가진 이 세 개의 극적 교향곡들은 그의 마지막 소망을 떠올리게 한다. 66살이 된 베를리오즈는 유년시절의 첫사랑을 찾아가 자신이 세상을 떠나게 될 때 머리에 손을 얹어주기를 간곡히 부탁한다. 그러나 결국 그는 첫사랑의, 늙어버린 노파의 손을 느끼지 못한 채 혼자서 죽음을 맞이한다. 낭만주의 음악가 베를리오즈는 오래 전부터 그의 첫사랑이 오지 않으리라는 것을 이미 알고 있었는지도 모른다.

베를리오즈의 주요작품

관현악과 합창곡 : 「로미오와 줄리엣(Roméo et Juliette)」, 「파우스트의 저주

(Damnation de Faust)」, 「환상교향곡(Symphonie fantastique)」, 「로마의 사육제 (Le Carnaval romain)」, 「햄릿의 종막을 위한 장송 행진곡 (Marche funèvre pour la dernière scène d'Hamlet)」, 「이탈리아의 해럴드 (Harolde en Italie)」

가곡 :「어부(Le pêcheur)」, 「그대를 믿노라(Je crois en vous)」, 「아침(Le matin)」

가브리엘 포레 Gabriel Fauré(1845-1924) : 그는 19세기의 음악가들 가운데 극적 음악을 주요한 목표로 삼지 않았던 유일한 음악가였다. 그래서 그의 음악을 누리기 위해서는 과장된 것보다는 억제된 것, 주제보다는 세부의 섬세한 선율들에 눈을 감고 몸을 맡겨야 한다. 소년 포레는 어느날 텅 빈 교회당에서 그가 줄곧 신비하게 여기던 오르간을 즉흥적으로 연주해 본다. 그때 우연히 기도하러 교회당에 들렀던 장님 노파가 그 즉흥연주를 듣고 포레의 음악적 재능을 발견한다. 노파가 장님이 아니었더라면 그냥 기도만 하고 스쳐 지나갔을 수도 있는 그의 음악적 감성은 생상스에게 지도를 받으면서 구체화된다. 스승은 포레의 작품을 "매우 뜻밖의 대담한 수법을 아주 자연스레 받아들이게 하는 매력이 있다"고 평가한다. 어쩌면 그러한 매력을 확보하는 것이야말로 프랑스가 기다려온 예술적 방식이었는지도 모른다. 하지만 프랑스 이외의 지역에서는 그의 음악이 왜 그렇게 중요한 평가를 받는지 이해 못하는 음악가들이 많다. 반면 프랑스 사람들이 포레의 음악을 살롱음악으로 치부하는 음악가들을 가련하게 생각하는 것도 사실이다.

포레 음악의 특징은 무엇보다도 그가 남긴 100곡에 가까운 가곡들 속에 잘 나타나 있다. 대표적인 가곡들로는 「꿈에서 깨고 난 후」, 「월광」, 「무덤가에서」 그리고 프랑스의 상징주의 시인 베를렌의 시에 선율을 붙인 「선한 노래」가 있다. 특히 「선한 노래」의 선율은 장조에도 단조에도 들어맞지 않는 모호한 조성을 이루고 있다. 겨울 햇살 아래 녹아내리고 있는 눈사람 같은, 눈사람이 녹고 나서 그 자리에 고여 있는 약간의 물 같은, 실체가 아니라 그립기도 하면서 동시에 두렵기도 한 흔적들을 그의 가곡은 흘려

가브리엘 포레

보낸다. 그 후에는 하나의 깨달음, 아무것도 얻지 않아도 좋을 그런 비물질적인 시간도 오랫동안 지속할 수 있구나 하는 깨달음을 얻게 해준다.

레퀴엠은 말 그대로 위령곡(慰靈曲)이지만, 부모가 연이어 세상을 뜬 뒤 그가 작곡한 「레퀴엠」은 지금까지 작곡된 레퀴엠들 중 가장 행복하고 따뜻한 느낌을 안겨준다는 점에서 주목할 만하다. 그의 이 '대담한' 위령곡은 슬픔을 주체할 수 없는 눈물로, 죽음을 검은 빛깔로 표현하였던 19세기 낭만주의의 전형성을 넘어서 또 하나의 세기를 열어주고 있다. 찰리 채플린이 자신의 무성영화에서 보여준 것과 같은, 가장 희극적인 장면을 통해 전해지는 먹먹한 슬픔을 포레의 음악에서도 느낄 수 있는 것이다.

포레의 주요작품

가곡 :「꿈에서 깨고 난 후(Après un rêve)」,「월광(Claire de la lune)」,「무덤가
　　　에서(Au cimetière)」,「선한 노래(La Bonne Chanson)」,「이브의 노래(La
　　　Chanson d'Eve)」,「몽환의 수평선(L'horizon chimérique)」
성악곡 :「레퀴엠(Requiem)」
관현악곡 :「발라드(Ballade)」,「환상곡(Fantasie)」

인상주의와 20 세기

　　프랑스 음악의 또 한번의 황금기는 히틀러가 그토록 사랑했었던 바
그녀의 독일적 강렬함에 피로감을 느낀 드뷔시의 인상주의 음악으로
부터 시작된다. 1902년에 초연한 드뷔시의 오페라「펠레아스와 멜리
장드(Pelléas et Mélisande)」는 비평
가들의 침묵에도 불구하고 감정
의 절제, 그리고 그 절제가 주는
기이한 분위기로 당시의 청중들
을 매료한다. 드뷔시를 가장 위
대한 음악가로 평생을 두고 존
경했던 라벨은 그러한 인상주의
음악을 계승하면서 그만의 독특
한 세계를 확립한다. 이 두 음악
가는 1889년 열린 파리 만국박람
회에서 음악적 계시를 받았다는

드뷔시의 〈바다〉, 초판본의 표지화

공통점을 가지고 있다. 타이티 토인의 춤곡, 자바의 인형극 음악, 베트남의 민속음악 등이 보여주는 타악기의 놀라운 효과와 선율의 원시적인 자유로움이 음악이란 인간의 감정을 표현하는 예술이라는 고전적 명제를 뒤흔들어 놓았기 때문이다. 시간이 지남에 따라 호수의 빛깔이 바뀌듯이, 음악은 감정의 반영을 넘어서 모든 것을 변화시키는 시간의 반영이라는 근거를 인상주의 음악이 제시한 것이다.

그 후의 프랑스 현대음악은 다양하게 펼쳐진다. 제1차 세계대전 후의 혼란기에 극작가이자 시인인 장 콕토J. Cocteau의 주도아래 다리우스 미요D. Mihaud, 아르튀르 오네게르A. Honegger 등이 '6인조' 동아리를 결성한다. 그들은 바그너풍의 영웅적인 비극성과 드뷔시풍의 불명료한 감각을 모두 거부하고 단순함과 적나라함 등의 공동목표를 내건다. 물론 이를 음악으로 구현하는 데에선 각자 독자적인 길을 가게 되지만, 오네게르가 달리는 기관차의 역동적인 인상을 그린 자신의 교향곡 「기관차 퍼시픽 231」에 대해 한 다음과 같은 말은 '6인조'가 지향했던 한 단면을 선명하게 보여준다.

"다른 사람이 여자나 달리는 말을 사랑하는 것과 마찬가지로 기관차는 내가 사랑하는 생명체이다. 이 곡은 처음에는 쉬고 있는 기관차의 조용한 숨소리로 시작되어 긴장과 속도가 점차 증가하면서 마침내 분속 1

오네게르의 「기관차 퍼시픽 231」의 피아노 편곡판 표지

마일의 굉음을 울리며 돌진하는 3백 톤 쾌속 열차의 서정적 비장감에 까지 이르게 된다."

「관료적인 소나티네」, 「금일 휴연(休演)」 등의 곡을 쓴 에릭 사티E. Satie 주위에 모여든 음악가들이 1924년 '아르쾨유Arcueil 악파'를 만들어서 전통주의적인 모든 것들에 대한 음악적 풍자를 시도한다. 한편, 올리비에 메시앙O. Messiaen과 앙드레 졸리베A. Jolivet를 주축으로 결성된 '젊은 프랑스Jeune France'(1936)는 예술 속에서 서정성과 인간적인 감동을 복원하려는 운동을 펼친다.

제2차 세계대전 이후에는 젊은 음악가들이 결성한 '조디아크 Zodiaque'라는 악파가 기존의 조성과 리듬체계를 해체하고 "젊은 프랑스의 새로운 서정주의까지 뛰어넘고자 하는" 운동을 전개한다. 이러한 범 세계주의적인 실험정신은 전자음을 도입한 피에르 불레즈Pierre Boulez의 추상적 인상주의, 자동차의 경적소리나 기침소리 같은 일상적인 소음들을 재구성하여 들려주는 피에르 셰페르Pierre Schaeffer의 '구체 음악' 등으로 연장된다.

현대음악이 어느 한 경향으로 규정하기 어려운 다양한 주관적 가치들을 상정함에 따라, 듣는 이의 주관적 판단도 그만큼 중요해져 갔다. 가령 구체음악이나 불레즈의 관현악곡 「주인 없는 망치」는 듣는 사람에 따라서 엘리트적일 수도 원시적일 수도 있고, 쉬울 수도 어려울 수도 있으며, 그리고 전위적일 수도 있지만 복고적일 수도 있게 된 것이다. 하나의 작품은 분명 '주인'이 있으면서도 동시에 "주인 없는 망치"가 될 수 있다는 깨달음 속에서 예술적 총화가 거듭나기 시작한 세기였다.

클로드 드뷔시Calude Debussy(1862-1918) : 그는 얼마나 느리게 작곡을 하였던가. 뉴욕의 메트로폴리탄 가극장이 3개월 동안의 여유를 주면서 오페라 작곡을 의뢰하자, 어떤 화음 하나를 선택하는 데도 그만한 시간이 걸린다며 난색을 표했다는 일화가 있다. 베트남 영화「그린 파파야 향기」를 보고 있으면, 이렇듯 천천히 아주 천천히 그의 피아노 소나타 모음곡인「베르가마스크」가 흘러나온다. 이 영화를 통해 "기다림과 인내하는 것의 가치를 일깨우고 싶었다"라는 감독의 발언은 드뷔시의 창작과정에도 적용된다.

그러나 드뷔시는 당시 음악가의 최고 영예인 로마 대상 수상자가 반드시 거쳐야 하는 집단 수련기간을 견디지 못하고 파리로 도망친다. 교과서적인 의무교육이 창작에 얼마나 무서운 독소가 되는지를 알고 있었던 그의 음악에는 그가 언젠가 말했던 "자기한테는 무엇과도 바

1955년 오페라 노스 '펠레아스와 멜리장드'의 한 장면

꿀 수 없는 개성의 진실"에 대한 탐색이 자욱하다. 착상으로부터 완성까지 10년의 세월이 걸린 「펠레아스와 멜리장드」에서 여주인공 멜리장드는 다음과 같이 노래한다.

"여긴 항상 이상한 침묵이 깔려요. 물이 잠자는 소리가 들릴 정도이니까요…"

그의 개성의 진실은 이 오페라가 보여주고 있듯이, 자신의 의도와는 관계없이 사내를 불행하게 만드는 한 여인과 연루된 도식적인 낭만성(사랑으로 시작해서 비극적 죽음으로 끝나는)에 있는 것이 아니라 "물이 잠자는 소리"를 어떻게 악기의 음향으로 다시 한번 재현해주는가에 있다. 그가 1905년에 작곡한 피아노곡 「이미지들」속에서는 그와 같이 표현 될 수 없는 것들을 음으로 표현하고자 하는 노력과 기다림의 힘이 더욱 웅숭깊어진다. 가령 "잎새 사이로 들려오는 종소리", "황폐한 사원에 내리는 달빛", "물에 비친 그림자"를 피아노의 선율로 언뜻 그려주었다가 사라지게 만든다. 그래서인가, 파파야 나무의 푸른 빛이 내리비치는 안마당을 소녀가 까닭 없이 멈춰서는 영화 장면에서, 까닭 없이 깔리는 드뷔시의 「베르마스크」 모음곡 중 "월광" 소나타는 시의적절하다. 그리고 그 까닭 없는 두 개의 실재가 사라지면, 안마당만이 또 한번의 까닭 없는 희미한 기다림으로 남는다.

드뷔시는 그의 대표적인 관현악곡, 「목신의 오후 전주곡」을 완성한 후 다음과 같이 말을 한다.

"도저히 표현할 수 없는 것에서부터 음악이 시작된다. 나는 표현할 수 없는 것을 위해 음악을 작곡한다."

그러한 드뷔시 음악의 파장은 컸다. 라벨, 스트라빈스키, 바르토크, 메시앙과 같은 20세기의 대표적인 음악가들이 그로부터 배워간 감각적 질(質)을 생각해 본다면.

주요작품

오페라 : 「펠레아스와 멜리장드(Pelléas et Mélisande)」
관현악곡 : 「목신의 오후 전주곡(Prélude à l'après-midi d'un Faune)」, 「바다(La mer)」
피아노 곡 : 「야상곡(Nocturnes)」, 「베르가마스크(Bergamasque)」, 「이미지들(Images)」
가곡 : 「별이 가득한 밤(Nuit d'étoiles)」, 「보리꽃(Fleurs des blés)」, 「선율들(Mélodies)」, 「말라르메의 시(Poèmes de Mallarmé」, 「집 없는 아이들의 성탄절(Noël d'enfants qui n'ont plus de maisons)」

모리스 라벨 Maurice Ravel(1875-1937) : 그는 드뷔시의 인상주의 기법의 세례를 받은 것을 스스로 인정하고 늘 감사하게 여겼던 작곡가였다. 하지만 러시아의 작곡가 스트라빈스키가 그에게 "스위스 시계 제조공"이란 별명을 붙였듯이 드뷔시와 궤를 달리하는 정확한 형식과 뚜렷한 구성감이 그의 음악에는 들어 있다. 그의 가장 유명한 작품인 「볼레로(Boléro)」가 그러하다. 스페인 무곡의 한 형식을 지칭하는 볼레로를 그대로 제목으로 따온 이 관현악곡의 서두는 스페인풍의 선율이 거의 들리지 않을 정도로 아주 여리게 시작해서 조금씩 그 음량을 보태어간다. 하지만 소리의 크기만 변화할 뿐

1941년 세르게 리파르가 안무한
'볼레로'의 광고표지

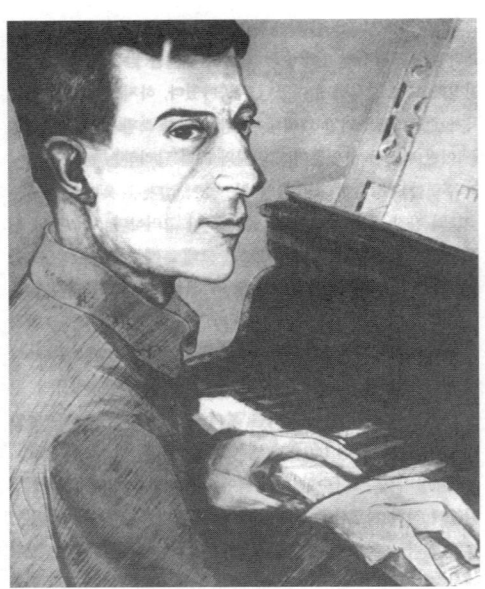
모리스 라벨

도입부의 선율이 계속 반복된다. 그리고 시계의 추가 흘러가는 시간을 밑도 끝도 없이 반복하듯이, 선율 주제에 끼어든 군대용 작은북이 약 15분의 연주 시간 동안 똑같은 리듬을 무려 169회나 반복한다.

기계장치 같은 단순한 형식 속에서 어떠한 선율의 전개에 못지않게 전혀 지루함을 느끼지 못하게 만들고 있는 반복과 반복의 치밀한 결합이 바로 라벨의 마법이다. 그러한 결합을 통해 그는 이 작품에서 표현하고자 했던 "인생에서 기쁨과 슬픔은 반복된다"라는 메시지를 거의 완벽하게 음으로 재현하고 있다. 어찌 보면 그는 기쁨과 슬픔이 반복되는 생이 그 무엇보다도 더 신기한 마법이라는 것을 전하고 싶은 "시계공"이었던 것이다. 그는 「볼레로」를 작곡한 뒤 어느 부인에게 이렇게 말한다.

"이 곡의 반복되는 주제가 간곡한 애원을 담고 있다는 것을 발견하지 못했습니까?"

라벨의 대표작들 중에는 「볼레로」 외에도 그의 음악세계를 특징짓는 스페인적인 정서의 「치간」, 「스페인 광시곡」, 「스페인의 한 때」가 있다. 이러한 정서의 근거는 평생 동안 독신으로 지낸 그의 일생에서 유일한 동반자였던 스페인 태생의 어머니로부터 비롯된다.

　라벨 음악의 또 하나의 특징은 누구나 이해하기 쉬운 친근함이다. 오페라 「아이와 마법」이 특히 그러한데, 중세 오르가눔, 빈 왈츠, 재즈 풍의 요소들이 어우러져 18세기 프랑스 궁정음악의 꽃이라고 할 수 있는 오페라-발레를 현대적으로 복원시킨 작품이다. 이 오페라의 주인공은 어머니에게 꾸지람을 듣고 주위의 물건들과 고양이를 마구 내던지는 어린아이이다. 내팽개쳐진 고장난 시계, 찻주전자와 찻잔, 그림책의 공주들이 갑자기 살아나서 노래를 부르고 춤을 춘다. 라벨은 디즈니의 만화 같은 환상적 소재를 타악기를 포함한 각 악기의 특징들을 활용하면서 오묘하게 이끌어 나간다. 말년에 작곡한 「왼손을 위한 피아노 협주곡」은 팔 하나가 없는 장애인의 제한된 상황을 고려한 또 하나의 음악적 오묘함의 경지를 보여주고 있다. 음악을 처음 마주하는 어린이로부터 오른손을 잃어버린 절망한 피아니스트에 이르기까지 친근함으로 다가갔던 라벨은 자동차 사고에 이은, 그러나 자동차 사고가 원인의 다라고 할 수 없는 실어증과 행위불능증의 증세가 서서히 악화되면서 마치 "고장난 시계"처럼 생을 멈춘다. 「죽은 황녀를 위한 파반」은 라벨이 이룬 음악적인 오묘함의 세 번째 경지, 곧 말도 행위도 시계도 멈춘, 그래서 음악으로 시작되는 온화한 슬픔의 경계를 보여준다.

주요작품

오페라 : 「스페인의 한때(L'heure espagnole)」 「아이와 마법(L'enfant et les sortilèges)」
발레음악 : 「꽃의 언어(Le langage des fleurs)」 「나의 거위 어머니(Ma mère l'Oye)」

관현악곡 : 「죽은 왕녀를 위한 파반느(Pavane pour une infante dèfunte)」, 「스페인 랩소디(Rapsodie espagnole)」, 「쿠프랭의 무덤(Le tombeau de Couperin)」, 「볼레로(Boléro)」

독주악기와 관현악곡 : 「왼손을 위한 피아노 협주곡(Concerto pour la main gauche)」, 「치간(Tzigane)」

실내악 : 「말라르메의 세 개의 시(Trois poèmes de Mallarmé」, 「마다가스카르 토인들의 노래(Chansons Madecasses」」

피아노곡 : 「물의 유희(Jeux d'eau)」, 「밤의 가스파르(Gaspard de la nuit)」

제2부
프랑스 작가를 찾아서

한국의 여성 작가,
시인 랭보를 사랑하다

편지들

오랜만에 랭보가 세간에 남긴 209통의 편지들을 읽는다. 그 며칠 동안 눈이 두 번 왔다. 아직 채 녹지 않은 눈길 위로 다시 눈이 내리는 것이, 답장도 오지 않는데 또 다시 수신인에게 사연을 보내려고 하얀 편지지 앞에 앉아 있는 옛 소년의 시간을 바라보는 듯하다. 랭보의 편지들은 1870년부터 1891년까지 써진 것들이 남아 있다. 그 편지들 중에 가장 오래된 것은 고답파를 대표했던 시인 테오도르 드 방빌에게 보낸 것이다. 당시 그의 나이는 15살, 우리나라 학제로 계산해보자면 중학교 2학년 때였다. 랭보가 한 번도 만난 적이 없는 당대의 대가에게 자신의 시를 소개하는 동안 그가 느꼈을 대책 없는 희망과 떨림이 오롯이 살아 있는 편지다.

"이 시들은 믿고, 사랑하고, 희망하고 있습니다. 그것이 전부입니다. 존경하는 선생님, 저에게, 조금만 저를 일으켜 세워주세요. 저는 젊습니다. 저에게 손을 내밀어 주세요…"

랭보하면 떠오르는 이미지가 있다. 폴 베를렌의 초청을 받아 파리의 문단에 혜성처럼 등장해서 고답파 시인들을 있는 대로 조롱하고 또 다시 혜성처럼 사라진 천재 시인이라는 기적 같은 이미지이다. 김현은 랭보를 해설하는 글 속에서 그를 "전적으로 수수께끼와도 같은 삶을 살았던 시인"으로 평한다. 하지만 파리의 문단에 입성하기 전에 쓴 그의 편지는 매우 간절하다. 요컨대, 그는 시인으로 알려지기 위해서 간절했고 구체적이었다.

그 옛날에는 편지 왕래에 이래저래 시간이 많이 걸렸다. 하지만 그런 느림이 마음을 건네는 소통에 있어서 비효율적인 방식으로서만 작용하지는 않았을 것이다. 우체통을 찾아가 부치던 편지가 이메일로, 이메일에서 휴대폰의 문자로 소통의 주된 방식이 바뀌면서 답신이 오지 않는 5분간의 시간마저 아주 초조할 때가 있다. 그래서 그런지 어느 연애 지도사(이런 직업이 최근에 생겼다)는 사귀는 이성(異性)이 마음에 든다면 답신 문자를 반드시 5분이 지나서 보내라고 조언한다. 그러니 19세기쯤의 편지들을 읽고 있자면 그 내용에 상관없이 마치 모두 비밀스러운 연서(戀書) 같다. 편지 왕래에 걸리는 시간이 길면 길수록 그 사이에 스며드는 기다림, 혹은 그에 대한 떨림과 회한의 규모가 눈덩이처럼 불어나기 때문이다. 이를 다르게 말해볼 수도 있는데, "서간 문학은 심리적, 물리적 거리가 적절히 유지된 상황에서 넓이와 깊이를 더할 수 있다"(이재룡). 더군다나 앞에서 소개된 서간문들 중 랭보가 이장바르 선생과 시인 폴 드메니에게 보낸 편지들은 우표도 부치지 않은 채 보낸 것들이었으니 수신자가 아예 수취를 거부할 수도 있는 노릇이었다. 하지만 이 우표 없는 두 개의 편지는 랭보가 실행한 견자론의 토대가 된다.

"시인은 모든 감각의 오랜, 거대하면서도 이론적인 착란에 따라 견

피카소가 그린 랭보

자가 됩니다. 사랑과 고통, 광기의 모든 형태들을 스스로 탐색하고, 자신 속에서 모든 독소들을 고갈시켜 그것들의 정수만을 보존하는 것이지요. 모든 신앙, 모든 초인적인 힘들이 필요한 엄청난 고통, 그 고통 속에서 시인은 고귀한 환자, 위대한 범죄자, 거룩하게 저주 받은 자,-그리고 지극한 학자-가 되는 것이지요.”

영국의 비평가 에드먼드 윌슨은 『악셀의 성』에서 이렇게 적고 있다. “랭보는 분명히 프랑스의 어느 시인의 영향과도 상관없이 자신의 편지에 적힌 시점에 도달한다.”

하지만 그 “시점”에 도달했을 무렵 시인 랭보는 시 쓰기를 그만둔다. 그때 나이 스무 살이었다. 그 이후의 글쓰기는 편지로써 계속된다. 특히 그가 다리를 절단하고 병을 앓으면서 서른일곱 살 무렵 누이에게 보낸 편지들은 애달프다. 이상한 것 중의 하나는 랭보가 열일곱에 쓴 시들을 읽고 있자면, 그것들이 마치 서른일곱 살이 되어 랭보가 겪게 되는 생과도 미리 소통했다는 느낌이 드는 것이다.

“내 건강은 위협받았다. 공포가 찾아왔다. 나는 여러 날 수면 속에 빠져 있었다. 일어나면, 가장 슬픈 꿈이 계속되리라.”

이제 한국 여성 작가들의 글 속에 등장한 랭보를 중심으로 그의 ‘소통’에 대해서 조금 더 이야기를 해보자.

랭보의 고향 샤를르빌과 박완서

샤를르빌은 랭보가 이미 십 대에 견딜 수 없이 답답해하며 몇 차례나 탈출을 시도한 고장이었다. 그는 임종의 땅으로도 그 고장을 선택하지 않았다. 범속한 사람들의 범속한 일상사가 느릿느릿 반복되는 이 좁은 고장이 십 대에 벌써 시와 예술의 정점에 오르고 이십 세에는 문학을 팽개쳐버린 천재에게는 얼마나 숨 막히는 고장이었을까? 그런 뜻으로 유품이랄 게 별로 남아 있지 않은 기념관이나 조그만 표지판이 붙어 있는 그가 살던 집보다는 이 도시 전체를 그의 기념관으로 바라봐도 되지 않을까 싶었다. 내가 랭보를 안 것도 십대 때였다. 그러나 그의 이름을 알았다 뿐 그의 시를 안 것은 아니었다. 처음 본 그의 시가 「지옥의 계절」이라는 산문시였는데 무슨 소린지 잘 알지도 못하면서 덮어놓고 끌렸고 보들레르의 「악의 꽃」과 흡사하다고 느꼈었다. 그것을 읽었다는 데 죄의식 같은 걸 느낄 정도로 부도덕한 무엇인가가 있었고, 부도덕에도 아름다움이 있다는 걸 가슴 떨리게 느낀 것도 「악의 꽃」을 읽고 난 뒷맛과 비슷했다. 1991년은 그가 죽은 지 백 주년이 되는 해여서 우리나라에도 랭보 시선을 기념 출판한 적이 있는데 나는 거기서 지옥의 계절을 다시 읽어보았다. 십 대에 읽은 게 일본어 번역판이기 때문에 우리말로 읽으면 좀 더 랭보에 다가가기 쉬울 줄 알았다. 그러나 난해하긴 마찬가지였다. 머리가 굳어서 되레 십대에 감수성으로 읽어낸 것만큼도 느낌이 오지 않았다.

기념관 뒤는 강이었고 강에 걸린 다리는 교각이 없는 다리여서 미세하게 흔들렸다. 일부러 발을 구르면 흔들림이 조금 커졌다. 가만히 있어도 밑으로 흐르는 강을 보고 있으면 다리가 흔들리는 것 같은 착각이 왔다. 나는 다리 위에서 그런 착각을 즐기며, 랭보 같은 조숙아는 샤를르빌 같은 데서 태어난 게 아니라, 그리스 문화와 프랑스적 전통이 낳았다는, 어디선가 읽은 구절을 떠올렸다. 그래 잘 났다, 잘 났어, 프랑스 그리고 너, 유럽아.

—박완서, 「천재의 고향」, 『한 길 사람 속』 중에서

박완서는 여성신문에서 주최한 문학기행('박완서와 같이 가는 문학기행')에 본인의 이름이 걸려 있어서 약간의 '부담'을 느끼며 프랑스로

갔다. 책 속에는 여행 기간이 언제였는지 기록되어 있지 않지만 출간 년도로 미루어보아 1995년 이전이다. 어떻든 (박완서와 같이 가는) 문학기행단은 문인들이 잠들어 있는 공동묘지들을 주로 방문했던 것 같다. 여행기에는 무덤들을 연이어 찾아가는 사람들을 신기하게 쳐다보며 간신히 길 안내를 하는 현지 안내인도 등장한다. 박완서가 프랑스에서 마지막으로 들렸던 곳은 랭보의 고향인 샤를르빌 소읍이다. 그녀는 그곳에서 무엇보다도 천재 시인을 숨 막히게 했던 범속한 일상을 느낀다.

사르트르는 『성(聖) 주네』에서 "천재는 재능이 아니라 절망적인 처지 속에서 만들어지는 돌파구"라고 말한 적이 있다. 그런데 평범한 사람들이 대개 마지막 안식처로 꿈꾸는 고향이나 어머니가 랭보에게 있어서는 도리어 절망의 진원지가 된다. 다른 사람들의 시선에 항상 민감했고 신앙심이 깊었던 랭보의 어머니는 어릴 때부터 그의 뺨을 때리기가 일쑤였다고 한다. 더군다나 랭보의 초등학교 때 담임이 이렇게 말한 것을 그는 오랫동안 기억하고 있었다.

"그 학생은 교장 선생님께서 바라시는 만큼 영리합니다만, 그의 눈빛과 미소가 제 마음에 들지 않습니다. 이 아이의 말로가 좋지 않을 겁니다."

대개 불우한 천재나 선지자가 자신을 박대하는 어머니나 고향으로부터 떠나면서 나름대로의 운명들이 시작되는데, 랭보의 시가 근원적인 그리움으로부터 벗어난 삶의 방식을 선사하고 있는 점이 그와 무관하지는 않을 것이다. 특히 『지옥에서 보낸 한철』은 박완서가 지적한 '부도덕'이 마치 순도높은 천진함처럼 온통 파랗게 물들여져 있다. 그 천진함은 여태껏 세상에서 발견할 수 있었던 모든 인간적인 감동들에

대해서 수치감을 느끼
게 해주고, 그 수치감
때문에 울게 되면, 때려
서 쫓아내는 방식이다.
그리곤 17살의 소년은
항구에서 불어오는 '죄
의 바람'을 쐬며 파랗
게 으르렁거린다.

1872년 라투르가 그린 그림, 랭보와 베를렌이 보인다.

"난 여자를 사랑하지 않아. 사랑은 재창조해야 되는 것인데, 여자들
은 안전한 자리를 원할 줄 밖에 모르거든."

재창조는 『지옥에서 보낸 한철』이 보여주는 정신과 어법의 한 특징
적 모습이라고 할 수 있다. 시에서 지옥의 남편과 함께 등장하는 여성
형의 화자 또한 "슬픔마저 계속해서 새로워 지지 않으면 안 된다"고
노래한다.

샤를르빌의 기념관을 방문한 박완서는 랭보의 자료나 흔적들이 그
곳에 거의 남아 있지 않다는 것을 가르쳐준다. 더불어 "머리가 굳어
서" 예전보다도 한층 그의 시에 대한 '느낌'이 없어졌다고 토로한다.
그런데 갑자기 여행기의 장면이 바뀌면서 박완서는 기념관 뒤에 위치
해 있는 다리 위에 서 있다. 동료들을 기념관 안에 남겨둔 채 홀로 샤를
르빌을 관류하는 뫼즈 강에 다다른 인상이 짙다. 그녀는 흐르는 강물
을 내려다보며 자신이 강물과 동일시되는 '착각'을 일으킨다. 그러다
가 이윽고 착각을 "즐긴다". 박완서가 랭보의 초기 시 중 하나인 「취한
배」를 떠올렸을까? 그런 것 같지는 않다. 하지만 적어도 그녀는 기념관
을 뒤로 하고 「취한 배」의 모티프가 된 비밀의 장소에서 '감각의 착란'

97

을 즐거워했다. 샤를르빌을 방문해서 랭보의 시를 이만큼 <느낀> 한국의 작가는 드물 것이다.

거기에선 푸르스름한 색깔들이 갑자기 물들여져,
착란과 느린 가락들이 태양빛 아래로
알코올보다 더 독하게, 리라보다 더 넓게
사랑의 쓰디쓴 다갈색 얼룩들을 술렁이게 한다네!

번개들로 찢어지는 하늘, 물 회오리
격랑과 해류를 난 아네, 그리하여 난 저녁과
비둘기 떼처럼 날개를 펼쳐오는 새벽을 알게 되네,
그리하여 난 인간이 보았다고 믿은 것을 가끔씩 보게 되네!
(중략)
허나, 정말 난 너무 울었네! 새벽은 가슴을 에는 듯하고
달빛은 온통 잔혹하고 햇빛은 온통 쓰라리네
모진 사랑은 도취된 무감각으로 날 가득 채우네
오 나의 용골(龍骨)이 부서지기를! 오 바다에 내가 이르기를!
　　　　　　　　　　　　　　ㅡ아르튀르 랭보, 「취한 배」 중에서

　　모두 25절 100행으로 이루어진 이 시편에 등장하는 '나'는 '배'이다. "너무 울었"고 "새벽은 가슴을 에는" 듯하지만, 그 전진하는 배가 희망하는 것은 두 가지다. 자신이 부서지는 것, 그리고 미지(l'inconnu)에 이르는 길이다. 이제 어디에서 시작해 어디로 이르는지 알 수 없지만, 자신을 소멸시키고자 하는 그의 새로운 고향은 미지에 이르는 길뿐일 것이다. 허나 그 끝나지 않을 길 위에서 "제 혀를 빼서 제 상처를 핥는 짐승의 외로움"(김훈)이 보인 것은 착각일까?

〈내 몸 속의 랭보〉 혹은 김승희

백치 같은 문장이 질질 결론을 끈다―

너는 나의 늑골을 쿡 찌르며
짧게 웃는다
현무야, 너는 아니? 내 몸속의 랭보가
찬란한 크레센도로 마수를 뻗치면서
블랙홀―그 어마어마한 광풍을 몰고 있다
　　　　　―「유혹―현무에게」,『왼손을 위한 협주곡』중에서, 문학사상사(1983).

　한국의 여성작가들 중에서 랭보의 그 질투 나는 광기와 가장 시적
으로 교류한 이는 아마 김승희일 것이다. <백치>와 <웃음>이 등장하
는 위의 시 구절도 김현이 1974년에 번역했던 랭보의 시 한 구절을 다
시 살아나게 한다.

　"봄은 나를 향해 백치처럼 무시무시한 웃음을 웃었다."

　랭보는 김승희 시인의 정신보다는 몸 속에 진을 치는 것으로 묘사
되는데, 그 속에서의 작란(作亂)이 장난 아니다. 랭보가 몸속에 만든, 아
니 차라리 시인이 랭보의 '마수'를 잡아 몸속으로 끌어들인 '블랙홀'에
는 허연 이를 드러낸 짐승이, "극광처럼 광도가 높은 태양음계"가, 울
음 섞인 웃음의 불길함이, "황폐를 꿈꾸는 병" 같은 것들이 밀생한다.
몸과 더불어 갖는 인식은 어떤 신탁의 절대성을 떠올린다. 김승희의
시집『왼손을 위한 협주곡』의 자서(自序)는 이렇게 시작된다.

　"약 5년 동안 강박적인 체험의 고통에 빠져 시를 못 쓰고 있는 동안

영화 〈토탈 이클립스〉의 한 장면

나는 내 몸속에 한 마리 짐승을 기르고 있는 것 같았다."

　그 침묵의 몸속에 들어있던 것은 짐승이거나 랭보(<내 몸속의 랭보>)였다고 말할까? 그렇다면 랭보와 함께 "일상적인 것, 낯익은 것에 낱낱이 일격을 가했던"김승희는 결국 미래의 인간? 랭보의 다음과 같은 구절을 따르자면 말이다.

　"미래의 인간은 짐승으로 채워질 것이다."

　사족을 붙이자면, 랭보와 김승희 사이에는 짐승의 결말에 대한 차이점이 있다. 김승희에게 고통을 가중시키던 <몸속 짐승>은 결국 <시의 신탁>이나 <희망>과 같은 긍정적인 결과들을 낳는다. 하지만 랭보에게 있어서 <몸속 짐승>은 부정한 것들을 다시 부정함으로써 긍정적 층위로 나가는 낙관적 방식을 택하지 않는다. 차라리 그 몸속 짐승은 천천히 신체의 일부가 된다. 시적 은유가 천천히 실제가 되어서 현실 속의 우리를 불현듯 놀라게 하듯이 말이다.

　랭보의 작품 속에서 가장 많이 등장하는 자연물이 있다면 태양이거나 그것과 연계된 불, 혹은 태양과 연루된 상황들이다. 단순하게 비교해보자면, 김승희의 초기 시편들도 아마 그러할 것이다. 더구나 그녀의 다음과 같은 글은 인문화(人文化)된 영역에서 재빨리 벗어난 랭보의 『지옥에서 보낸 한철』 그 어딘가에 슬쩍 끼워 넣어도 통(通)할 것 같다.

　　그러나 때로는 그도 강가에서 눈물을 흘리며 간구하기도 한다…. 아, 아버지, 내

핏속의 태양균들을 좀 가져가 주세요, 라고. 그러나 다시 아침이 오면 그는 또다시 맑고 투명한 울음의 껍질들을 주워 모으며, 천막을 챙기고 다시 가리라, 목적지도 없이 바람 속을.

—「세 개의 모티브」, 김승희, 『태양미사』 중에서

통념대로라면, 태양은 우리의 일상(日常)을 시작하게 한다. 하지만 그것은 범속한 일상으로부터 아이들을 (랭보와 김승희는 똑같이 자신을 가리켜 '태양의 아이'라고 명명한다) 멀리내치는 원심력이 될 수도 있다. 새로운 병균인 '태양균' 또한 '한곳에 머무르지 못하는 벌'과 관련이 있지만, 김승희의 시에서 그 '벌'은 순결하고도 치열한 삶의 행정을 지탱하는 힘이 된다. 김승희는 노래한다.

"내 일상(日常)은 훨훨 비늘이 되고 / 바람이 되고 / 우리는 하나의 붉은 사과를 나눠 먹으며 / 타오르는 해안의 태양 옆길을 간다"(『태양미사』 중에서).

랭보 또한 태양 빛이 쏟아져 내리는 바다에 이른다. 그는 그 빛과 물의 경계에서 마침내 인간이 중언부언 할 수 없는 영원을 되찾게 된다.

그래서 너는 벗어난다.
인간적 동의와
공통적인 비상에서! (중략)

내일은 없다,
새틴 같은 잉걸불이여,
그대의 열기는
의무이다.

되찾게 된 것!
—무엇을?—영원을.
그것은 태양과 섞인
바다.

— 아르튀르 랭보, 『지옥에서 보낸 한철』중에서.

"섞이고", "나눠먹으며", "잉걸불"이거나 "붉은 사과"거나, "태양과 섞인 바다"거나 "해안의 태양 옆길"이거나, 랭보거나 김승희거나, 시인들은 서로의 경계를 허물어 우리에게 아직 경험하지 못한 새로운 빛을 보여준다. 그래서 '태양'과 '바다'도 서로의 경계를 허물고, 우리는 붉은 사과 하나를 나눠 먹다가도, 열기가 의무였던 잉걸불 속에서도, 그러한 순간을 다시 발견하게 될 것이다.

TV속의 랭보와 신현림

　랭보의 어투, 감각, 스케일이 마음을 끈다. 언젠가 TV에서 세계 문화 기행을 통해 랭보를 보았다. 그가 왜 스무 살 이후에 시를 쓰지 않았느냐고 랭보 연구자에게 물었다. 잔뜩 기대했으나 그 대답은 무척 기운 빠지게 하는 것이었다. 그 당시 프랑스 문단의 주류가 아니었기에 자포자기하는 마음이었을 거라는 대답이었다.
　아무리 세월이 흘러도 그런 경계선은 변하지 않나 보다. 어쨌든 서른일곱 살에 요절한 랭보는 세계 문학사에 놀라운 감수성과 경이로운 독창성으로 거대한 향기를 남겼다.

—신현림, 『내 서른 살은 어디로 갔나』중에서

신현림은 랭보의 팬이다. 그녀는 다른 글 속에서 대책 없이 랭보를 그냥 호명하기도 한다. 연인의 등 뒤에서 그 이름 부르듯, 죽은 자를 대책 없이 부르는 호명은 그 내용 없는 절대성 때문에 어떤 소개보다도 랭보를 현실적으로 육화시킨다. 분명 팬인 그녀는 "랭보의 어투, 감각, 스케일에" 마음이 끌리고, 유난히 가을을 타는 분들께도 랭보의 시를 권한다. 그리고 그가 스무 살 때 절필한 이유가 자포자기의 심정이었을 거라는 어느 연구자의 해설에 실망한다. 이 대목에서 신현림을 조금 더 기운 빠지게 하고 싶은 이야기가 있다. 어느 전기 연구자는 랭보의 절필이 청소년기의 마감이고, 성인이 되어 사회적 요구에 적응하는 과정이라고 풀이한다. 연구자의 실명은 밝히지 않겠다.

아무튼지 신현림의 생각은 가장 중요한 화두를 제공한다. 랭보는 왜 시 쓰기를 그만두었을까? 이는 기적 같은 독창성으로 세상을 주눅 들게 했던 랭보 이후에도 근근이 시를 쓰며 버틴 모든 시인들의 마음을 흐트러뜨리는 질문이기도 하다. 그의 시 「작별(Adieu)」 중 한 소절을 옮겨 적는다.

> 나는 모든 축제를, 모든 승리를, 모든 드라마를 만들어냈다. 새로운 꽃을, 새로운 천체를, 새로운 육체를, 새로운 언어를 창조하는 데 공을 들였다. 하여 초자연적인 권능을 얻었다고 믿었다. 그래! 나는 나의 상상력과 추억들을 매장해야 한다! 예술가와 이야기꾼의 아름다운 영광도 함께 실어서! (중략)
> 이제 전야(前夜)다. 생기와 실제적인 사랑의 온갖 흐름들을 받아들이자. 그리고 새벽에는, 열렬한 인내로 무장하고 저 빛나는 도시로 들어가자.

절필한 이유가 이 세상에 더 이상 새로운 것이 없기 때문이라고 했다지만, 결국 랭보는 시가 세상을 바꾸지 못하리라는 것을 체험한다. 그리고 그가 쓴 시들은 당대에 유통되지 못했다. 보잘 것 없는 잡지에 몇 편 실렸을 뿐이었다. 시가 세상을 바꾸는 데 실패했다면, 자신의 삶이라도 바꾸어야 했을까? 랭보는 「견자의 편지」에서 이렇게 말한다. "구리가 나팔로 변해 깨어나더라도, 구리의 잘못은 전혀 없는 거지요…."

그가 남긴 시들은 그의 절필과 생의 변전을 낱낱이 예고한다. 시를 미래로 바꾸고, 랭보는 그 열려지는 미래에 진저리를 치면서 가담했다는 생각이 든다. 그리고 그런 시는 16살부터 20살까지 4년 정도만 썼으면 충분했다. Adieu!

랭보를 경계하는 남성 작가들

앞에서 살펴본 김승희, 박완서, 신현림 외에도 자신의 책 속에서 랭보를 거명한 여성 작가들은 몇 명 더 있다. 전혜린, 황인숙, 김정란, 조은, 문혜진…. 사실 랭보를 다룬 한국 여성 작가들은 그리 많지 않다. 굳이 성대결 식으로 편을 가르자면, 작품 속에서 랭보를 언급한 남성 작가들은 그에 비해서 월등히 많다. 그런데 남성 작가들 중에는 랭보의 천재성을 경계하거나 그의 절필을 의심해보라는 식의 발언들도 있지만, 여성 작가들은 거의 예외 없이 그에게 우호적이거나 동정적이다. 랭보 또한 폴 드메니에게 보낸 「견자의 편지」에서 여성을 옹호한 적이 있다.

"지금껏 있어 왔던 여성의 끝없는 예속이 무너지고 여성이 스스로의 힘으로 자신을 위해 사는 시대가 오게 되면, 그리고 남성이,-지금껏 비정했던 남성이 여성을 속박으로부터 풀어준다면, 여성 또한 시인이 될 것이며 미지를 발견할 것입니다!"

물론 당대를 앞서나갔던 이러한 페미니즘 때문에 랭보를 찬양한 여성 작가는 아무도 없다. 왜냐하면 랭보는 정작 자신의 작품들 속에서 "비정한 남성"의 방식을 지속적으로 실행했기 때문이다. 일테면 문혜진의 시에 등장하는 "표범 문신을 한 소년"처럼 랭보는 야만적인 웃음소리로 예의바른 여성들을 완벽하게 경멸하며 어디론가 데려간다. 데려간 그곳은 "깨진 병과 쐐기풀" 위에서만 앉아 있을 수 있는 곳이다. 하지만 그는 누군가에게 상처를 주면서 겪게되는 단독자의 슬픔을 알게되는 소년이기도 하다. 랭보는 일찍이 16살 때 쓴 한 산문시의 서두에서 자신을 이렇게 정의한다.

여자들을 사랑하지 않았으면서도—혈기로 가득 찬—그의 영혼과 마음, 그의 모든 힘은 이상하고 슬픈 실수들 속에서 자라났다. (이후 생략)

누이동생 이자벨

"이상하고 슬픈 실수들"은 어떤 것이었을까… 알 수 없으나, 거의 분명한 것은 "여자들을 사랑하지 않았으면서도" 생겨나는 "이상하고 슬픈 실수들"을 이해해줄 수 있는 존재는 여성뿐일 것이다. 그리고 박완서의 표현대로라면 랭보는 "부도덕에도 아름다움이 있다는 걸 가슴 떨리게 느끼도록" 해주었던 시인이었다.

"나는 내 재능 속에서 인간이 가질 수 있는 온갖 희망을 사라지게 하기에 이르렀다. 그 희망의 목을 비트는 데 즐거움을 느껴, 나는 잔인한

랭보가 사망하기 전 그의 누이
동생이 그린 초상

짐승처럼 음험하게 뛰어올랐다"라고 노래했던 17살의 불온한 소년이 37살이 되어 불우하게 죽어갈 때, 그를 유일하게 보살펴주었던 사람 또한 그의 누이동생이었다. 이자벨 랭보가 오빠를 간병하면서 쓴 일기는 문학적 효과가 있는 것은 아니다. 그래서인지 일기는 랭보를 다룬 전집들 속에 부록 형식으로 간신히 끼어 있기도 하고 빠지기도 한다. 그 중 한 대목을 마무리 삼아 옮겨본다. 왜냐하면 글은 문학적 효과를 망각함으로써 기록의 존엄성을 획득하기도 하기 때문이다.

1891년 10월 4일 일요일

그가 갖가지 혐오스런 짓들을 범하지 않게 막으려고 하루 종일 궁리해야 한다. 그의 머릿속에는 마르세유를 떠나 알제리든 아덴이든 오보크든 좀 더 따뜻한 지방으로 떠날 생각밖에 없다. 그럼에도 그가 이곳에 계속 눌러 있는 것은 내가 더 이상 그를 따라가지 않을까봐 두렵기 때문이다. 그는 더 이상 나 없이는 지내지 못한다… 잠에서 깨어나면, 그는 창문을 통해 구름 한 점 없는 하늘에서 여전히 빛나는 태양을 바라본다. 그리고 다시는 바깥에 나가 해를 보지 못할 것이라고 울기 시작했다.

아르튀르 랭보Arthur Rimbaud(1854-1891)의 약력

* 참고한 책들은 모두 랭보의 약력을 시간에 따른 연대순으로 정리하고 있다. 언젠가 랭보의 친구 들라에가 그에게 물었다. "랭보, 언제 떠날 건가?" - "가능한 한 빨

리." 항상 다른 곳을 향해 미친 듯이 출발했고, 자신의 구멍 난 구두를 "바람구두"라고 칭했던 랭보의 약력은 시간보다는 공간을 따라 정리되는 것이 걸맞지 않을까 하는 생각이 든다. 랭보는 37살 나이로 요절했지만, 공간적으로는 더 많이 살았을 것이다.

　　○**샤를르빌(1854)**: 랭보의 고향. 스승 이장바르를 만나다. ○**파리(1870)**: 첫 가출, 기차 무임승차로 파리에서 체포되다. ○**브뤼셀(1870)**: 두 번째 가출의 목적지, 그 행복한 여정 동안 랭보의 대표적인 초기 시 「감각」, 「나의 방랑」들이 쓰여지다. ○**파리(1871)**: 세 번째 가출, 걸어서 샤를르빌로 돌아오다. 폴 베를렌의 초청을 받아 다시 파리에 도착. 당대의 예술가들과 어울리나 환멸을 느끼고 고향으로 돌아옴. 베를렌과 함께 짐수레를 타고 다시 벨기에로 출발. "열차, 역, 걷기, 토론, 시 쓰기와 낭송, 놀이 만들어내기, 장난, 여인숙에서 벌이는 야단법석."(클로드 장콜라) 어머니가 미성년자인 랭보를 찾아달라고 경찰에 요청. ○**런던(1872)**: 베를렌과 함께 도버행 배를 타고 런던에 도착. 방을 마련함. 산문시들을 쓰기 시작. 12월의 런던, 안개와 추위. 고향으로 홀로 돌아옴. ○**브뤼셀(1873)**: 베를렌이 랭보에게 총상을 입히다. 『지옥에서 보낸 한철』출간. ○**런던(1874)**: 『일뤼미나시옹』을 쓰다. ○**슈투트가르트(1875)**: 슈트트가르트, 밀라노, 리구리아 해변, 마르세유 등을 경유하는 기나긴 여행. ○**자바(1876)**: 네덜란드 식민지 용병이 되어 자바로 가다. ○**희망봉(1876)**: 탈영, 희망봉과 아일랜드를 거쳐 샤를르빌로 돌아 옴. ○**퀼른(1877)**: 퀼른, 브레멘, 스톡홀름을 여행. ○**알렉산드리아(1878)**: 집을 떠나 제노바 도착, 그 곳에서 배를 타고 알렉산드리아로 향하다. ○**키프로스 섬(1878)**: 채석장에서 일을 얻음. ○**홍해(1880)**: 제다, 수아킨, 마사와, 후다이다 등 홍해(紅海) 연안의 항구도시들을 유랑. ○**아덴(1880)**: 커피 회사에서 일하게 되다. 아랍어를 익힘. ○**하라르(1883)**: 말을 타고 소말리아 사막을 횡단. 회교도의 성지인 하라르에서 회교도 복장을 한 상인으로 일하게 됨. 백인들이 가보지 못했던 아프리카 지역들을 탐험. ○**안코베(1886)**: 200마리의 낙타들을 이끄는 대상과 함께 오지로 들어가다. ○**카이로(1886)**: 극심한 피로와 사업의 파산. ○**하라르(1888)**: 통신원과 사업을 다시 시작. ○**아덴(1891)**: 무릎 통증 때문에 들것에 실려 아덴 도착. ○**마르세유(1891)**: 다리 절단. 고향으로 돌아와 요양을 하지만 다시 마르세유로 떠남. 마르세유 병원에서 사망. 진료 일지에는 사망 원인이 전신 암으로 기록되어 있음. ○**샤를르빌(1891)**: 시신이 고향으로 옮겨짐. 운구 뒤를 두 사람이 따라 가다. 그의 어머니와 누이동생.

알프레드 드 뮈세, 그리고 베네치아

뮈세와 살롱

1828년 알프레드 드 뮈세Louis-Charles-Alfred de Musset(1810~1857)가 파리의 한 문학 살롱에 처음으로 나타나자, 셍트 뵈브는 19세기 프랑스 낭만파를 대표하는 시인·극작가·소설가로 등극하게 될 그의 모습을 이렇게 묘사한다.

"늠름하고 자신만만한 이마, 아직도 어린이의 장밋빛을 온전하게 지닌 꽃 같은 두 뺨, 욕망의 숨결로 뜨겁게 부풀은 콧구멍, 그는 마치 승리를 약속받은 전사와도 같이 삶의 당당함으로 가득 찼으며, 구두 소리도 드높이, 눈은 하늘로 치뜬 채 걸어 들어왔다."

뮈세는 파리의 명문 학교인 앙리 4세 고등학교를 우수한 성적으로 졸업할 무렵 시인을 자신의 업(業)으로 작심한듯하다. 당시 친구들에게 보낸 그의 편지들에는 셰익스피어와 실러를 능가할 정도의 시인이 되겠다는 문학적 치기와 야망들이 군데군데 눈에 띤다. 고등학교 졸업 후에 그는 안정된 직업을 보장하면서도 시를 쓸 수 있는 시간 또한 확보할 수 있는 전공들을 모색한 듯하다. 그는 처음 법과대에 입학했으나 법률 공부의 지루함을 오랫동안 견디지 못한다. 법과대를 자퇴한

후 의과대학에 다시 입학하나 그마저 시체해부 강의에 질려 이내 그만둔다. 그리고 마침내 문학 클럽들을 드나들기 시작하는데, 그의 첫사랑이자 "최초의 부정(不貞)한 여인"으로 일컫게 되는 드 라 카르트De la Carte 후작 부인을 만나게 된다. 그 관계는 일 년 정도 지속되었다고 하는데 아마도 그때 정념, 배신, 광기 그리고 절망과 같은 사랑의

알프레드 드 뮈세의 초상

수순들을 뼈저리게 체험한 듯하다. 그리고 그러한 감정들의 일체는 그의 시 속에 나타나는 뮈세 특유의 낭만적 드라마로 중첩되고 지속된다. 프랑스 낭만주의를 대표하는 또 다른 작가들인 알퐁스 드 라마르틴, 알프레드 드 비니, 셍트 뵈브, 그리고 당시 문학계의 수장인 빅토르 위고와 접촉하게 되는 시기이기도 하다.

낭만의 실물성

문학사가들은 일반적으로 라마르틴, 뷔니, 위고, 뮈세를 프랑스의 4대 낭만파 시인들로 꼽고 있다. 그런데 뮈세가 나머지 시인들과 뚜렷이 다른 점이 있다면 바로 정치적 무관심이었다. 뷔니, 위고, 라마르틴은 모두 당대의 시인이자 동시에 자발적 위정자들이었다. 시인은 "민중을 인도하고 교화할 의무"를 지녀야 한다고 위고는 선언한다. 낭만주의의 수령이 제창한 이러한 선언에 당시 대부분의 작가들은 동의하

나, 뮈세는 그에 대해 분명히 머리를 가로젓는다. 누군가가 시인이라면, 그는 "민중을 인도하고 교화할" 겨를이 없다는 것이다. 그는 대개 라마르틴처럼 영혼 불멸에 대한 믿음이나 종교적 열정도 없고, 비니처럼 생로병사에 대한 철학적인 각성도 없으며, 위고처럼 독자를 압도하는 장중한 어조나 역사가다운 신중성이 결여되어 있다는 평가를 받는다. 하지만 그와 그의 작품은 '생을 향한 진정성'이라는 중요한 미덕을 지니고 있는 듯하다. 일테면 그의 낭만성은 사랑 이후의 기쁨이나 슬픔, 혹은 그 오랜 절망의 체험을 날것 그대로 쏟아내는 방식에서 비롯된다. 19세기의 문학 평론가 텐느는 뮈세의 작품을 두고 이렇게 평했다.

"이 작가는 적어도 거짓말은 결코 하지 않는다. 그는 자신이 느끼고 있는 것만을 토로한다. 그리고 그것을 자신이 느끼고 있는 그대로 토로한다. 그는 자신이 생각하고 체험한 것을 온전하게 그대로 입 밖으로 표현하는 것이다."

따라서 독자는 이론화된 낭만주의가 아니라 낭만주의의 "실물성"에 감동됨을 그의 작품들을 통해서 확인하게 된다. 아마 그는 일찍이 "실물만이 삶이고 실물만이 사랑일 것이다."라는 사실을 나름대로 혹은 낭만적으로 확인했던 19세기의 작가였던 것 같다. 그는 당대의 작가들이 모이는 문학 클럽보다는 도박과 향락이 난무하는 유곽을 선호하면서 주류 문단으로부터 많은 비난을 받기도 했었다. 하지만 문학 클럽 혹은 문학 살롱에 대한 혐오증은 뮈세의 소설 속 주인공인 피포를 통해서도 드러나듯이 모든 실물들에 대한 사랑에서 비롯되었을 것이다. 『베네치아』라는 소설 속에서 피포는 이런 소네트를 남겼다.

스쳐 지나는 그대가 누구이든, 그대의 가슴이 사랑을 알거든,
나를 비난하기 전에 내 연인을 바라보라, 그리고
그대의 연인 또한 이토록 아름다운지 말해보라!

하여 얼마나 이 세상의 영광이 덧없는지 보아라,
이 초상이 아름답다 한들 (진정 내 말을 믿으라)
연인의 입맞춤 한번만도 못하기 때문이니!

장엄하게 탕진하다가 거덜이 나면 자폭할 것

뮈세의 초기 작품집인 『안락의자에서 보는 연극(Un Spectacle dans un Fauteuil)』(1833)에 등장하는 롤라라는 인물은 작가가 살아온 젊은 날의 초상을 대변하는 듯하다. 롤라는 파리라는 향락의 도시 속에서 그 향락을 선도하는 청년이다. 그는 부모가 물려준 막대한 유산을 "장엄하게 탕진하다가 거덜이 나면 자폭하기로" 마음먹은 인물로 기존의 도덕과 모든 인간적 의무들에 낱낱이 반격을 가한다. 『베네치아』에 등장하는 피포 또한 롤라의 연장선상에서 이해해 볼 수 있는 인물로서, 아버지로부터 물려받은 유산뿐만 아니라 자신의 예술적 재능까지 스스로 파기하고 "죽을 때까지 게으름을 고귀하게 여기는 삶"을 산다. 그리고 한 여인을 향한 사랑을 선택한 이상 가문의 영광이나 예술은 한낱 "광대놀음"에 불과하다고 천명한다. 뮈세는 이러한 인물들을 통해 19세기 낭만주의를 관류하고 있는 병적(病的) 성향, 즉 파리와 베네치아를 오고가면서 실제로 경험한 '세기병(mal du siècle)'을 투영한다. 세기병은 지나치게 예민한 감수성과 상상력에서 오는 고독감, "자신과

들라크루아가 그린 상드와 그의 또 다른 연인이
었던 쇼팽

자신이 속한 사회와의 단절된 의식, 그리고 이러한 의식에서 비롯된 우수와 불안"을 기저로 한다. 그리고 이러한 고독감과 불안은 가늠할 수 없는 정열을 품고 있기 때문에 더욱 고독하고 더욱 불안하다. 뮈세는 자신의 롤라를 이렇게 소개한다.

> 롤라의 삶을 지배한 것은 그 자신이 아니었다.
> 그것은 그의 정열이었다. – 졸고 있는 목동이 흘러가는 물을 바라보듯
> 그는 정열을 그대로 내버려두었다.
> 정열은 살아 있었다. – 그의 육체는 이 창백한 여행자가
> 발정기의 사슴처럼, 로마의 검투사처럼
> 어둠 속에서 자신의 참모습을 발견하고, 자신의 심부를 열기 위해,
> 때로는 그곳의 침대와 높은 벽을 부수기 위해,
> 돌풍에 모여들어
> 단 한 그루뿐인 꽃 핀 관목에서 스무 번 사랑을 나누는 유쾌한 새들처럼,
> 때로는 함께 도취한 채 노래하기 위해
> 머무르는 여인숙이었다. (…)

그는 그렇게 '여인숙 같은 몸'을 이끈 채 파리의 클럽과 여인들을 전전하며 "강한 정열을 가진 한 인간에게 닥칠 수 있는 가장 커다란 불행"을 예감하고 있었던 듯하다. 낭만주의자 뮈세는 "가장 커다란 불행"은 언제나 불멸의 사랑으로 시작된다고 믿고 있었기 때문이었다. 그리고 그는 조르주 상드를 만나게 된다.

뮈세, 상드 그리고 베네치아

20세기 프랑스 문학계에서 꽤나 모던한 사랑의 사건이 있었다면 아마도 장 폴 사르트르와 시몬 드 보부아르 간의 '계약결혼'이었을 것이다. 그리고 19세기에는 뮈세와 상드가 가족과 파리의 명망을 모두 내버리고 베네치아로 떠나 벌인 낭만적인 사랑의 사건이 있을 것이다. 뮈세에 대해 언급할 때 상드를 굳이 끌어들일 필요가 있을까? 뮈세는 나중에 그녀와의 사랑을 회고하면서 이렇게 적는다. "후세 사람들은 우리들의 이름을 마치 두 사람이 하나인 불멸의 사랑하는 사람들의 이름처럼 반복해서 외울 것이다. (...) 한 사람의 이름을 입에 올리지 않고서는 결코 다른 사람의 이름을 입에 올릴 수가 없을 것이다."

조르주 상드Georges Sand(1804~1876)는 여류 예술가를 업신여기거나 심지어 혐오까지 했던 당시에 소설을 써서 생계를 이어가기로 결심하고 작가로서 유럽 전역에 명망을 떨친 최초의 여성이었다. 두 아이의 어머니였으나 남장을 하고 시가를 입에 문채 파리의 문학 살롱들을 무람없이 드나들었던 상드는 성과 지배사회에 대한 전복의 코드이자 당대의 연애지상주의를 실천한 여성이었다. "사랑하라, 삶에서 가장 좋은 것은 그것뿐이니."라고 천명한 스물아홉 살의 상드가 스물두 살인 시인 뮈세를 처음 만난 것은 1833년 여름이었다. 그리고 그해 겨울, 두 사람은 베네치아로 출발한다.

뮈세는 진작부터 베네치아를 운명적인 사랑의 도피처로 염두에 두고 있었던 듯싶다. 그는 열여덟 살에 「베네치아」라는 제목으로 발표한 시에서 이렇게 노래한다.

"이탈리아에서 넋을 잃지 / 않은 자 있단 말인가 / 가장 아름다운 사랑의 날들을 / 간직치 않은 자 있단 말인가?"

하지만 이 시를 쓸 당시 뮈세는 아직 베네치아를 가보지 않은 상태였다. 그는 셰익스피어의 『베니스의 상인』, 『오델로』 등을 탐독하면서 평화롭고도 눈부신 베네치아의 정경들을 마음속에 그려보았다. 그리고 뮈세는 사랑하는 여인과 함께 베네치아에 이르렀을 때, 자신이 쓴 시 속으로 들어간다는 느낌 또한 받았을지도 모르겠다.

베네치아

붉게 물든 베네치아
움직이는 배 한 척도
물가에 낚시꾼도
초롱 하나 없는

해변에 홀로 앉아있는
거대한 사자는
고즈넉한 수평선 위로
청동의 발을 들어올리네

그 주위로, 크고 작은 배들
무리를 지어,
왜가리들을 닮아
둥그렇게 웅크리고

희부윰한
물 위에서 조는 듯
제 깃발들을 가벼이 나부끼며

안개 속을 가로 지르네

희미해진 달빛은
별빛어린 구름이
지나가는 전방을
흐릿하게 비추네

생트 크루와 수녀원장은
자신의 법의 위로
주름 넓은
망토를 늘어뜨리네

오래된 궁전들
우람스런 회랑들
기사(騎士)들의
하얀 계단들

그리고 다리와 길들
음울한 동상들
바람으로
물결치는 만(灣),

긴 미늘창을 들고
병기창을 밤새 지키는
보초들을 제외하곤
모든 것이 고요하다네

─아! 여기 한 여인이
달빛 아래서
귀를 쫑긋한 채

젊은 미남 애인을 기다리네

준비된 무도회를 위해
치장을 마친 한 여인은
거울 앞에서
검은 가면을 쓰네

향기로운 침대 위에서
황홀경에 빠진 베네치아의 여인
졸음에 겨워하며
다시금 연인을 껴안네

광녀 나르시사도
곤돌라에 몸을 싣고
아침이 올 때까지
향락에 젖어있네

이탈리아에서 넋을 잃지
않는 자 있단 말인가?
가장 아름다운 사랑의 날들을
간직치 않은 자 있단 말인가?

길고 지루한 시간들은
늙은 총독의 관저에 걸린
낡은 벽시계더러 밤마다
헤아리라고 하세나

연인이여, 차라리
그대의 거역하는 입술에 남겨놓은...
아니, 허락된 무수한 입맞춤들을

헤아려보세

차라리 그대의 끌림을 헤아려보세
그리고 우리가 관능의 값으로 치른
부드러운 눈물들을
헤아려보세!

－『에스파냐와 이탈리아 이야기』(1830) 중에서 －

베네치아 오전 11시

술과 우유

뮈세는 상드와 함께 1833년 12월부터 1834년 3월 까지 약 4개월간 베네치아의 다니엘리 호텔에 므슈 뮈세와 마담 뒤데방이란 이름으로 머물렀다. 그때의 경험과 정경들이 『세기아의 고백(Confession d'un Enfant du Siècle)』(1836), 『티치아노의 아들(Le Fils du Titien)』(1838) 등과 같은 소설들을 창작하게 하는 바탕이 된다. 『티치아노의 아들』은 여기에 번역한 『베네치아』의 원제목이도 하다.

베네치아의 다니엘리 호텔

그런데 뮈세가 계획한 사랑의 도피는 볼로냐와 페라라를 거쳐 정작 종착지인 베네치아에 이르자 조금씩 꼬이게 된다. 뮈세의 연인 상드가 베네치아에서 거의 강박적으로 소설 쓰기에 몰두하기 시작한 것이었다. 뮈세가 자신의 친구에게 편지로 당시의 상황을 전한 것을 참조하자면, 상드는 시간을 아끼기 위해서 하루에 일 리터의 우유만 마시면서 소설쓰기에 매달렸다. 뮈세도 곁에서 몇 편의 시를 쓰면서 지내보기도 했지만 그러한 상황이 오래 못 갔던 듯싶다. 뮈세는 이렇게 적고 있다.

"나는 하루 종일 일했네. 저녁에 열 줄에 달하는 시를 쓰고 술 한 병을 마셨네. 그 동안 그녀는 우유 일 리터를 마시곤 쉬지 않고 소설의 절반이나 써대는 거야."

『베네치아』의 주인공 피포가 그러했듯이, 뮈세 또한 일과 사랑을 적절히 배분해서 함께 해나가는 생활방식을 이해하지 못했다. 하지만 상드는 하루에 얼마간은 함께 글을 쓰고 그리고 남은 얼마간은 온전히 사랑을 하자고 마치 어린아이를 어르듯이 뮈세에게 제안했다. 『베네치아』에서 피포의 연인이 된 베아트리스도 그와 같은 '훌륭한 제안'을 한다.

도시에서 떨어진 마을에 제가 외딴 작은 집 한 채를 물색해 놓았어요. 단층짜리 집이죠. 당신이 원하시면 우리의 취향에 맞는 가구들을 들이고 열쇠 두 개를 만들어요. 하나는 당신 것이고 다른 하나는 제가 지닐 것입니다. 거기서 우리는 아무도 두려워하지 않을 것이고, 자유로울 것입니다. 그곳으로 당신의 화대(畵臺)를 가져 오세요. 당신이 하루에 두 시간씩만 일하실 것을 약속하신다면, 매일 당신을 만나러 가겠습니다. 그럴 인내심을 가지실 수 있으시지요? 당신이 받아들이신다면 지금부터 일 년 후에 당신은 아마도 저를 더 이상 사랑하지 않겠지만 일하는 습관을 들이실 테고 이탈리아에는 또 하나의 위대한 이름이 새겨질 것입니다. 당신이 거절을 하신다 해도 제가 당신을 사랑하는 일을 멈출 수는 없겠지만, 그것은 당신이 저를 더 이상 사랑하지 않노라고 말씀하시는 것이지요.

뮈세는 자신이 쓴 소설 속의 피포처럼 그런 갈피있는 제안이 훌륭하기에 받아들이지만 이내 감당하지를 못했던 것 같다. 피포는 소설 속에서 그가 감내하지 못하는 이유에 대해서 이렇게 강변한다.

"사람들은 결코 동시에 두 가지를 할 수 없습니다." 피포가 덧붙였다. "당신은 상인에게 셈과 시를 동시에 하라고 권하지는 않을 것입니다. 시인에게 시의 운을 찾는 동안 화폭의 길이를 재라고 하시지도 않겠죠. 그런데 당신은 왜 사랑에 빠져있는 제게 그림을 그리라 하십니까?"

슬픔

아마도 상드는 1833년 12월 베네치아까지 그녀를 이끌고 간 뮈세가 연하의 섬세한 청년이기도 했지만 그 보다 시인이었다는 점은 애써 간과하고 있었던 것 같다. 시인 뮈세가 공부를 하듯 정해진 시간에 규칙적으로 시를 쓸 수가 있었을까? 그것도 베네치아에서? 뮈세는 격렬한 감정이 치솟을 때만 시를 쓰는 낭만주의 시대의 시인이었다. 그리고 그 격렬한 감정을 느끼기 위해서 매순간 가장 강렬한 삶과 사랑, 그리고 고통과 환희를 감내해야 했던 낭만주의 시대의 영원한 청년이기도 했다.

그렇게 베네치아에서 상드와 티격태격하다가 뮈세는 앓아누웠던 것 같다. 며칠에 걸쳐 고열에 시달렸고, 헛소리를 해댔다. 상드가 그 때문에 파리에 있는 출판업자에게 돈을 급하게 빌리고자 보냈던 편지도 오늘날까지 아련한 사랑의 흔적처럼 보존되어 있다. 이탈리아 의사가 매일 호텔로 찾아와 뮈세를 치료했다. 그리고 뮈세는 병이 호전되면서 상드가 그 이탈리아 의사와 무지막지한 사랑에 빠졌다는 새로운 소식을 접하게 된다. 뮈세는 1834년 3월 홀로 파리로 돌아오게 된다. 이후에도 "강한 정열을 가진 한 인간에게 닥칠 수 있는 가장 커다란 불행"들이 그에게 많은 시편들을 선사해 주었던 것 같다. 그것들 중 한편을 여기에 옮긴다.

슬픔

나는 힘과 삶을 잃었지
벗들과 기쁨도 잃었지
나의 재능을 믿게 했던
열정 또한 잃어버렸지.

진리를 알았을 때
그것이 친구라고 믿었지
진리를 이해하고 느꼈을 때
이미 싫증이 나 있었지.

허나 진리는 영원한 것
그것을 모르고 지나치는 자들은
삶을 모르는 자들

신은 말하네, 그리고 신에게 대답해야 하네
세상에 남은 나의 유일한 재산은
가끔씩 눈물을 흘렸다는 것 뿐.

골목 혹은 안개

유럽의 파리나 런던에 비해서 베네치아에서 거주한 작가들은 그리 많지 않다. 하지만 베네치아만큼 숱한 작가들을 매혹시켰던 도시도 없다. 한국의 작가 최윤은 자신에게 '이상 문학상 대상'을 안겨준 단편소설 「하나코는 없다」에서 이렇게 베네치아를 소개한다.

"폭풍이 이는 날에는 수로의 난간에 가까이 가는 것을 금하라. 그리고 안개, 특히 겨울 안개에 조심하라. 그리고 미로 속으로 들어가라. 그것을 두려워할수록 길을 잃으리라. (…) 그는 서른 두 살의 생애에 그가 본 것 중 가장 놀랍고 이상한 도시 앞에 있음을 알아차렸다."

최윤의 소설에서 언급하고 있듯이 베네치아의 골목들 사이에서 길 잃기만큼 쉽고도 가슴 설레는 경우는 흔치 않다. 헤르만 헷세도 1901년 5월 베네치아에 도착한 이후로 계속해서 길을 잃는다. 그는 자신의 여행수첩에 이렇게 기록한다. "나는 한 술집에서 이 글을 쓰고 있지만 숙소까지 어떻게 가야할지 모르겠다. 숙소에 가서도 길을 잃고 헤맬 기회가 아직 많이 남아있을 것이다. 나의 숙소는 조용한 소운하 건너편

페니체 극장 옆에 있다."

　새벽에 이르도록 길 잃고 다니면, 골목의 어귀에서 길을 잃거나 길을 놓아버린 또다른 여행자들을 반복해서 마주치게 되는 즐거움은 만만치 않다. 그때 수면 위로 겨울 안개라도 피워 올라 골목들을 뒤덮고 섞어놓을 때, 우리는 알게 된다. "가장 놀랍고 이상한 도시 앞"에 와 있다는 것을.

곤돌라

　베네치아의 중요한 교통수단으로 사용된 곤돌라는 이탈리아말로 '흔들리다'라는 뜻을 지니고 있다. 길이 10m 이내, 너비 1.2~1.6m인 곤돌라는 고대의 배 모양을 본떠서 선수와 선미가 휘어져 올라가 있다. 16세기에는 사람뿐만 아니라 야채와 식료품 등도 운반하였으며, 그 수는 약 1만 척에 달했다. 1562년 배의 색채는 시령(市令)에 따라 검은색으로 통일되어 있다. 곤돌라를 검색해 보면, 그에 대한 설명은 대개 이 정도다. 그런데 토마스 만Thomas Mann만큼 베니스의 곤돌라에 대해서 극적인 설명을 한 경우는 아직 찾지 못했다. 그는 『베니스에서의 죽음』에서 곤돌라의 타나토스적 아름다움에 대하여 이렇게 적고 있다.

클로드 모네가 그린 베네치아의 곤돌라

　"베네치아의 곤돌라를 처음 타보거나 오랜만에 다시 타보는 경우 일시적인 전

율, 은밀한 두려움과 당혹감을 느
끼지 않을 만큼 담대한 사람이 누
가 있을까? 담시(譚詩)가 유행하던
시절부터 하나도 변치 않고 그대
로 전해 내려온 이 이상한 배는 다

영화 〈베네치아에서의 죽음〉 중 한 장면

른 물건들하고 있으면 그냥 관처럼 보일 정도로 색깔이 너무도 특이
하게 까맣다. 그것은 물이 찰싹거리는 밤에 소리 없이 저질러지는 범
죄적인 모험을 생각나게 할 뿐더러, 더욱이 죽음 그 자체, 관대(棺臺)와
음울한 장례식, 말없이 떠나는 마지막 여행을 생각나게 해준다. 그런
데 이러한 거룻배의 좌석, 관처럼 검게 래커 칠이 되어 있고 검은 쿠션
이 들어 있는 팔걸이 안락의자가 세상에서 가장 부드럽고 가장 사치
스러우며 가장 졸리게 만드는 좌석이라는 것을 알아챈 사람이 있을
까?"

침수

백오십 개의 섬이 사백 개 이상의 다리들로 연결되어 있는 수상 도
시 베네치아의 역사는 6세기경까지 거슬러 올라간다. 베네트 족이 척
박한 수상지역에 처음으로 자리를 잡은 까닭은 적의 침공을 수월하
게 막아낼 수 있었기 때문이다. 그리고 오늘에 이르기까지 도시는 산
전수전을 다 겪는다. 그 중에서도 20세기에 등장한 보트나 수상버스들
이 베네치아를 지속적으로 괴롭힌다. 도시의 지지층인 뻘이 그것들 때
문에 무너지기 시작하면서 도시의 지반은 오늘날 일 미터가 넘게 내

려앉았다. 그래서 가을과 겨울의 정오 무렵이면 산마르코 광장 주변은 밀려오는 바닷물로 물에 잠겨 버린다. 이제는 지구 온난화의 영향으로 금세기 말에 지구상에서 가장 먼저 사라지게 될 도시 중의 하나가 베네치아로 꼽힌다. 그때쯤이면 시인 에즈라 파운드가 『캔토스(The Cantos)』에서 노래했던 그 베네치아를 더 이상 아무도 볼 수 없을 것이다.

거울 같은 수면이 내 앞에서 반짝인다.
나무들은 물에서 움터난다.
대리석 기둥들은 연이어
궁전들을 지나
정적 속에 있다.
이곳의 빛은 태양에서 오지 않는다.

– 에즈라 파운드의 『캔토스』 중에서

에드몽 로스탕과 그의 시대 – 벨 에포크를 탐하다, 세기말을 넘어서다

에드몽 로스탕과 벨 에포크

에드몽 로스탕이 <시라노 드 베르주라크>를 막대한 빚을 지고 무대에 올린 때는 1897년이었다. 하지만 <시라노>는 1899년까지 무려 500회에 달하는 장기공연을 하게 되는 커다란 성공을 거둔다. 후일 프랑스 사람들은 그 시절을 벨 에포크(Belle Epoque)라고 부르게 된다. 19세기 말에서 20세기 초에 걸쳐 프랑스는 파리를 중심으로 '아름다운 시절'로 기억되는 풍요와 평화를 누렸다.

시라노 드 베르주라크의
초상

1884년에 카셀이라는 여행 전문가가 펴낸 <파리 관광안내서>를 펼쳐 보면 이런 글귀가 눈에 들어온다.

"파리 사람들처럼 여가를 좋아하는 사람들은 전 세계에 없을 것이다. 아침부터 낮이든 밤이든, 여름이든 겨울이든 파리에는 늘 구경거리가 넘쳤고 대부분의 사람들은 쾌락과 아름다움의 추구에 빠져있다."

프랑스 파리에서의 19세기 말은 변혁으로 통하는 세상의 모든 일출과 일몰의 빛들이 한꺼번에 쏟아져 내리던 때였다. 사람들은 한 세기가 지나가고 새로운 세기가 도래했다는 하나의 사실 앞에서도 열광하고 흥분했다. 더군다나 20세기를 목전에 둔 1899년은 변화의 속도에 있어서 지난 세기들의 그 어떤 마지막과도 다른 점을 지니고 있었다. 세기말의 정신과 진정한 근대의 개화가 아우러지면서, 사회, 문화, 정치, 경제 등의 모든 문명체계에서 일어난 급진적 변화가 정점을 이루던 시기였기 때문이다. 이러한 당대의 분위기를 개념적이기보다는 현실적으로 전해주는 몇 가지 문화적 사례를 살펴보고자 한다.

에펠탑 혹은 파리 만국박람회의 시대

　　벨 에포크가 시작되는 1889년은 파리의 상징이 되는 에펠탑이 세워

툴루즈 로트렉이 그린 세탁부

지는 때였다. 당시의 시대적 상황을 느껴보기 위해서 역사책보다는 1899년에서 1900년 사이에 발간되었던 파리의 대중주간잡지인 <질 블라(Gil Blas)>를 구해서 참고해 본다. 안토니오 그람시는 『대중문학론』에서 다음과 같이 말하고 있다.

　　"세계에 대한 일반적인 개념은 탁월한 영혼들에 의해 계발되지 않을 수 없지만, 현실은 하층민들과 단순한 영혼

을 지닌 사람들에 의해 표현된다."

아마도 『질 블라』와 같은 대중잡지는 "탁월한 영혼들"뿐만 아니라 "하층민들"에게까지 이르는 당대인들이 읽었을 것이며, 그 만큼 당대인들의 '개념' 아닌 '현실'을 반영하였을 것이기 때문이다.

파리에서 발간된 <질 블라>의 1900년 7월 20일자 판에서는 만국박람회를 다루고 있는 삽화 하나가 등장한다. 그 삽화를 간단하게 묘사해보자면, 우선 현대적인 디자인과 전기 엘리베이터를 자랑하는 세계 최고의 철물 구조인 에펠탑과 탑의 다리 사이로 돔 형식의 중세건축물들이 흐릿하게 어울려져서 배경을 이루고 있다. 1889년 파리 최초의 만국박람회때 건립된 에펠탑은 프랑스 대혁명 100주년을 기리기 위한 건축물이기도 하다. 파리의 시민들은 같은 시기에 몽마르트 언덕 위에 건립하고 있었던 사크뢰 쾨르 대성당에 대항하는 상징적인 건축물로서 에펠탑을 환영하였다. 극우파의 교권주의자들이 사크뢰 쾨르 대성당의 건립을 주도했기 때문이다. 다시 주간지의 삽화 속으로 되돌아가보자면, 이러한 배경 아래서 성장을 한 여인이 자신을 둘러싸고 있는 여러 인종의 사내들과 무엇인가 넌지시 흥정을 하고 있는 모습이 보인다. 그녀는 만국박람회를 관람하기 위해 파리를 찾은 각국의 사내들에게 사랑을 파는 매춘부이다.

벨 에포크의 파리에서 치러진 가장 성대한 행사가 만국박람회이

툴루즈 로트렉의 소파

고, 그 목적이 문화와 기계산업의 발전이라는 국가적 슬로건이 그만 놓쳐버렸을, 당대의 또 다른 이면의 풍경을 주간지의 삽화 하나는 선명하게 조명하고 있다. 1899년 어느 여름날의 석양빛이 에펠탑을 황금색으로 물들여 갈 때, 그 앞에서 서성거리고 있었던 여인들에게 있어서 만국박람회가 표방하는 이러한 정치·사회적 주제들은 자신의 일상과는 거리가 먼 뜬구름 잡는 이야기일 수도 있었을 것이다. 아마도 에드몽 로스탕은 이러한 점을 잘 알고 있었던 당대의 작가라는 생각이 든다. 작품 속의 시라노가 임종의 순간에 이르렀을 때, 그는 저승사자가 자신의 명예인 "월계관과 장미"는 앗아갈지라도 자신의 모자에 꽂혀있던 깃털 하나만은 간직한 채 죽겠다고 한다. 이 마지막 장면이 관객들에게 특히 감동을 주는 이유를 생각해 보아야 할 것이다. 시라노는 집단이 아니라 개인의 존재 방식과 개성의 중요성을 발견했기에 또한 '벨 에포크'라 불리는 풍요로운 문화의 시대를 상징하는 전형적인 인물이기 때문이다. 덧붙이자면, 낭만주의를 계시(啓示)한 샤토브리앙의 시에는 다음과 같은 짧은 구절이 등장한다. "나는 울었다. 그리고 나는 믿었다." 하나의 믿음이 이성으로서가 아니라 개인적 감성으로부터 시작 될 때, 낭만주의 또한 시작된다. 그리고 이러한 19세기의 낭만성은 세기말에 탄생한 <시라노 드 베르주라크> 속에서도 면면히 이어진다.

성모승천수녀회와 신발 고쳐 매는 여자

1900년 1월 호의 <질 블라>는 크리스트 교육기관을 대표하는 성모승천 수도회(Augustin de l'Assomption)가 문을 닫았다는 소식을 전해준다. 성모승천 수도회는 어린 소녀들이 결혼을 잘 할 수 있도록 소위 요조숙녀로 길러내는 대표적인 교육기관이었다. 그러한 수도회가 문을 닫게 된 표면적인 이유는 수도회 사람들이 과격한 민족주의자들로서 프랑스의 제3공화정이 지향하는 가치에 역행하였기 때문이다. 하지만 이러한 수도회의 폐쇄는 가정의 도덕, 특히 여성의 정숙함을 수백 년 동안 강조했던 하나의 거대한 정신적 축이 무너져 버렸다는 의미를 또한 지니고 있다. 1900년의 독자들은 프랑스 대중잡지의 삽화 속에 가장 많이 등장하는 인물 중의 하나가 남편과 따로 노는 여성이라는 것을 쉽게 느낄 수 있을 것이다. 자유로운 여인의 실루엣은 남편의 소유물로서, 가정의 천사로서 감내한 '좋은 역할'에 맞서는 불온한 상징이다. 가령 1899년 10월 5일자 주간지 <질 블라>에 실린 그림 속의 여인이 그러하다. 일에 지쳐 보이는 남편이 한 손에는 물병을 또 다른 손에는 신문을 들고 침실에 쉬기 위해 들어와 있다. 하지만 아내는 남편을 쳐다보지도 않고 성장을 한 채 멋진 구두를 고쳐 매는 데만 골몰하고 있다. 혼자서 어디로 외출하려고 하는 것일까? 그림 하단에는 이런 구절이 하나의 인권선언처럼 명시되어 있다. "자, 이제는 그녀를 더 이상 좋은 재산이라고 부를 수 없을 것이다!"

가정에서 아주 오랫동안 군주제적 위치를 유지하고 있었던 남성들에게 있어서 세기말은 한층 더 불길했을 것이다. 1899년은 파리 법조계에 최초의 여성이 등장한 해이기도 하다. 요컨대, 남성의, 남성에 의한, 남성을 위한 법의 세계 또한 남녀평등이 가시화되는 근대화의 물결을 피할 수 없게 된 것이다. 당시에 유행했던 멋진 카이젤 수염을 한 채 권위를 일삼으며 여성을 하나의 소유물로 생각했던 부르주아 남성상을 세기말의 여성들은 더 이상 따르려고 하지 않았다. 이러한 당대의 인식이 여성 관객들이 압도적이었던 <사라노 드 베르주라크>의 공연 성공에 어느 정도 일조를 하였을 것이다. 1899년의 여성 관객들은 부르주아의 권위와 잘생긴 외모가 아니라 침묵과 헌신으로 지켜낸 시라노의 사랑에 몰표를 던졌고, 그렇게 20세기라는 새로운 세기는 시작된다.

- 명동예술극장, 2010

눈감은 자들을 믿은 시인, 기유빅

지금도 그렇지만, 옛날부터 '세계위인전집'이라는 것이 있었다. 개중에 한석봉이라는 위인이 '서예의 왕'(내가 읽은 초록색 표지의 전집물의 제목은 다 그랬다. '철의 왕 카네기', 혹은 '재봉틀 왕, 아이작 싱어' 등등)이 되기 전까지 겪게 되는 일화들 중에서 인구에 회자되는 '그 밤의 일화'는 오랜 동안 나의 기억에도 남아있다.

기유빅

석봉 어미는 마침내 등잔불마저 끄게 한다. 칠흑 같은 어둠 속, 석봉은 글을 쓰기 시작하고 모친은 떡을 썰기 시작한다. 불이 다시 켜지고 석봉, 자신이 쓴 글씨체의 부박함에 심히 괴롭다. 어미는 조용히 그를 꾸짖는다. 중단 없는 노력이라는 교훈으로 각인된 일화. 하지만 어느 순간 '그 밤'의 장면 속으로 슬며시 들어가 보게 되면서, 한치 앞도 보이지 않는 어둠에서 전해져오는 생경한 감각에 막막해지는 석봉과 칼끝으로부터 전해오는 떡의 질감들을 단아하게 조율하는 어미를 자각하

131

게 된다.* 다시 교훈적으로 질문하자면, 그 폐안(廢眼)의 순간이 목전의 대상을 새롭게 열어주는 계기가 되리라는 또 하나의 사실을 석봉의 어미는 알고 있었을까? 1907년 프랑스에서 태어난 한 시인의 세계도 그렇게 폐안의 경지에서 시작된다.

망치

손을 위해 만들어진
너를 거머쥔다.
우리의 힘으로 강해진
나를 느끼며

너 오랫 동안 자고 있었지,
하여 어둠을 알고
그 힘을 지니고 있지.

나는 너를 만지고 너의 무게를 느끼고
흔들어보고
손바닥의 체온으로 너를 데운다.
너와 함께 나는 거슬러 올라가 본다
쇠와 나무속으로

너는 나를 데려간다
네가 원하는 것
자기 힘을 시험해 보는 일,
내리치고 싶은 것이지.

---

* '자각'이라는 인식론적 국면속에서 G. 풀레가 쓴 다음과 같은 글귀의 의미적 층위를 배제하지는 않았다. "책읽기는 우리에게 자기와 똑같은 비밀스러운 구석을 보여주면서 자기와 비슷한 어슴푸레한 곳으로, 다른 세계가 우리의 세계를 우리의 정신적 한계너머로 연장시켜 준다는 것을 가르쳐 준다. 읽는다는 것, 즉 타자와 동화된다는 것은 그러므로 어떤 의미에서는 자기 자신에게서 벗어나는 것이 아니다. 그것은 자기 자신 너머에, 그러나 바깥이 아니라 안에, 타자의 안임이 명백한 그 안에, 똑같은 내적 삶이 계속된다는 점을 자각하는 것이다." (G. 풀레「문학텍스트의 읽기와 해석」, 『문예중앙』, 1989, 여름호를 참고할 것)

사물을 인식하는 일차적인 수단인 시선을 스스로 폐하였을 때, 사물은 우리를 어디로 데려갈까?("너는 나를 데려간다.")「망치」라는 위의 시는 하나의 도구가 보존하고 있는 머나먼 추억으로 우리를 데려가 준다. 일테면 "쇠와 나무 속" 같은 곳으로, 혹은 "내리치고 싶었던" 그 최초의 욕망 안으로… 그리고 스스로 시각을 폐한다는 것은 보이는 것 안에 있는 보이지 않는 것들이 충만하기를 욕망하는 정신의 끝없는 유랑이기도 하다. 그러한 정신의 유랑처럼, 사물의 본질은 끝없이 변화하고 유동하는 힘이다. 그 완결되지 않는 사물이라는 타자에 이름을 명명하고 결론을 짓고자 하는 것이 눈뜬 자들의 조급함이기도 하다. 그러한 조급함은 자신과 세상을 조급하게 인식하였을 때의 슬픔이기도 한 것. 어린아이가 거울 앞에서 벙글대다가 어느 순간 그 형상이 다름 아닌 자기 자신이라는 것을 알아버렸을 때의 경이로움, 그리고 그 시선 속에서, 자신 또한 자신에 의해 규정된 수많은 타자들 중의 하나가 되어버리는 최초의 슬픔을 우리 모두 간직하고 있지 않던가. 사물을 "나의 손으로 데워" 본다는 것, 사물 속으로 사물과 함께 "거슬러 올라가" 본다는 것, 사물이 "나를 데려가" 본다는 것, 그러한 시도들은 거울 속의 자신을 바라보다가 그 거울 위에 자신의 두 손을 슬그머니 포개 보았던 유년의 아련한 시간 속으로 데려가 주기도 한다. 그 아련한 시간이 기유빅E. Guillevic**의 시에서는 생명 없는 사물들에게까지 번지고 있는 것 아닌가.

** 시인의 이름은 외젠Eugène이다. 그런데 출간된 그의 모든 시집들에는 기유빅이라는 성만이 나타나 있고 이름이 생략되어 있다. 일설에 따르면 어린 시절부터 그의 어머니가 "외젠!"이라 부르며 그를 꾸짖고 학대하였기 때문에 그 이름을 작품집에서 사용하지 않았다고 한다.

궤짝

나는 밀랍을 입혔고
너를 문질렀다

너를 위해 애쓰면서,
나는 기쁨을 가졌다.

참나무 굵은 목재 위로
나의 힘을 느끼면서.

헝겊이 너의 패인 곳을 지날 때
너는 가르릉거리는 소리를 냈지

이제 너를 바라보며
내 자신이 순정해짐을 느끼고.

여행용 궤짝을 위해 그 움푹 팬 곳까지 밀랍을 입히고 더듬는 오랜 사랑의 몸짓들이 끝난 후, 시선은 이 시에서 마지막으로 행해지는 감각이다. 하지만 그 감각은 사랑을 끝낸 후 담배를 한 대 피울 때처럼, 자신의 살갗에 남아있는 타자의 여진을 마치 자신의 것처럼 혼곤하게 느껴가는 순간이다. 다시 말해, 그때는 눈을 감고 있더라도 잘 문질러 놓은 '궤짝'과 아울러 바로 "자신이 순정함을 느끼게 되는" 순간이기도 하다. 「구(球)」라는 제목의 시에서 기유빅은 다음과 같이 노래하고 있다.

"익숙해진 그대를 난 사랑한다 / (…) / 두 눈을 감아도 보이는 나의 시선을 위한 공간이여".

"두 눈을 감아도" 타자가 보일 만큼 익숙해진다는 것은, 어쩌면 자신이 또다른 자신처럼 다가오는 순간이며, 그러한 순간에 소통의 가능성을 자신과 타자 사이에 새롭게 부여하려는 욕망이 기유빅의 한 세계이다.

눈감은 자들을 위해 쓴 듯한 시 한 편이 기유빅의 시집에서 다시 보인다.

긁어라
손톱으로

아무것이든

하지만
되도록이면

나무껍질의 끝을.

소나무이든
떡갈나무이든
긁어라.
어루만져라.

하나의 일화. 기유빅은 프랑스의 맹인들 사이에서 인기순위 1위인 시인이었다는 것. 청소년 애송시인 1위보다, 주부 애송시인 1위보다 무엇인가 더 믿기는 순위 아닌가. 그에게 있어서 시란 쓰는 행위가 아닌 "긁는" 행위이기도 하다. 도구가 보존하고 있었던 머나먼 추억들처럼 글씨들도 머나먼 추억들을 보존하고 있음을 자각하고, 낱말들의 표면이 아니라 낱말들의 깊이 속에서 독자들이 함께 그 추억들을 더듬어 가는 것을 소망하는 시인이 아니던가. 그런데 기유빅은 왜 이렇게 종이들을 낭비하는 것일까. 기유빅 시의 거개는 앞의 시들처럼 지면들을 많이도 비워놓고 있다. 더군다나 프랑스에서 판매되는 시집들은 얼마나 비싼가. 하지만 눈감은 자가 말을 많이 하게 되면 점성가가 되고, 말을 그리도 아끼면 시인이 될 수 있음을 기유빅은 알고 있다. 『시법(詩法)』이라는 책에서 그는 이렇게 쓰고 있다.

말들, 문장들, 생각들의
비옥함, 과다는

네가 원하는 그리고,
네가 가야만 하는 그곳을

열기 위하여,
거두기 위하여
가고, 머물고,
중심이 되는 것을 방해한단다.

혹은,

가능한 적은 말을,
(…)
그리고 울림 : 작별의

일찍이 보들레르는 보지 않는다는 것은 "영원한 침묵의 형제"라고 비유하였다. 눈을 감거나 침묵하는 것은 결핍을 담보로 실존의 순수성으로 다가가고자 하는 집념의 방식이기도 하다. 그리고 그러한 결핍된 행위들은 타자의 전언에 귀를 기울이게 해준다. 말을 하는 것보다, 바라보는 것보다, 순수하게 타자의 전언을 받아들이는 행위는 조용하게 귀를 기울이는 것이다. 그러한 순수함은 눈감은 자들이, 그럼에도 불구하고 폐안으로부터 뿜어내고 있는 눈길이 찾고 있는 또 하나의 길이다. 그 길을 따라 다가오는 타자는 미결정성을 내장한 채 번영한다.

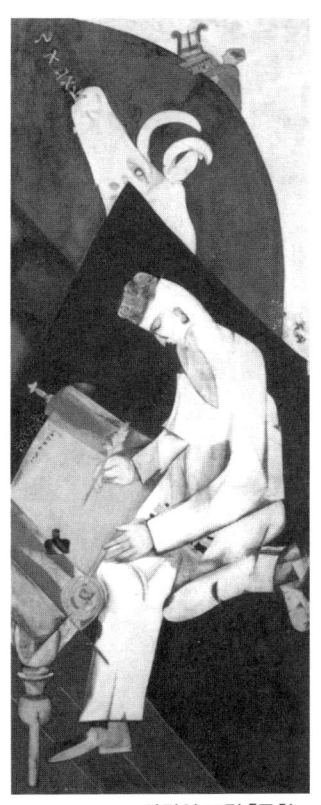

샤갈이 그린 「문학」

무엇인가 두드린다

나는 누군가가 두드리는 소리를 듣는다.
저것이 두드린다고 해두자.
어디서인지, 누구인지,
무엇인지 알 수 없다.
저것이 두드리고, 저것이 치고,
저것이 부딪히고, 저것이 때리고 있다.

그러니 그것은 소리 같은 것을 내고 있다.
휴식의 공간 속에서.

그것이 부딪히는 까닭을
알지 못하나, 나는 귀 기울이고 있다.

피카소가 그린 기유빅

시력을 포기하는 것보다 실명을 포기하는 것이 훨씬 더 절망스러웠던 시절이 있었다. 기유빅이 태어난 프랑스의 브르타뉴 지방을 오래전에 지배했던 켈트족의 예언자들은 대부분이 장님들이었다. 그들이 가장 두려워했던 일은 어느 순간 자기도 모르게 눈을 뜨게 되는 것이었다.* 눈을 뜨게 되면서 잃게 되는 것은, 바로 앞의 시처럼 존재들의 거의 감지되지 않는 뉘앙스를 통해 모든 것이 예감으로 다가오게 만드는 힘 혹은 그 운명이다.

석봉의 일화는 새삼스럽다. '하면된다'라는 유년의 교훈을 넘어 전해오는 그 밤의 묵향 내음, 눈이 보이지 않는 자의 손끝으로 전해져오는, 아직 메마르지 않은 글씨들과 떡의 촉감… 깊은 밤, 이제는 그의 태만함을 꾸짖으시던 어머니마저 사라진 초로의 뒤안길에서 글씨를 쓰다가 홀연히 그가 듣게 되었을 나뭇잎 쓸리는 소리, 그리고 다시 계절 바뀌어 문득 그를 둘러싸고 눈이 내리는 밤의 정적 속으로 나 또한 그와 함께 눈을 감은 채 들어가 본다. 기유빅은 눈을 감은 채 '망치' 속으로도 들어가 보지 않았던가. 남송(南宋)의 주자(朱子)는 권학문(勸學文)이라는 제목의 다음과 같은 시를 남기고 있다.

---

* 1948년 프랑스의 렌에서 출간된 『켈트인들의 문자와 전통(Ogam-Tradition Celtique)』에 그 예들이 잘 나타나 있다.

少年易老 學難成
一寸光陰 不可輕
未覺池塘 春草夢
階前梧葉 己秋聲

(소년은 늙기 쉬우나 학문을 이루기는 어려우니 / 순간순간의 세월을 헛되이 보
내지 마라 / 연못가의 봄풀이 채 꿈도 깨기 전에 / 계단 앞 오동나무 잎이 가을을 알
린다.)

오늘은 이 시를 기유빅에게 들려주고 싶어지는 이른 봄밤이기도 하
다.「제례의식」이라는 제목의 시를 통해 생(生)의 또 다른 진경을 보여
주고 있는 그에게…

제례의식

산다는 것은
여인의 배를 베고
눕는 것을 배우기 위한 것.
또한
오솔길 위로 굴러다니던 자갈을
오무린 손바닥 안에
간직하는 법을 배우기 위한 것.

위의 시에서 산다는 것을 '진술'하기 위해 제시한 두 가지 경우 모두
눈을 지그시 감아야 확연해지는 순간들이다. 어쩌면 우리들의 생 전체
가 장님처럼 세월을 더듬거리며 앞으로 나아가는 여정인지도 모른다.

그런 생이 버겁기도 하였고, 두렵기도 했던 것일까. 아침에 일어나면 다시 잘 때까지 게임을 하거나 통신을 하고, 가족과 함께 밥을 먹으면서도 켜져 있는 텔레비전이 우리의 눈앞에 있다. 하지만 그런 생의 어느 순간 스스로 눈을 감고, 마냥 가야할 길을 멈추어 본 자, 그리고 그 멈춤을 수호해 본 자는 그가 아니라 세월이 그를 더듬거리며 쓸려가는 소리, 들을 수도 있겠다. 조선시대의 서예가 석봉이 밤늦도록 책을 읽다가 한번쯤은 들었을 바깥에서 나뭇잎 쓸리는 소리, 20세기의 프랑스 시인 기유빅이 눈을 감은 채 베고 누운 "여인의 배"에서 들려오는 가벼운 한숨소리 같은 것들… 그리고 그런 소리들은 모두 옳았다.

> 그래 견디자, 수많은 세월을
> 어쩌면 그때서야 가능하리
> 우리가 서로 옳음을 인정하게 되는 날이
>
> –「그래, 저 강들」 중에서

바다로 간 시인들, 랭보 혹은 프레노

바다로 가고 싶은 계절이다. 아르튀르 랭보가 상징주의 시대의 기념비적인 시 「취한 배」 속에서 바다를 노래하였을 때, 랭보는 아직 바다를 직접 보지 못했다. 다만 어느 낡은 동화책에 실린 삽화 하나를 보았을 뿐이다. 그가 프랑스의 또 다른 상징주의의 대표적인 시인인 폴 베를렌을 만났을 때, 그리고 서로 사랑하게 된 그들이 파리의 누추한 처소에서 함께 잠이 들었을 때, 베를렌은 랭보의 잠꼬대 소리 때문에 이따금

아르튀르 랭보의 초상

씩 깨어나곤 하였다. "알롱(가자), 알롱(가자), 알롱(가자)…" 17세의 소년(少年) 랭보가 소년(消年)을 맞이하게 된 파리의 나날들 속에서, 깨어난 랭보는 흐느끼면서 베를렌에게 말을 건넨다. 내 너의 영혼을 새롭게 만들어줄 터이니, 지금 나와 함께, 지금 이 새벽, 바다를 향해 떠나자고. 하지만 바다로 가기 전에 베를렌은 가져갈 것도, 준비할 것도 많다. 그는 랭보를 설득하려다가 도리어 가져갈 것도, 준비할 것도 없는 랭보를 따라 그 "태양과 섞인 바다"를 향해 길을 나선다. "사막"이 "바다"

141

와 해후하는 순간이었다.

나는 사막, 불타는 과수원, 시들은 상점, 미지근한 음료를 사랑했다. 나는 냄새나
는 거리를 기어 다녔고, 눈을 감고, 불의 신, 태양에 몸을 맡겼다.
—랭보의 「헛소리Ⅱ」 중에서

태양에 몸을 맡긴 자의 숙명처럼 랭보는 바다에 이른다. 아주 거대
한 것들이 공존하는 세계, 그리고 재발견한다.

재발견!
무엇을? 영원을.
그건 태양과 섞인
바다.

— 랭보의 「헛소리 Ⅱ」 중에서

1990년대 말, 지중해의 바닷가에 술에 취해 누워있었던 적이 있다. 잘
생긴 소년 랭보가 일찍이 「나쁜 피」라는 시에서 다음과 같이 말했던
것처럼 그때는 잠시 행복했다.

"나는 조국이 무섭다. 가장 좋은 것은 잘 취해 해변에서 잠자는 것이
다."

모래 둔덕을 넘으면 그대로 바다가 펼쳐지는 그곳에 누워 있으면,
바다 쪽으로 넘어오는 프랑스인들의 탄성어린 외침들도 들을 수 있었
다. 그들은 이렇게 외쳤다.

"아! 어머니다!"

이방인은 그 나라 언어의 시니피앙이 붙들고 있는 의미의 가능성들

에 더 민감한 법이다. 그래서 곧잘 오해하기도 하는 법. '라 메르…' 프랑스어에서는 어머니와 바다를 지시하는 발음이 똑같다. 언젠가 프랑스 친구가 "마 메르…(나의 어머니가…)"라고 하며 어머니의 죽음을 알려주었을 때, 그의 처진 어깨너머로 또 다른 '라 메르'가 넘실대는 것을 느꼈다. 그리고 이십세기 프랑스 시인 앙드레 프레노André Frenaud의「나를 위한 이 바다(C'est pour moi la mer)」라는 시를 읽었을 때도 하나의 시

폴 베를렌이 그린 랭보의 모습

니피앙에 속해있는 그 이중적인 의미의 생생함은 마찬가지였다.

프레노의 시를 감상하기 전에 우리나라에서는 아직 생소한 그를 잠깐 소개하자. 프랑스의 내륙지방인 부르고뉴의 작은 마을에서 1907년에 태어난 앙드레 프레노는 프랑스 현대시를 소개하는 서적들 속에서 1990년대 이후 가장 빈번하게 등장하는 작가들 중 한사람이다. 낯선 것, 부재하는 것에 대한 천착, 그리고 인식되어진 것 속에서 인식 불가능한 것의 몫을 드러내는 현상학적 사유들이 내밀화되어 있다는 평을 받고 있는 그의 시들은 1960년대부터 이탈리아, 영국, 독일, 네덜란드, 터키를 거쳐 러시아어로 번역되거나 작품세계가 소개되어 있다.

나를 위한 이 바다

설렁대는 바다의 커다란 통발은
솟구쳐서 다시 돌아온다.
엘브 섬 연안, 나는 무엇 때문에
등대의 깜빡이는 눈들의 소리를 들어야 하는가.

높은 물결들로 가득 찬, 지중해.
수많은 순간들로 사라지는 바다는
달빛도 근심마저 없던, 나의 잠든 방을 두드린다.
아! 나는 다시 시작되는가! 꿈들이 넘쳐흐른다.
나의 귀 속으로 들어와 흔들거리고, 내 뺨을 부비며 놀아라
울부짖고 굴러라. 속임수 아니면 버팀대,
나를 위한 이 바다.

그대는 출렁거리고, 쫓아오고 떤다.
우유로 만들어진 웅덩이 같은, 신선한 타액을 그대는 쏟는다.
그래 멀리서부터 다가오는 이것은, 공포 혹은 망각?
그래 그대의 이 커다란 요동들로, 그대는 세상에서 가장 섬세한
단어들을 이제 들려주려는가?

나를 덮치도록 점점 커져가는 오, 나의 친구여
헛되이 환호하는구나, 좁은 집에 들어있는 바다여.
그대는 뛰고 있는 가슴을 가지고 또 한번 돌아오는구나
그리고 그대는 나를 편안케 하였지만 나는 알고 있지,
존재는 이미 죽음이라는 것을, 그 오래된 하나의 욕망이라는 것을.
그대 속에 사라진,
비경험적 시간 이것이야말로 나에게로 다가오는 시간.
나를 위한 이 바다.

우선 제목 속에서 어머니에게 무엇인가 보채는 것 같은 퇴행적인 냄새가 풍긴다. 바다는 바다인데 "나를 위한" 바다라고 하지 않는가. 파도의 물거품들을 우유에 빗댄 표현이 또한 모성적인 시공간으로 독자를 이끈다. 어머니가 팔에 안긴 아이에게 내려 보내는 우유처럼 부드러운 속삭임은 ("우유로 만들어진 웅덩이 같은, 신선한 타액을 쏟는다 <…> 그래 그대의 이 커다란 요동들로, 그대는 세상에

베를렌과 랭보

서 가장 섬세한 단어들을 이제 들려주려는가?") 시인의 귀와 뺨을 애무한다.("나의 귓속으로 들어와 흔들거리며, 내 뺨을 부비며 놀아라.") 어쩌면 시인은 바다가 어머니화 되기를 촉구한다. 그래서 바다는 형태가 요술처럼 연속적으로 커졌다 작아졌다 한다. '라 메르'는 시인을 "덮치도록 점점 커져가"는 바다인 동시에 "좁은 집에 들어있는" 어머니의 모습이기도 하기 때문이다. 바다는 또한 그래서 시인에게 길항(拮抗)적인 단어들의 결합을 허락하게 하는 모태이기도 하다. ("울부짖고 굴러라. 속임수 아니면 버팀대", "그래 멀리서부터 다가오는 이것은 공포 아니면 망각?") 그러한 모태의 바다 앞에서 시인은 또한 이렇게 자신의 새로운 탄생을 시사한다: "아! 나는 다시 시작되는가! 꿈들이 넘쳐 흐른다." 시인은 스스로를 초월하여 나가는 극단적인 경험을 "나를 위한

이 바다"에서 하게 된다. 그래서 시인은 자신의 시와 함께 언제나 시작될 수 있는 미완성의 상태로 남아있게 된다. 프레노에 따르면 형성과정 중에 있는 미완성의 방식, 혹은 "불확실한 것에 대한 생각"이 시의 본질적인 조건이 된다. "형성 과정에 있는 시 작품이 자신 속에 돌들을 하나하나 얹어나갈 때, 아직 존재하지 않는 것의 무게는 더욱더 압력을 가해줄 것이다. 내면의 충동은 앞으로 존재할 것의 밀도를 짐작하게 한다."(『천국은 없다』중에서)

바다/어머니의 이중적 영상은 프레노의 다른 시편들에서도 일관되게 나타난다. 시인은 1979년 행한 한 대담에서 이렇게 말한 적이 있다. "바다의 원형적인 영상은 -물론 당연한 것이지만- 모든 기원에 대한 영상이며, 세계의 원천에 대한 것으로서 나의 시에 빈번하게 나타난다.

앙드레 프레노

「빈터의 휴식」이라는 시에서, 바다는 출산한 여인의 양수와 혼동되고 있다. 마찬가지로 「나를 위한 이 바다」라는 시편 속에서도 혼돈은 '우유…'라는 짧은 구절을 넘어서 응결되고 있다."

바다는 모든 생명의 시원(始原)이 된다. 또 다른 생명의 시원인 어머니의 양수 속에서 태어나기 전에 인간은 모든 동물들과 함께 바다 속에서 기어 나왔다. "개체발생은 계통발생을 반복한다"라는 생물학적인 명제가 둔덕을 넘어오는 사람들이 외치는 '라 메르'라는 시니피앙 속에 어엿하게 담겨있는 것이 경이롭기도 하다. 물론 바다를 바라보면서, 그 부드러운 물 속으로 진입하면서, '어머니'라고 부를 수 있는 것은 그러한 시니피앙 속 이중적 의미를 가진 민족들 뿐만은 아니다. 유치환은 「바다」라는 제목의 시에서 이렇게 노래한 적이 있다.

"밤낮으로 나를 불러 마지않는 먼 먼 사랑의 달래움이여 / 내 비록 잘못되어 육신은 동산에 누웠을지라도 영혼은 거기 있을 어머님이여…"

생명을 얻게 되는 그 시원의 장소는 유치환이 노래한 것처럼 생명이 다할 때 또한 돌아가야 하는 장소가 된다. "아! 나는 다시 시작되는가!"라고 외쳤던 프레노가 동시에 "존재는 이미 죽음"이라는 것을 인식하는 장소도 "수많은 순간들로 사라지는 바다" 앞이다. 프레노는 그의 대담을 다음과 같이 이어나간다. "바다는 동시에 삶과 죽음의 시니피앙이다. 삶과 죽음이 오고가는 것이 바다의 유일한 현실이기 때문이다. 유일한 존재자는 자신의 고독 속에서 우주적인 거대한 파도가 행하는 조수의 움직임을 다시 시작하고 반복한다." 그래서 "나를 위한 이 바다"는 프레노가 다른 시편에서 노래하였듯이 "모든 것의 영원한 운동의 기원을 예감케 하는" 장소가 또한 되는 것이다. 바다는 삶뿐만 아니라 죽음으로서 그리고 갱신의 "유일한 현실"로서 시인을 유혹하고 부른다.

> 나는 모험이란 걸 저주하지. 언제나 돌아가기를 원할 뿐이야. (…)
> 허나, 이 기이한 부름 소리를 치유할 수는 없단 말이야.
>   – 프레노의 「빈터에서의 휴식」 중에서

프레노와 필자의 지도교수였던 장 이브 드브뢰이Jean-Yves Debreuille

　　자신이 "취한 배"가 되어 한번도 가보지 못했던 바다를 헤쳐 나갔던
랭보의 잠꼬대는 프레노가 들은 "기이한 부름 소리" 같은 하나의 돌
이킬 수 없는 주문(呪文)이다. (가자, 가자, 가자…) 랭보는 그의 시 「취한
배」에서 이렇게 바다를 노래했다.

　　폭풍은 바다를 향한 나의 출발을 축성하였다.
　　희생자들의 영원한 운반자인 파도 위에서
　　코르크마개보다도 더 가볍게 나는 춤을 추었다.
　　열흘이 지나도 부둣가의 흐릿한 초롱들이 그립지 않았다.

　　번갯불로 갈라지는 하늘과 소용돌이들
　　그리고 해랑과 해류를 안다. 나는 또한 저녁을,
　　비둘기 무리처럼 공중으로 떠오르는 강렬한 새벽을 알고 있다.
　　그리고 나는 인간이 보았다고 믿었던 것을 가끔씩 보았느니라! (후략)

꽤나 긴 시행들을 통해 "취한 배"는 어디론가 가고는 있으나 그 어디에도 다다르지는 않는다. 그렇게 "취한 배"는 어느 순간 생명을 다한 고래처럼 바다 가운데 멈춰 서서 태양과 함께 바다에 섞여지기를 기다린다. 죽음과 생명이 끊임없이 갱신되는 그곳이야말로 한번도 멈추지 않았던 "취한 배"가 멈춰서야 할, 서정주 식대로 말하자면 "침몰" 해야 할 장소인 것이다. 「바다」라는 시에서 미당은 이렇게 쓰고 있다. "알래스카로 가라 아니 아라비아로 가라 / 아니 아메리카로 가라 / 아니 아프리카로 가라 / 가라 아니 침몰하라. 침몰하라. 침몰하라."

침몰한 배 위로 또 다른 "취한 배"가 지나가고, 그렇게 지속되면서 변화되는 것을 외롭고도 서늘하게 인식하는 것이야말로 어머니의 배(腹)에서 나왔던 자가 "수많은 순간들로 사라진 바다"로 이르는 하나의 방식이며, "우주적인 거대한 파도가 행하는 조수의 움직임을 다시 시작하고 반복하는" 방식일 것이다.

> 우리들은 여기에 없을 것이다.
> 우리들은 구멍을 판다.
> 그리고 삶은 이미
> 우리들 없이 몰려가고 있다.
>
> – 프레노의 「동방박사」 중에서

우리들이 더 이상 세상에 없더라도 삶은 계속 남아있게 되리라는 사실, 그러한 사실은 삶의 근원적인 서글픔과 쓸쓸함을 되씹게 해준다. 그럼에도 불구하고 프레노의 시는 우리들 모두가 소멸의 시간을 살며 그렇게 끝없이 소멸해 가기 때문에 역설적으로 존재할 수 있다는 사실 또한 들려준다. 아, 지난 겨울과 봄, 자신들의 영혼에 입은 상처들만큼씩만, 그 상처들 속에서 소멸의 순간들을 이끌고 갔던 벗들과 함께, 바다로 몰려가고 싶은 계절이 "이미" 왔다. 그리고 그 상처들을 짠물에 담그기 전에, 19살 때 쓴 랭보의 노래를 한번쯤 다시 읊어 보아도 좋지 않겠는가.

오 계절이여, 오 성이여!
흠 없는 영혼이 어디 있으랴?

루소와 자코테,
산책의 생태학적 상상력

장 자크 루소Jean-Jacques Rousseau와 필립 자코테Philippe Jaccottet사이에는 시대적 격차에도 불구하고 서로 연결되는 몇 가지의 공통점들이 있다. 둘 다 산 좋고 물 좋은 스위스 태생이지만 프랑스에서 살면서 프랑스어로 글을 쓰고 두꺼운 프랑스 문학사전에 이름이 올라 있다는 것, 산중에 칩거하면서 세간 소식이 두절되기를 소망했다는 것, 그 정도로 일단 두 사람은 같이 묶여진다. 다른 점을 들자면, 루소는 사상가로 우리나라에서도 그 이름이 짝자그르하고, 자코테는 이름도 생경한 시인이라는 것, 루소(1712-1778)는 사망했고, 자코테(1925-)는 생활비가 어디서 나오는지 은근히 궁금할 정도로 시만 내내 쓰면서 아직 살아있다는 것 등이다.

이 글의 주제가 될 수 있는 그들의 공통점 한 가지를 덧붙이자면, 두 사람 모두 자연과 같이 생존한다는 점이다. 루소의 젊은 날의 초상은 도보여행으로 점철되어 있다. 보통 우리나라의 서울에서 대구 정도에 해당하는 거리는 행복하게 노래를 흥얼대며 루소는 걸어 다녔다. 주위에서 마차 타기를 권하거나 여비를 보태주어도, 그는 결국 걸었다. 마차는 속도가 너무 빨라서 그 안에서는 제대로 자연을 바라볼 수 없다

는 것이 그 이유였다. 자코테의 시에서도 산책의 시공간은 시적 상상
력의 가장 드넓은 터전이 되고 있음을 확인할 수 있다. 그리고 그 산책
의 속도는 오늘날의 속도 개념으로 보자면 꽤나 느렸던 것 같다. 자코
테가 쓴 몇 장 분량의 시를 조근 조근 읽어보면 한 다섯 발자국 정도의
오솔길 사이에서 발견한 온갖 자연물들이 언어의 넌출을 와르르 잡
아당기고 있다는 것을 심심찮게 느낄 수 있다. 그의 여백과 침묵에 대
한 절대감각도 결국 자연이 그 깊은 곳에서 밀어내는 소리와 침묵의
찰나적 교접에 대한 인식과 찬탄을 바탕으로 한다. 일테면, 가을의 전
령이기도 한 귀뚜라미의 울음소리 사이로 침묵이 흐르거나 고여 있지
않다면 그 미물의 울음소리는 곡비(哭婢) 떼거리처럼 얼마나 그악스러
워질 것인가. 두 다리를 차례차례 옮겨 천천히 걸어간다는 것은 가스
통 바슐라르Gaston Bachelard의 말을 빌자면 땅의 근육까지 온전하게 경험
할 수 있도록 하는 것이다. 자동차나 초고속열차를 타고 다니면서 저
자연의 나무와 강에 대해서 서로 감탄하며 운운하였다면, 루소나 자코
테에게는 포복절도할 일이 될 것이다. 하지만 이 시대의 모든 상황들
은 빠른 속도 속에서 속도를 위해서 결정되고, 자연의 밀생(密生)을 재
발견하는 대신 인간중심주의로 치닫게 하는 것들이 끝없이 '발명'되
고 있다.* 헐리우드 영화 속에 자주 나오는 장면이 있다. 미국 대통령이
지구에서 핵전쟁을 할 것인가 안할 것인가로 고심할 때는, 대개 상공
에서 마하의 속도로 날아가고 있는 '에어포스 원'에 그는 탑승하고 있
다. 땅 위에 서있지도, '땅의 근육'도 느끼지 못하는, 한 인간이 지구의

---

* 거칠게 요약하자면, 인간중심주의는 과학문명의 거듭되는 발전을 통하여 생물의 법칙에서 인
간이 해방되었다는 성급한 믿음에서 비롯된다. 그때부터 인간은 오랫동안 운명공동체였던 자연
과 분리되고 그 자연은 결국 인간을 위한 하나의 수단으로 인식된다. (Cf. Jean Dorst, *La nature dé-
naturée*, Delanchaux et Niestle, 1965, p. 12)

운명을 결정하는 가공할 장면이 나오면, 나는 아주 슬픈 영화를 볼 때처럼 처연한 기분이 든다. 하지만 이러한 인식은 지나간 시절에 대한 단순한 찬양이라기보다는 잊혀진 과거 속에 이미 미래에 대한 새로운 가치와 윤리가 담겨있다는 믿음을 떠올리게 한다. 루소의 이야기를 좀 더 하기 전에, 자코테의 「겨

스위스에서의 루소

울의 빛으로(A la lumière d'hiver)」라는 제목의 시에 나오는 한 토막을 먼저 인용해야 할 것 같다.** 바로 이 부분이 루소와 자코테가 자연 속에 칩거하면서 발견하고자 한 것이 무엇인지 가르쳐 주고 있기 때문이다. 그것은 바로 눈에 보이는 존재뿐 아니라 보이지 않는 존재까지 거느림으로써 무한한 전망을 열어주는 자연인 것이다.

(…)
들어보아라, 잘 좀 들어보아라, 모든 벽들
그 뒤에, 너의 안팎에서 늘어나는
그 시끄러운 소란들 너머,
들어보아라… 그리하여 오래 전부터
해질 무렵이면 뭇 짐승들이 다녀간 후,
(미명의 새벽부터 대초원 위를 비추는 태양에 순종해 온 그들)

** 필립 자코테의 인용문은 *Poésie*(1946-1967), Gaillimard, 1967, 그리고 *A la Lumière d'hiver*, Gallimard, 1994.에서 번역하였다.

밤에도 꺼지지 않으며,

양떼가 잠의 망토로 저희들의 몸을 덮어 가듯,

어둠 속에 겨우 몸을 숨긴 그 빛을 핥아먹으러,

소리 없이, 느리고, 하얗게 다가오던,

보이지 않는 짐승들이 아직도 마시고 있을지 모를

그 보이지 않는 샘에서 물을 길어라

지금으로부터 약 250년 전, 유럽에서 평지풍파를 일으키게 되는 루소의 『인간불평등기원론』이 출간된다. 프랑스 계몽주의 사상의 선구자였던 볼테르는 이 책을 접하고 나서 다음과 같은 과장된 글귀가 담긴 편지를 루소에게 보낸다.

"당신의 책을 읽고 나니 엎드려 기어다니고 싶어집니다."

18세기 장-오노레 프라고나르가 그린
「영감을 받은 시인」

선도 악도 표시할 줄 모르며 자신이 필요로 하는 것보다 더 많이 가져야겠다는 시도는 생각조차 못했던 원시인의 삶을 인류의 가장 행복했던 시절로 규정하고, 사유재산제도야말로 인류가 만들어낸 유일한 악의 장치라고 설파하였던 이 책은 18세기 귀족사회에서 가장 불온한 책으로 분류된다.* 루소는 이때부터 사회의 질서를 문란케 한 혐의로 세간으로부터 돌팔매질

---

* 『인간불평등기원론』에서 피력한 사상은 이후 프랑스대혁명에서부터 카스트로의 쿠바혁명에 이르기까지 대분분의 혁명사에 지대한 영향을 미쳤다.

을 받아 마땅한 '괴물'이라는 꼬리표를 달게 된다. 루소는 실제 자신의 집에서 돌팔매질을 받고 오랜 세월 섬에 은둔하기도 했다. 이러한 루소의 급진적인 사상은 그의 교육론이 담긴 『에밀』에서 계속 이어지고 있다. "조물주의 손에서 떠날 때는 모든 것이 선하고, 인간의 손에 넘어가면 모든 것이 악하게 된다"는 기치 아래서, 교육기구와 종교적 제도가 어린이의 선한 본성을 망치게 한다는 사유를 『에밀』은 담고 있다. 산업화와 물질문명이 막 시작된 18세기에 문명 자체를 자연상태와 대립해서 부정적으로 혹은 절망적으로까지 바라본 점은 오늘날의 관점에서도 매우 시사적이다. 루소의 작품 속에서 자연은 어떻게 보면 해방의 개념으로 등장한다. 일테면 다음과 같이 자연을 언급하는 경우이다.

> 생활양식의 심각한 불평등, 어떤 사람에게는 지루한 여가가 주어지는가하면 어떤 사람에게는 과중한 노동이 강요되는 심히 불평등한 생활양식, 부자에게 변비성의 양분을 제공하여 그들을 소화불량으로 괴롭히는 미식, 가난한 사람들의 조식, 그리고 밤샘을 비롯한 여러 가지 무절제, 정신적인 피로와 소모… 이것들은 우리가 당하는 불행의 대부분이 우리 자신 탓이며, 따라서 자연이 명령한 간소하고 일정하고 고독한 생활양식을 지켜갔다면 아마도 우리가 이런 상태에 이르지는 않았으리라고 생각하게 만드는 상서롭지 못한 증거이다.

"자연이 명령한 간소하고 일정하고 고독한 생활양식"은 문명과 산업화가 무엇보다 우선이라는 당시의 지배담론과 분명 대척점을 이루고 있다. 더불어 자연은 루소에게 세계를 올곧게 이해하고 가진 것을 남들과 나누는 방식을 가르쳐주는 터전이 된다. 그런데 루소 자신은 부인 테레즈 르바쇠르와 사이에서 낳은 다섯 아이 전부를 정부가 운영하는 고아원에 보내 버린다. 자신이 낳은 자식들을 차례대로 유기했고, 말년에는 자연 속에 칩거한 채 인간들을 만나기를 포기한, 하지만 혁명사상가였던 루소가 마지막으로 썼고 미완으로 남은 저서가 『고독한 산책자의 몽상』이다. 1778년 어느 여름날 아침 산책을 마친 직후 유명을 달리한 루소는 그의 미완의 책 속에 이러한 기록을 남기고 있다. "오늘도 그저 내가 그 산책을 끝내도록 사람들이 내버려둔 것만 해도 고마울 뿐이다…" 루소에게 있어서 산책은 거리로 나서고, 마주 오는 사람들과 가벼운 목례를 나누는 일상의 연장이 아닌, 바로 자연으로 돌아가는 시간이었다. 그의 서가에 조붓하게 꽂혀서 그를 기다리고 있는 책들마저 모두 훌훌 털어 버리고 나서는 길이 '산책'이었다. 루소는 비엔 호수 한가운데에 위치한 섬에서의 생활을 시작하면서, 그의 표현을 빌리자면 "달콤한 회한"과 함께 다음과 같이 쓴다.

> 나로서 가장 기쁜 일은 무엇보다 책들을 풀지 않고 그대로 내버려둔 것과 책상을 갖지 않는 일이었다. 유감스러운 편지들 때문에 답장을 써야 할 때면 나는 투덜거리면서 어쩔 수 없이 징세관의 책상을 빌려 쓰곤 했다. (…) 산책을 하다가 비가 오면 저녁식사 후의 여가를 위해 많은 이끼들을 가지고 돌아오곤 했다. (p. 102)*

자연 속의 산책이란 인간이 자연의 일부로 되돌아가려는 방식이기도 하겠지만, 자신의 것이 아닌 것에 대한 끝없는 욕망과 속도를 유발시키는 문명에 대한 저항을 연상시키기도 한다. 왜냐하면 자연 속에서 두 발로 걷는다는 것은 자신의 행동에 책임을 지는 가장 겸허한 태도를 통해서 자연과 만나는 방식이기 때문이다. 하지만 자신의 아이들

---

* 표기된 쪽수는 다음의 번역본에 의거하였다. (장 자크 루소, 『고독한 산책자의 몽상』, 김중현 옮김, 한길사, 2000.)

18세기 화가 프랑수와 부셰가 그린 「빨래터」

을 유기하지 않고 책임지는 일이야말로 자연의 일부로 되돌아가는 가장 올곧은 방식일 것이다. 그래서 루소는 스스로를 "자연속의 괴물"이라고 칭했던 듯 싶다.

괴물 루소는 "비가 오면" 책 대신 산책길에서 가져온 이끼들과도 더불어 저녁시간을 보낼 줄 알았다. 책상 위에 이끼들을 켠켠히 펼쳐놓고 비 오는 창밖의 어둠을 바라다보는 루소를 그려보면, 이끼의 눅눅한 비린내들이 절로 느껴지기도 한다. 루소에게 아무것도 얻지 않아도 좋을 그런 비물질적인 시간을 지속시켜줄 수 있었던 것이 또한 자연 속의 산책이었다. 산책 중에 라 브뤼넬(콩과의 식물)의 두 긴 수술의 갈래와 쐐기풀 무리의 갸름한 수술들의 탄력, 봉선화 씨방과 회양목 꼬투리의 파열을 바라보면서 황홀과 몽상의 도가니로 빠져들었던 루소

157

는 비록 시는 쓰지 않았지만 '괴물' 뿐만 아니라 시인이라 불릴만한 충분한 자격을 가지고 있었다. 루소의 표현을 빌자면 그 시간은 "내 영혼의 기압계"에 깃들여오는 "황홀한 평정"의 시간이다.

> 밤이 깊어갔다. 내 시야에 몇 개의 별과 초록빛 도는 하늘이 들어왔다. 그 첫 지각의 순간은 매우 감미로웠다. 나는 아직 그 정도의 의식만 겨우 있을 뿐이었다. 나는 그 순간 생명에 눈을 떴다. 나의 가벼운 존재는 내 시야로 들어온 모든 사물들로 가득 채워지는 것 같았다. 그 '현재의 순간' 나는 아무것도 기억할 수 없었다. 나는 나라는 개체를 조금도 의식하지 못했다. 조금 전 내게 일어났던 일도 전혀 기억나지 않았다. 나는 자신이 누구인지, 어디에 있는지 도무지 알 수가 없었다. 통증도 두려움도 불안도 느끼지 못했다.
> 시냇물이 흐르듯 나는 내 몸에 피가 흐르고 있음을 느꼈다. 하지만 그 피가 내 피라고는 도저히 생각되지 않았다. 나는 내 전 존재에서 어떤 황홀한 평정을 느꼈는데, 그 후 그것을 기억할 때마다 내가 느낀 모든 쾌락의 행위들 가운데 그것과 비교될 만한 것은 결코 발견하지 못했다." (p.45)

"황홀한 평정"의 시간은 나라는 존재, 혹은 자연을 타자화 하는 인간의 관점을 잊고 '생명 중심적 평등'을 체화하는 순간에 시작되고 있다. 사람들은 루소를 사상가, 소설가, 혹은 식물학자로 이야기한다. 뮈레의 『식물도감』을 모조리 외어버리고자 하였으며 지상에 알려진 모든 식물들에 대해 알려고 애썼던 루소였지만, 식물학자로 머물 수 없었던 결정적인 결함을 애초부터 가지고 있었다. 다시 말해, 루소의 "황홀한 평정"은 식물학자가 지녀야 할 품성인 질서와 체계에 대한 믿음과는 길을 달리하는 것이기 때문이다. 그는 "첫 번째 산책"*을 끝마친 후 이렇게 쓰고 있다.

---

* 『고독한 산책자의 몽상』은 모두 열 개의 장으로 나뉘어져 있는데, 각각의 장이 하나의 산책을 끝마치고 쓴 것이다.

확실히 아주 독특한 어떤 상황은 고찰되고 묘사될 만한 가치가 있다. 내가 나에게 남은 마지막 여가를 바치려는 것은 바로 그러한 고찰에 대해서이다. 그 일을 잘 해내기 위해서는 질서 있고 체계적인 실천이 필요하다. 하지만 나는 그렇게 할 수가 없다. 그렇게 하면 내 영혼의 변화와 연속성을 이해하려는 내 목적에서 멀어질 것이기 때문이다. (p. 36)

영혼의 변화와 그 연속성을 이해하려는 자는 더 이상 식물학자가 아니라 식물에게도 "영혼의 기압계"를 들이대는 생태학적 상상력의 경계에 이르는 것이다. 요컨대, 인간을 포함한 뭇 생명의 귀함을 인식하는 순간부터, 삼라만상이 늘 소통하며 서로가 서로에게 생명의 길을 열어줄 수 있다는 생태학적 상상력은 시작된다. 따라서 루소가 산책 중에 발견한 쐐기풀과 회양목은 그 명명된 이름으로 분류되고 체계화시킬 수 없는 황홀과 몽상의 먼 산책길을 열어주고 있다. 그 산책길은 시인 자코테가 모든 존재하는 사물들로부터 어김없이 체험한 "멀고 먼 아름다움"에 대한 인식의 길이기도 하다.

가로챌 수 없는, 멀고 먼 아름다움, 알 수 없는 빛. 우리가 그에게 부여하려는 이름과는 또 다른 이름으로 항상 남아있는.

자코테는 포도주 맛이 좋다는 프랑스 동부의 론 강 어귀에 있는 작은 마을에서 수십 년 동안 칩거하면서 시를 쓰고 있다. 그리 많지 않은 자코테의 시집 제목들은 그의 시적 사유가 산책과 그 산책의 시간 동안 만나게 된 자연들과 밀접하게 연결되고 있음을 시사하고 있다. 『나무 아래서의 산책(La promenade sous les arbres)』(1988), 『과수원을 넘어가며(A travers un verger)』(1984), 『대기(Airs)』(1967), 『겨울의 빛으로(A la lumière d'hiver)』(1994) 그 중에서 하나, 「거리(距離)」라는 제목의 시를 읽어본다.

> 고공을 소용돌이치는 칼새들,
> 그 위에는 보이지 않는 별들이 또한 소용돌이친다.
> 하루의 빛은 대지의 끝으로 물러가고
> 어두운 모래밭 위로 별들의 화재(火災)가 시작될 것이다.
> 그렇게 우리들은 움직임과 거리의 나라에
> 살고 있다. 마음은 그러니 나무에서 새로,
> 새에서 멀고먼 별로, 별에서 나의 사랑으로 이른다.
> 그러니 사랑은 닫힌 집안에서도 자라나, 소용돌이치며,
> 손에 램프를 든 문지기를 애달게 하였다.

인용 시에 등장하는 자연물인 나무, 별, 새들이 생태학적 상상력에 있어서 특별히 중요한 의미를 담고 있는 것은 아니다. 다만 그 자연물들이 마음이라는 무형의 매개물을 통해서 서로 소통하고 있다는 점은 중요하다. 자코테는 또한 보이는 것과 보이지 않는 것들 사이를 산책하고 있다. 그러한 산책은 보이지 않는 것들이 보이는 것만큼이나 산책자에게 육화되어 와야만 가능한 경우이다. 그래서 시인의 마음은 보이는 것을 넘어서는 그 먼 곳까지 회유(回遊)하게 된다. 그가 무심코 기댄 나무에서 마음은 그 나무에 언젠가 날아들게 될 새 한 마리로, 또한 그 새의 눈빛과 마주치게 될 별들로 회유한다. 그리고 마음이 깃드는 사랑은 그가 회유하였던 거리와 시간의 총량에 비례하여 자라나 있다. 사랑은 고립된 자아에서 벗어나 전방위로 개방되어 가는 상태이다.

그러니 사랑은 닫힌 집안에서도 자라나, 소용돌이치며
손에 램프를 든 문지기를 애달게 하였다.

시인의 언어는 그러한 사랑의 질료이기도 하다. 자코테는 모든 사물들에 이름을 붙여주었던 인간의 관점마저 지나가 버리는 주어 부재의 언어를 꿈꾸고 있다. 아니면 주어가 수없이 바뀌며 영원히 수렴되지 않는 언어를 꿈꾸고 있다. 고정된 주어에 거리를 두는*그러한 언어를 통해서 자연물들은 말해지는 것이 아니라 스스로 말하게 되며, 언어가 인간과 비인간 세계 전체를 동등하게 일체화시키는 발설을 시인은 꿈꾼다. 1984년에 간행된 『파종기(La semaison)』에서 그가 꿈꾸는 하나의 언어적인 파종을 일견할 수 있다.

나는 모든 물질을 꿈꾼다, 스스로 천천히 변전하기를 열망하는… 우리를 넘어 통과하기를 열망하는, 우리들의 입으로 다시 솟구치기를 열망하는.

그때, 언어는 J. P. 사르트르 식대로 이야기하자면 "초목처럼 지상에 자연적으로 자라는 자연물"이 된다.** 그런데 인간은 언어를 통하지 않고 사물에 먼저 다다를 수 있을까? 그 이후에야 언어조차 자연물, 즉 자생하는 사물이 되는 것이 아닌가. 그 가능성은 시인의 언어로부터 시작한다고 사르트르는 말하고 있다. "시인은 먼저 이름을 통해서 사

---

* T. W. 아도르노가 이야기하였듯이, 물론 그러한 "거리 유지는 안전 지역이 아니라 긴장 영역이다."
** "언어를 사용하는 사람은 말의 저쪽에 대상 가까이에 있고 시인은 말의 이쪽에 있다. 전자(前者)에게는 말은 길들여진 것이고, 후자에게는 그것이 야생(野生) 그대로이다. 전자에게는 말은 유용한 관례이며 차츰 소모되는 도구(…)이다. 이에 반하여 후자로서는 말이란 초목과 같이 지상에 자연적으로 자라는 자연물이다." (J. P. 사르트르, 정명환 옮김, 『문학이란 무엇인가』, 서울: 민음사, pp.18-19)

물을 인식하는 대신에, 우선 사물들과 무언의 접촉을 하고, 그 다음으로 말이라는 또 하나의 사물 쪽으로 돌아서서는 그 말들을 건드리고 더듬고 만져보는 것 같다. 그리고 거기에서 어떤 고유의 작은 광채를 찾아내고, 또 땅과 하늘과 물과 창조된 모든 것과 독특한 유사성을 발견하기도 한다."(같은 책) 정말, 사물이 언어를 넘어서 우리를 엄습하여 들어올 수 있을까? 그러면 정말 신나겠다. 루소가 고독한 산책을 하다가 맞닥뜨린 그 "밤", "영혼이 미처 깨닫기도 전에 엄습해 온" 그 "밤"의 찰나적 시간처럼 말이다.

저녁이 다가오면 나는 섬의 고지에서 내려와 호숫가 은밀한 은거지의 조약돌 곁으로 다가가 즐거운 마음으로 앉아 있었다. 그곳에서 나는 파도 소리에 묻혀 영혼으로부터 온갖 분주함을 쫓아내는 물의 출렁임을 오감을 집중시켜 바라보면서 달콤한 몽상 속으로 빠져들곤 했다. 그때 밤은 내가 내 영혼에 대해 미처 깨닫기도 전에 엄습해왔다. 호수의 밀물과 썰물, 그리고 이따금 더 커지곤 하면서 내 귀와 눈을 끊임없이 두드리는 파도 소리는 몽상에 빠져 고요하기만 한 내면의 움직임을 가볍게 흔들어주었으며, 생각해야 하는 수고 없이 즐겁게 스스로 내 존재를 깨닫도록 만들어주었다. (p. 115)

루소의 글을 읽다가 마치 차례가 끝난 추석날의 저녁 같은 심정으로 홀로 산책을 나섰다. 참으로 오랜만에 나선 산책길이었다. 언제가 되어야 루소나 자코테처럼 그렇게 하루가 멀다고 홀로 산책을 즐길 수 있을까… 큰맘 먹고, 루소처럼 나의 아이 둘 다 고아원에 보내버려야 "고독한 산책자의 몽상" 같은 그 날이 올 것인가. 자코테가 쓴 「여름의 끝에서 한 산책」이라는 제목의 시 한편, 번역하기 위해 다시 집으로 들어온다.

우리는 조개 무더기들과, 잠자리들과
모래로 만들어진 화석들 위를 걸어가며,
자신들의 여정에 그만 놀라버리는 다정한 연인들,
또한 덧없는 만남들 속의, 소멸하는 육체들.

대지의 낮은 평상 위에서의 휴식 한 시간.
울림이 그리 많지 않은 말들. 담쟁이덩굴의 반짝임.
우리는 가을로 이르는 마지막 새들에 둘러싸여 걸어가고,
세월의 보이지 않는 불꽃들이 우리의 육체를 닮은 나무 위에서 웅웅거리네.
하지만 참나무들 속에서 침묵하지 않는 이 바람에게도 감사할 것. (…)

발레리와 프레베르,
그 기다림에 관하여

　폴 발레리Paul Valéry와 자크 프레베르Jacque Prévert는 그 이름이 국내에서도 그리 낯설지 않은 시인들이다. 그런데 이 두 시인들을 묶어서 말함에 있어서, 현대 프랑스 시단을 대표한다는 것 외에는 다른 공통점들이 그리 많지 않은 듯싶다. 그들이 거쳐 간 시적 경향을 거칠게 들어보자면, 전자는 아무나 접근할 수 없는 난해함에 기반을 두었던 염결(廉潔)주의 계열에 속할 수 있고 후자는 현대시의 난해함과 그 당시의 모든 문학적 논의들에서 벗어나려 했던 시인이었다. 다시 말해 발레리와 달리 프레베르는 퍽이나 대중적인 시인이었으며, 20세기 파리를 풍미했던 초현실주의와 주지주의 계열의 그 어느 쪽의 연상선상에도 속하지 않았다. 이들은 공통점보다는 아무래도 다른 점들이 더 많은 시인들이었다.

　발레리의 시와 회고록들을 읽고 있으면, 그가 시를 쓴 시간은 주로 밤이었던 것 같다. 가능한데까지 의식의 방만을 규제하면서 의식의 명료성을 순수성의 단계로까지 이끌려 했던 시적 작업은, 그를 홀로이게 할 수 있었던 밤의 시간과 고립된 방 속에서 이루어져야만 했다. 그리고 그때 만나게 되었을 '고통'에 대해서 이렇게 이야기하였다.

"무엇에 대해 나는 가장 고통 하였을까? 아마도 나의 사유를 발전시키는 습관에 대해서일 것이다. 말하자면 나에게 있어 끝까지 가보려는 습관에 대해서 말이다."

발레리는 사유가 발전해 나가던 그 밤의 끝자락에서 마치 새벽처럼 다가온 '절대권태'를 체험하였던 듯하다. 무기력에 의한 권태가 아닌, 원인과 한도가 알려져 있는 권태도 아닌, "약간의 어둠과 약간의 새벽을" 마시고 있던 영혼이 급기야 맞이하게 되는 최초의 권태이다. 그때 발레리 앞에 하얀 백지와 연필이 놓여있었던 듯하다. 그 손은 시를 쓰기 시작한다.

> 존재하라!… 마침내 너 자신이 되라고 새벽이 말한다.
> 오 위대한 영혼, 당신이 하나의 육체를 형성할 때이다.
>
> — 「새벽」 중에서

프레베르는 주로 거리의 노천카페에서 시를 써내려갔던 시인이다. 자동차가 지나갔고, 옆의 탁자에서는 연인들이 피같이 진한 에스프레소 커피의 향에 취한 채 사랑의 밀어를 속삭이던 그런 카페였다. 카페야 새벽에는 문을 닫으니, 그의 시가 써졌던 대부분의 시간은 아무래도 그를 홀로 있게 해 줄 깊은 밤을 빗겨간 시간이었을 것 같다. 프레베르는 살아생전 자신이 시인이라고 자처한 바가 없었다. 그래서 그의 가장 대표적인 시집의 제목 또한 『말(Paroles)』이다. 프랑스의 비평가 G. 피콩은 그의 시를 읽고 나서 이렇게 증언한다.

"마치 수세기 동안 묵은 박물관의 정교하지만 어둠침침한 방에서 오랫동안 머물다가 드디어 밖으로 나와 거리의 신선한 공기를 마시는 듯한 기분이다."

파리 서쪽의 변두리에서 태어난 프레베르는 실업자인 아버지 밑에서 중학교를 마친다. 그것이 그의 학력의 끝이다. 그 후 생계를 위한 여러 가지 잡직들을 전전하다가 초현실주의의 지도자였던 앙드레 브르통을 만나게 된다. 초현실주의 그룹이 그가 시를 쓰는 계기가 되지만 이내 그 무리에서 벗어난다. 백화점 점원을 아울러 하고 있던 그는 초현실주의자들이 쓰는 언어들에게서 견딜 수 없는 권위주의를 느꼈던 것이다. 그리고 그는 하루의 아침과 함께 큰 소리들이 들리기 시작하는 시장에서, 노동자의 호주머니 속에 들어있을 법한 잡동사니들 속에서 그의 시어들을 찾는다. 새로운 것이 아니라 이웃집 아저씨의 호주머니 속에 들어 있는 세월을, 언어의 낯선 결합보다는 파리 어느 뒷골목에서 부둥켜안고 있는 연인들의 체온을 프레베르의 시는 담아낸다. 다시 말해, 프레베르의 시를 읽고 있자면, 파리의 거리에서 가난하였지만 따뜻하였던 연인들이 읽혀지는 것이 아니라 먼저 보인다.

> 한밤에 하나하나 켜지는 세 개의 성냥개비들
> 첫 번째는 그대의 온 모습을 보기 위하여
> 두 번째는 그대의 눈을 보기 위하여
> 마지막은 그대의 입술을 보기 위하여
> 그리고 품안에 그대를 보듬었을 때
> 그 모든 것들을 다시 기억하기 위한 이 캄캄한 어둠.
>
> ―「파리의 밤」

거리의 시인과 내면의 시인을 연결해주는 하나의 고리가 있다면, 그것은 기다림이다. 기다리는 시간에 대한 보전(保全)이 그 두 시인들의 작품 속에서 빛나고 있기 때문이다. 발레리의 작품들 중에「발자국」이라는 제목의 시는 기다림의 시간이 가지고 있는 가치를 참으로 고즈넉하게 우리에게 일깨워주고 있다.

성스럽게, 천천히,
내가 깨어있는 침대로
내 침묵의 아이들, 그대의 발자국이
말없는 한기로서 다가온다.
맑은 존재여, 숭고한 그림자여,
그대의 조심스러운 발자국은 얼마나 부드러운가!
신이여!… 예감하는 모든 재능들은
맨발로 나에게 다가오나니!

갈급함으로 입술을 내민 채
머물고 있는 나의 얼을
그대의 입맞춤으로 충만케 한다 하더라도

존재와 비존의 온유함,
그 부드러운 행위를 서두르지 말기를,
나는 그대를 기다리느라 살아왔고
나의 가슴은 그대의 발자국에 지나지 않으니.

발자국의 주인은 평자들의 말대로 "시적 영감"이라고 할 수 있고, 아니면 시적 영감에 관심이 없는 소박한 독자들에게는 현실적으로 입맞춤을 건네줄 수 있는 한 연인이 될 수도 있겠다. 어쨌든 시인에게 중요한 것은 그 주인이 누구냐가 아닌 것 같다. 왜냐하면 다가오는 것에 서두르지 말아달라고 제동을 거는 시인은 목하, 연애중이기 때문이다.

시집 『해변의 묘지』를 위해 발레리가 그린 삽화

발레리에게 있어서 우선 됨은 연애의 대상이 아니라 바로 그 연애의 시간이다. 대상이 "존재"하는 것만큼 "비존"의 상태에서도 온유하게 흘러가는 연애의 시간들은 ("존재와 비존의 온유함") 너무나 섬세하여서 그 시간을 확인하고픈 그 어떤 작은 행위들에게도 깨져나가게

됨을 발레리는 또한 알고 있다. 이러한 관점의 연장선에서 만나는 것은 발레리의 시 작업에 대한 하나의 고백이다. 시인은 이렇게 적고 있다.

"나는 한 번 더 작업이 작업의 산물보다 더 깊이 내 흥미를 끈다는 것을 자백한다."

작품보다 작품이 써지는 과정 속에서 매혹을(위의 시 「발자국」이 들어있는 시집의 제목이 『매혹』이기도 하다) 느낀 시인은 백지의 하얀 공허를 마주하였을 때 시작되는 기다림의 격렬한 떨림들, 그 바깥에서는 이제 살 수 없게 된다. 완성된 작품이 아니라 그 백지의 공허가 그를 존재케 한다. 따라서 기다림은 '존재한다'라는 진행형의 또 다른 동의어이다. "시작(詩作)중에 있는 시인은 기다림이다." (발레리, 『어느 시인의 수첩』) M. 블랑쇼는 『문학적 공간(Espace littéraire)』이라는 자신의 책속에서 기다림이 끝난 사람을 "그저 생명을 부지하고 있는 자"라고 명명한다. "작품을 쓴 사람은 누구라도 그 작품 곁에서 머물 수도, 살 수도 없다. 그를 작품으로부터 쫓아내고 단절시키는 결단, 바로 그 자체가 작품이다. 그러므로 작품을 쓰고 나면 작가는 작품을 쓸 때와는 아주 다른 사람이 되어 그저 생명을 부지하고 있는 생존자, 무위도식하는 자, 아무것에도 열중하지 못하는 무기력한 자가 되어 버린다."

그래서 시인은 발레리에 의하면 결코 완성되는 법이 없고 다만 어느 순간에 던져지는 작품을 다시 시작한다.

> 존재와 비존의 온유함,
> 그 부드러운 행위를 서두르지 말기를,
> 나는 그대를 기다리느라 살아왔고
> 나의 가슴은 그대의 발자국에 지나지 않으니.

P. 발레리는 1871년 지중해를 마주한 마을, 세트(Sète)에서 태어난다. 19살이 된 발레리는 언어에 대한 새로운 사유를 보여주었던 S. 말라르메에게 자신의 시 두 편을 보냈고, 그 대시인으로부터 시를 쓰라는 화답을 받는다. 그 후 발레리가 시 작업을 계속해 나간 기간은 약 2년간이다. 그리고 나서 그 열 곱에 해당되는 세월인 20년 동안 시 작업을 중단한다. 그의 증언에 의하면 그 세월은 시를 쓰지도 않았을 뿐더러 "읽지도 않았던" 결별의 시기였다. 불혹의 나이가 된 발레리는 그 절필의 시기에 또 한번의 결별을 고하면서 세상에 전해지게 되는 그의 기념비적인 시들을 쓰기 시작한다. 다시 작업을 하게 될 즈음 그가 친구에게 보낸 편지에는 다음과 같은 글귀가 적혀있다. "잘 있거라, 명상이여…" 어쩌면 20년간의 공백기간은 그에게 있어서 백지 앞에서 매 순간 마

폴 발레리

주하게 될 그 기다림에 대한 예감과 질서를 세워 나갔던 시기는 아니었는지. 『젊은 파르크(La jeune Parque)』(1917), 『구시첩(L'Album des anciens)』(1920) 등의 시집들을 남기고 1945년 발레리는 몰(沒)한다. 독일의 시인 라이너 마리아 릴케는 발레리의 시집을 읽고나서 이렇게 쓰고 있다.

"나는 홀로 있었다. 나는 기다리고 있었다. 나의 모든 작품도 기다리고 있었다. 어느 날 나는 발레리를 읽었다. 그리고 내 기다림이 끝이 난 줄 알았다…"

김현은 한 평문의 서두에 이 구절을 인용하면서 (김현, 「현대시와 존재의 깊이」) "기다리고" 있었던 것은 릴케만이 아니었을 것이라고 언명한다. 발레리 식 대로 말해 보자면, 우리 모두는 무엇인가를 기다리느라 살아있고 또 살아가게 될 것이다.

1900년에 태어난 파리의 시인 J. 프레베르는 한편의 동화처럼 전개되는 기다림에 대한 시, 「어느 새의 초상화를 그리기 위하여」를 남기고 있다. 새 한 마리가 필요할 때, 프레베르의 방식은 백지 위에 문이 열려 있는 새장을 하나 그려놓고 새가 날아들기를 기다리는 것이다. "필요하다면", 몇 년이 걸릴 수도 있는 방식이다.

우선 문이 열려있는

새장을 그릴 것

다음에는 새를 위해

뭔가 아담한 것을

뭔가 간단한 것을

뭔가 아름다운 것을

뭔가 쓸모 있는 것을 그릴 것

다음에는 정원이나

작은 숲이나

산림에 그림을 걸어놓고

나무 뒤에 숨을 것

아무 말도 하지 않고

움직이지도 말고…

때로는 새가 빨리 오고

오기 위해

여러 해가 걸리기도 한다고

실망하지 말 것

기다릴 것

필요하다면 여러 해를 기다릴 것

새가 빨리 오고 늦게 오는 것은

그림의 성공과는 무관한 것

새가 날아올 때는

새가 날아오거든

가장 깊은 침묵을 지킬 것

새가 새장에 들어가는 것을 기다릴 것

새장에 들어가면

붓으로 살며시 문을 닫을 것

그리고 새장의 모든 창살들을 차례로 지우되

새의 깃털 하나라도 건드리지 않도록 조심할 것

다음에는 나무의 초상화를 그릴 것

새를 위해

가장 아름다운 가지를 선택하여

초록의 잎사귀와 바람의 신선함과

태양의 가루와

뜨거운 여름날의 풀벌레 소리를 그릴 것

그리고는 새가 결심하여 노래하기를 기다릴 것

혹 새가 노래하지 않으면

그것은 나쁜 징조

하지만 새가 노래하면 그것은 좋은 징조

그대가 서명해도 좋다는 징조

그렇다면 아주 살며시

새의 깃털 하나를 뽑아서

그림 한편에 그대의 이름을 쓴다.

프레베르는 일체의 권위주의를 거부한 시인이다. 하나님이 권위적

자크 프레베르

이라면 하늘에서만 있어주어야 했다. 적어도 그의 시 속에서는….

"하늘에 계신 아버지 / 그곳에 그렇게 머무소서. / 그러면 우리도 땅 위에 남아 있으리다."(「하느님 아버지」 중에서)

그래서 프레베르의 '말(Paroles)'은 파리의 어느 곳에서나 들을 수 있는 일상적인 말들이지만, 또한 그 누구한테서도 들을 수 없는 말의 구상감을 획득하고 있다. 그 획

득의 방식을 위의 시는 전언해주고 있다. 그 중에서도 "기다릴 것 / 필요하다면 여러 해를 기다릴 것 / 새가 빨리 오고 늦게 오는 것은 / 그림의 성공과는 무관한 것"이라고 쓴 부분은 기다림이라는 것이 새와 함께 새장도 지킬 수 있는 유일한 힘이라는 것을 전언해주고 있다. 기다림의 결과로서 아름답고 맑은 것이나, 미치고 어두운 것이 생길지도 모르겠지만, 프레베

자크 프레베르의 콜라주 작품 〈등대〉

르에 의하면 기다림은 언제나 결과 바깥에 있는 것이다.

오늘 같은 겨울의 문턱에는 누군가의 노래처럼 "누구라도 연인이 되어 받아주는" 편지를 쓰는 밤이 오기를 기도해 본다. 편지지를 봉투에 넣고, 풀을 찾아 우표를 붙이고, 내일 아침이 되기를 기다려, 슈퍼마켓 앞에 서있는 빨간 우체통에 넣게 되면, 한 사흘 걸려서 연인에게 배달되어, 회신이 오려면 좋이 사흘은 또 다시 걸리는, 그 사이 폭설이라도 내려 길이라도 끊기면, 언제 올지 모르는 그 회신을 기다리기 위해, 오늘밤은 편지 쓰는 밤이 되기를 기다려 본다.

퐁주, 사물의 어두운 기억의 저 편

프랑시스 퐁주Francis Ponge의 시를 읽을 때면, 이따금씩 같이 듣는 음악이 있다. 밥 제임스의 음악이 그것. 지나간 시절, 황학동 뒷골목의 불법 복사판 가게에 들러서 한번도 들어 본 적도 없는 그의 LP 음반을 선뜻 산 것은 순전히 음반 겉표지의 낯설음 때문이다.

밥의 음반 표지를 가득 채우고 있는 사진을 처음 보았을 때, 수백만 년 동안 여러 층으로 형성된 지구 지층의 단면을 묘사한 것이라는 생각이 들었다. 대개는 가수나 연주자의 사진을 음반 표지로 올리는 한 20년 전쯤의 소박한 문화적 상황 속에서 제법 신선한 표지라는 생각도 동시에 들었던 것 같다. 그 후 한 일 분쯤 지났을까, 표지 속의 지층으로 보인 것이 다름 아닌 햄버거의 모양을 극도로 확대한 것임을 깨닫게 되었다.

요즘도 그러하다. 맥도날드에서 점보 햄버거를 하나 사 깨물고 있으면, 두 개의 빵 사이에 들어있는 두 개의 고깃덩이들, 케첩, 오이피클, 양파의 층들이 소리 없이 해제되면서 해침(海浸)과 해퇴(海退)로 거듭난 지층들이 가끔씩 머릿속에 펼쳐지곤 한다. 그리고 나면 밀크셰이크를 앞에서 조금씩 비우고 있는 여인의 거품 묻은 입가마저, 거의 불합리할 정도로 한 번 더 풍요로워지곤 한다.

햄버거 하나가 아무리 영양가가 높아도, 그것은 각박하고 따분하기

프랑시스 퐁주

이를 데 없는 나날들 속에 줄을 서서 빌어먹는 음식이란 생각이 든다. 그럴 때면 퐁주가 「조약돌에 관한 서문」이라는 산문시의 한 말미에 쓴 구절이 떠오른다.

"우리가 취할 최상의 태도는 그러므로 모든 사물을 미지의 것으로 간주하는 것, 산책하거나 수풀 밑 혹은 풀밭 위에 눕는 것, 모든 것을 처음부터 다시 시작하는 것이다."

일상의 사물들 사이에서 시작되고 있는 퐁주적인 예지는 일상의 나날들 속에 갇힌 정신을 풍요롭게 해주는 순기능이 있다. 신체의 비만함은 어쩌면 햄버거 때문이 아니라, 그것을 그냥 햄버거로만 알고 햄버거의 모든 영양가를 죄다(빵 두 개, 고기 두 개, 케첩, 양파…) 흡수해버리는 정신의 각박함 혹은 그 수동성에 있는 것은 아닌가. 1942년에 출간된 시집 『사물의 편(Le parti pris des choses)』에는 퐁주적인 예지가 구체적으로 돋보이는 「빵」이라는 제목의 시가 들어있다.

> 빵의 표면은 우선 그것이 보여주는 경치에 가까운 느낌 때문에 경이롭다네. 마치 손 밑에서 알프스와 타우르스와 안데스산맥들을 어르고 있는 듯하네.
> 트림하듯 매인 데 없이 부풀어 오르는 덩어리는 결국 우리들을 위해 별꽃 같은 빵가마 속으로 미끄러져 들어가, 굳어지고, 계곡으로, 능선으로, 물결치는 능선으로, 그리고 빙하의 갈라진 틈이 되었다네… 그때 그토록 선연하게 이어져있던 모든 겉면들, 빛이 자신의 불빛 색으로 덮어버린 그 얇은 사기(沙器)들 - 그 밑으로 단작스럽게 숨겨진 부드러움에는 눈길을 주지 않았다네.
> 빵의 속살이라 부르는 떳떳치 못하고 차가운 하층토는 수세미와 닮은 결들을 지니고 있네. 꽃들과 잎들은 그곳에서 한꺼번에 팔꿈치들이 붙어버린 쌍생아 자매처럼 살아있네. 빵이 굳으면 이 꽃잎들은 생기를 잃고 오므라든다네. 서로 떨어지고 쉽게 부서지게 되니….
> 나 그것을 자르시게나. 존경보다는 소비의 대상이니, 빵은 우리들의 입 안에 들어와 있어야 한다네.

퐁주는 19세기의 마지막 해인 1899년, 지중해에 인접한 몽펠리에라는 도시에서 태어난다. 바다가 아름답고 바람도 많이 부는 고장이지만, 그의 시 안에서는 고향을 환기시키는 서정들을 찾아보기 힘들다. 가장 단순한 사물들의 관찰로부터 언어를 가동시키는 퐁주에게 있어, 고향은 너무나도 "거창한" 대상이기 때문이다. 고향은 사실 퐁주가 극도로 절제해서 사용했던 단어들인 "즐거움"과 "슬픔", "영원함"과 "덧없음", "자랑"과 "수치" 같은, 잊고 싶어도 잊을 수 없는 감정들로 우리를 끌고 들어가게 마련이다. 감정의 편이 아니라 '빵'과 같은 사물들의 편에서 말이 시작되는 그의 시들이 발표되자, 퐁주는 가장 주목받는 현대시인의 반열에 오르게 된다. 사르트르는 현상학적인 시인을 드디어 발견했다고 했으며, 누보로망의 작가 로브-그리예는 그를 누보로망의 예고자라고 하였다. 그 이후 솔레르스와 함께 60년대 프랑스의 형식주의 비평을 주도했던 텔켈(Tel Quel) 집단은 퐁주를 새로운 수사법의 전도자라고 칭송하였다. 「조약돌에 관한 서문」에 써있는 퐁주의 개인적인 이야기도 들어보자.

"말을 시작할 필요는 없다. 사물들에게 전적으로 자신을 맡기면 당신은 새로운 인상들로 가득 차게 되고, 사물들은 전혀 새로운 수많은 특성들을 당신에게 보여줄 것이다. 개인적인 얘기지만, 나를 답답하게 만드는 것은 사소한 소일거리들이고 내가 가장 덜 권태를 느끼는 것은 감옥이나 독방, 들판에 홀로 있을 때이다. 도처에서, 그리고 무엇을 하든, 나는 시간을 낭비하고 있다는 느낌을 갖는다. 게다가 가장 사소한 대상 속에 들어있는 제안들이 너무도 풍부해서, 나는 돌, 잡풀, 불, 나뭇조각, 절인 쇠고기 등등의 가장 단순한 사물들로부터 시작하지 않으면 그 어떤 것도 이해할 수 있으리라고 생각지 않는다."

가장 사소한 사물들을 시의 계기를 잉태하고 있는 대상으로 바라보는 것은 결국 상상력을 무한히 확대해 보는 하나의 시도이다. 먹어주어야 할 "빵"의 울퉁불퉁한 표면에서 "알프스와 타우르스와 안데스산맥들"이 보이는 것은, 프루스트가 마들렌이라는 향긋한 빵에서 고향집을 시나브로 떠올리는 문학적 상상력과는 또 다른 상상력적 문법이다. 일상적 사물들로부터 무엇인가 시작된다는 측면에서 현대소설의 한 방법적 효시를 일깨운 『잃어버린 시간을 찾아서』의 작가인 프루스트와 퐁주는 분명 상관성이 있는 듯하다.* 하지만 프루스트가 아련하

---

* 프루스트는 어디엔선가 이렇게 적고 있다. "사물을 깊이 응시하는 정신 앞에서는 모두가 신성한 등가성을 가진다."

게 따라갔던 추억의 중첩과는 달리, 퐁주의 시선은 사물에 대한 객관적인 관찰이 지속되면 겪게 되는 "유별난 역동성"을 먼저 담보하고 있다. 바르트는 이러한 시선에 대해서 다음과 같이 정리하고 있다.

"시선은 항상 무엇인가를, 누군가를 찾는다. 그것은 불안한 기호이다. 기호로서는 유별난 역동성이며, 그 힘은 기호를 범람한다."

"무엇인가를, 누군가를 찾는" 시선 속에 갇힌 양초는 그 시선 속에서 어떻게 "범람"할까? 퐁주의 작품들 중에 「양초」라는 제목의 시가 있다.

> 이따금씩 밤은 기이한 식물을 되살려놓아, 그 미광은 짙은 어둠으로 가득 찬 방을 갈라버린다네.
> 시커먼 꽃꼭지를 따라서 황금빛 잎사귀는 하얀 대리석 기둥의 홈에 어느덧 붙어 있네.
>
> 애처로운 나방들은 숲을 흐릿하게 비추며 높이 솟은 달보다는 이것에 달려든다네. 허나 이 싸움판에서 금방 불타거나 녹초가 되어, 모든 것들이 미친 듯한 혼미의 끝에서 떨고 있네.
> 그 동안 양초는 문득 첫 연기의 치솟음과 함께 책 위에 흔들리는 빛을 내려 책 읽는 자에게 용기를 북돋워주고, – 그 후엔 받침대로 기울다가 제 자신의 자양분 속에서 익사하네.

불이 타오르면서 검게 된 양초의 심지는 꽃을 받쳐주는 꽃꼭지로 보이기 시작한다. 그리고 양초의 불꽃은 그렇게 벌써 시인의 시선 속에서 범람하기 시작한다. 불꽃은 "황금빛 잎사귀"로, 마침내 양초는 시선 속에서 타오르면서도 시선의 불안 속에서 범람하는 "기이한 식물로" 자라난다. 이때 "책 읽는 자"는 양초의 빛 때문에 감사하다. 양초

가 책을 수월히 읽도록 빛
을 내려주어서일까? 적어
도 그렇지는 않은 것 같다.
왜냐하면 그 빛은 "책 읽는
자"의 "용기를 북돋워주
고 있다"라고 시인은 말하
고 있기 때문이다. 책을 읽
는데 왜 용기가 필요한 것
일까? "모든 사물을 미지의
것"으로 간주하는, 그래서
시작되는 범람의 불안한
빛이 내리고 있기 때문이
다. 그 불안한 빛을 통하여

1952년에 찍은 퐁주의 사진

책을 읽기 위해서는 용기가 필요하며, 동시에 용기를 북돋워주는 주체
도 불안한 빛이다.

퐁주의 시집 속에서 곧바로 이어지는 「담배」라는 제목의 시는 퐁주
가 불과 관련된 사물로부터 펼치는 독특한 시선이 다시 나타나고 있
다.

우선 공기를 안개 자욱하고 메마르게 그러면서도 산발한 머리카락들처럼 만들
어 보자. 그럴 때면 담배는 끊임없이 공기를 창조하면서 비스듬히 자리 잡고 있
다.

다음은 담배의 외양. 그것은 차라리 빛보다는 향기를 내는 작은 햇불, 거기로부
터 작은 재 덩어리들이 박자에 맞추어 떨어져 나와 스러진다.

마지막으로 담배의 정열. 그것은 불붙은 봉오리, 은빛 막들이 비늘처럼 퍼져가고, 막 생겨난 토시가 그 봉오리를 둘러싼다.

타들어가는 담배의 끝을 퐁주는 "봉오리"라고 표현하고 있다. 다시 말해, 퐁주의 시선 속에서 담배는 막 꽃이 피려는 식물의 봉오리가 된다. 어쩌면 상관성이 희박해 보이는 담배와 꽃봉오리를 결합시키는 힘은 퐁주가 1926년 『열두 개의 소품들』이라는 표제의 처녀시집을 발표할 당시 몸담았던 초현실주의 그룹이 지향한 글쓰기의 핵심이기도 하다. 시인은 그러한 방식으로 말의 상투적인 틀을 해체하고, 인간의 감성이 다다를 수 있는 미래의 문법들을 포착한다. 「글 쓰는 이유」라는 제목의 산문시에서 퐁주는 시인이 말의 상투적인 틀로 묶여진 세상 앞에서 침묵할 수 없는 이유를 이야기하고 있다.

"유일한 출구는 말에 저항하여 말하는 것이다. (…) 글을 쓰는 또 다른 이유는 없다. 그러나 일단 납득하기만 하면 그 이유는 단연 절대적이고 위협적인 것이 된다."

그래서 담배는 "차라리 빛보다는 향기를" 뿜는 "미지"의 "위협적인" 사물로 자라난다. 이러한 두 사물성의 결합은 초현실주의가 표방하기 이전에 이미 프랑스의 19세기 작가인 V. 위고의 글 속에서도 보인다.

"모든 식물은 하나의 램프와 같다. 그 향기는 빛인 것이다."

식물은 시인의 눈을 통해서, 그리고 일상의 문법에 저항하는 시인의 혼을 통하여 두 번 비춰진다. 퐁주는 「오렌지」라는 시에서 그 과일을 "베네치아 램프의 감동적인 폭발"로 묘사한다. 또한 「나비」라는 제목의 시에서는 꽃밭을 여기저기 옮겨 다니는 나비를 "기름의 잔량"을 확인하는 점등부(點燈夫)라고 명명하고 있다. 퐁주의 시를 읽고 있으면, 사물들의 어두운 기억의 저편에 이르게 되고 그곳에서 자그마한 불빛이 새어나오고 있는 듯한 느낌이 든다. 그리고 그 불빛은 이렇게 속삭여 준다.

> 매 순간 인간에게 유보되어 있는 일이 있다. 그것은 흔히 말해지는 유의 그 어떤 시선, 인간을 둘러싸고 있는 것들과 그것들 가운데에 처한 자신의 상황에 대한 고찰이다.

위의 인용문은 「시선의 방식」이라는 제목이 붙은 산문시의 첫 구절이다. 그런데 "상황에 대한 고찰"은 무엇으로부터 시작되는 것일까? 그것은 하찮은 사물들이 가지고 있는 소통의 따뜻함에서 비롯된다. 그리고 그 따뜻함에 대한 전적인 믿음만이 "시선의 방식"을 만들어준다. 그때는 사물의 객관적 고찰이 사라져버릴 것들, 고립된 것들을 무한한 삶 속으로 이끄는 또 다른 글쓰기의 영역으로 이어진다. 그러한 글쓰기가 바로 문학이 짊어져야 할 몫이기도 하다. 그래서 퐁주의 가장 빼어난 작품들 중의 하나라고 생각되는 「문의 즐거움」을 읽고 있으면, 자랑스럽다.

> 왕들은 문에 손대지 않는다네.

> 그들은 이런 행복을 알지 못한다네. 낯익은 커다란 널판자들 중에 하나를 부드럽게 혹은 거칠게 밀고, 다시 그 쪽으로 몸을 돌려, 그것을 제자리에 밀어두는, – 자신의 팔로 문을 껴안는 행복을.

…어느 방의 높다란 장애물들 중의 하나를 사기로 된 고리 밑 부분에서 움켜잡는 행복. 이 재빠른 백병전으로 한순간 걸음이 지체되면서, 눈이 열리고 온 몸으로 자신의 새로운 아파트에 익숙해진다네.

문을 밀어 굳게 닫기 전에, 그는 우정어린 손으로 그것을 다시 잡는다네. 그때의 힘차고 기름칠도 잘 되어 있는 용수철의 달그락 소리는 그를 더욱 즐겁게 해준다네.

퐁주는 자신이 함부로 쓰지 않는 단어인 '즐거움'과 '행복'을 한 사물을 위하여 풀어주고 있다. 밖에서 기다리고 있는 연인을 향해 황급하게 햄버거 가게의 문을 열고 뛰어나가는 사내… 하인들이 대신 열어준 문을 황급히 지나 어떤 행복한 결정을 내려야 하는 방으로 들어서는 왕… 그렇게 열고 나가기 위해서만 존재했던 문 앞에서 퐁주는 "한순간 걸음이 지체되면서" 온기처럼 전해오는 새로운 기쁨을 제시한다. 시인에게 말이 그러하듯이 문은 이제 그 자체로 경이로워진다. 문의 경이로움을 경험한 자에게는, 문 밖에서 기다리는 연인으로 가는 길목에 "부드럽게 혹은 거칠게 밀고, 다시 그쪽으로 몸을 돌려, 그것을 제자리에 밀어두는" 유예된 시간이 많으면 많을수록 또한 즐겁지 않겠는가.

상고르와
그의 친구 세제르가 사는 곳

"시가 멸망해서는 안 된다. 그렇게 된다면 세계의 희망은 어디 있겠는가."
- L. S. 상고르

그의 명함에는 다음과 같은 두 개의 직함이 적혀있다. 시인, 대통령 레오폴드 세다르 상고르 (Léopold Sédar Senghor). 관료적 능력과 문학적 심성을 동시에 겸비한 사람들이 간혹 있었지만, 시인이 대통령까지 겸한 것은 아직까지도 상고르가 처음이자 마지막인 경우로 남아있다. 1960년에 프랑스로부터 독립한 세네갈공화국의 초대 대통령으로 취임한 이후, 19년 동안 계속 대통령 직을 해오다 스스로 그

레오폴드 세다르 상고르

만두었다. 상고르는 정상회담을 통해 박정희도 서울에서 만났었는데, 그가 시인이라는 것을 알게 된 우리나라 외무성에서 그의 방한 날짜

에 맞추어 부랴부랴 번역시선집을 하나 엮어내기도 하였다. 스스로 대통령직에서 물러난다는 것, 지금이나 당시나 어려운 결심을 담박하게 해냈던 인간으로 세네갈 사람들은 그를 기억하고 있다. 반면 대부분의 프랑스 문학사에서는 상고르가 가장 중요한 현대시인 중의 한 사람으로 자리매김되어 있다. 그는 대통령직을 수행하다가 휴일에 회고록이나 쓰는 '일요일 작가'가 아니었다. 수많은 그의 시편들이 말해주듯이, 그는 시를 통하여 생명의 현장감을 '느끼게' 해주는 흔치않은 현대시인이었다.

상고르는 일찍이 흑인들이 가지고 있는 공통된 정신성을 네그리튀드(Négritude)라고 명명하였다. 1956년에 간행된 시집 『에티오피아 사람들(Ethiopiques)』의 서문에서 상고르는 네그리튀드의 한 특성을 다음과 같이 전한다.

"'느끼는' 사람들이기에 그들은 생각하지 않는다. 아름다움은 언제나 삶의 뿌리에서 창처럼 곧바르게 그들을 감동시킨다."

상고르는 네그리튀드적인 정신의 파고를 육화하여 가장 문명화된 도시의 하나인 파리에서 시를 쓰기 시작하였다. 시인은 28살 때 파리에서 또 다른 흑인 시인, 에메 세제르Aimé Césaire와 함께 『흑인 학생』(1934)이라는 소잡지를 창간하고, '흑인들도 시를 쓰나?'라는 서구 중심의 세계관에 직격탄을 날리는 문학운동을 전개하였다. 이러한 운동은 마르크시즘의 계급투쟁론과 맞물리면서 서구 지식인들 사이에서 흑인들의 위상을 재조명해 보는 활발한 논의들을 이끌어냈다. 더불어 네그리튀드가 가지고 있는 원시적 생명성은 서구문명의 한계를 넘어설 수 있는 상황으로 조명되기 시작하였다. 상고르와 세제르는 네그리튀드가 수백 년 동안 자신들의 민족을 노예화시킨 서구문명에 대한 저항담론

에메 세제르

이기보다는 문명세계, 그리고 그 세계로 돌입하게 된 아프리카까지 어둡게 드리워져 있는 정신적 핍진성에 대한 극복의 에너지로 작동될 수 있을 것이라고 보았다. 하여 상고르는 자신의 시 속에서 "야생의 코끼리를 추격하듯 내 어린아이들을 추격"(「평화의 기도」)하였던 백인들까지 마침내 형제라고 부르기 시작한다.

푸른 눈의 내 형제들, 그 우정 속에서 내가 태양의 세계를 꿈꾸었음을. (…)
– 밀림 속에서는 악어 떼들이 심연을 사냥하고 바다 송아지 떼들이 한가로이 풀을 뜯는다.
온 나라를 지배하는 땅콩더미에 나는 불을 지르나니.
바다를 거느리는 저 가혹한 의지에도 불을 지르나니.
하지만 그때 나는 웅성거리고 있는 가축 떼들을 소생시켜 울부짖게 한다네.
저녁이 되면 피리와 소라고동의 달빛이 일깨워 노래하게 하는 저 웅성거림을.
나는 흔들리는 허리의 가락 위에 얹어 놓은 우유 담은 호리병박과 이슬 위에 하녀들의 행렬을 소생시킨다네.

조와 쌀의 냄새 속에 당나귀와 낙타 떼들을 소생시킨다네.

빛을 뿜는 얼음과 짤랑짤랑 울리는 얼굴들과 은빛 종소리 속에 소생시킨다네.

저 대지에서 자라난 나의 힘을 소생시킨다네

– 「탕아 돌아오다」 중에서.

백인들이 흑인들을 착취하여 생산하였던 거대한 "땅콩더미"들과 그 "가혹한 의지"에 시인의 네그리튀드는 불을 지른다. 하지만 시인에게 있어서 불 지름은 파괴가 아니라 마치 화전 농사처럼 "소생"으로 이르는 길이다. 그 길은 그렇게 먼 것도, 거창한 것도 아니다. "조와 쌀"의 냄새를 맡을 때, 그 곡식들을 짊어지고 "소라고동의 달빛"이 너울대는 밀림 속을 건너다녔던 "당나귀와 낙타"들과 더불어 우리의 내면 속에서 열리는 길이다. 이러한 소생의 길은 미래를 향한 진보나 발전보다 지금 이곳의 시인에게 있어서 시급한 일이다. 왜냐하면 그 길을 통해서만 모든 인종이 형제가 될 수 있으며, 파괴와 단절로 가득해진 현대적 마음들을 제어할 수 있기 때문이다. 이것은 곧 삶의 외경감의 복원이며 사람다운 삶에 대한 모색이기도 하다. 상고르가 자신의 정신적 쌍생아라고까지 불렀던 에메 세제르의 「귀향 노트」는 그러한 소생과 모색 속에서 태어난 시이다.

(…) 오 정다운 빛이여

오 빛의 서늘한 샘이여

화약도 나침반도 발명하지 못했던 사람들

한번도 증기나 전기를 지배할줄 몰랐던 사람들

대양도 창공도 탐험하지 못했던 사람들

허나 그들이 없었다면 대지는 대지가 되지 못하였으리

대지가 메말라갈수록 그만큼 더 자비로운 융기

그리하여 대지는 넉넉해지고

대지가 품에 안은 것들이 보호되며 무르익는 헛간

그리하여 대지는 넉넉해지리라

나의 흑인성은 돌멩이가 아니다, 햇빛의 아우성으로 달려가는

돌의 귀먹음이 아니다

나의 흑인성은 대지의 죽은 눈동자 위에 낀 썩은 물 속의

샘이 아니다

나의 흑인성은 탑도 성당도 아니다

나의 흑인성은 대지의 붉은 육신 속에 잠겨 있다

나의 흑인성은 불타오르는 창공의 육신 속에 잠겨 있다

나의 흑인성은 곧은 참을성으로 마침내 칠흑 같은 억압에 구멍을 낸다.

제왕의 위엄을 갖춘 카일세드라 나무에 영광 있으라

아무 것도 발명하지 못했던 사람들

어느 곳도 탐험하지 못했던 사람들

결코 아무 것도 지배할 수 없었던 사람들에게 영광 있으라

세계를 지배하려 하지 않고, 세계와 장난을 치며,

껍데기는 몰라도 모든 사물의 움직임에 사로잡힌 채,

사로잡힌 채 모든 사물들의 밑바탕에 그들은 몸을 맡긴다.

　　세제르는 1959년 "예술가의 책임"이라는 제목이 붙은 자신의 논고에서 창작활동은 신식민주의와 맞서는 방식이라고 보고 있다. 백인들은 아프리카 신생국들에게 필요한 것은 우선 기술자이지 시인이 아니라는 것을 모든 상황들에 빗대어 제안하고 있지만, 그 은근한 제안 속

18세기 프랑스에서 그려진 노예들의 모습

에는 영원히 주종관계의 끈을 놓치지 않으려는 기득권자의 저의가 서려있다고 세제르는 고하고 있다. "이상도 하지, 그들이 필요한 건 기술자인데, 그들은 시인을 양성하려 하는군!"이라는 의뭉스런 발언에 세제르는 이렇게 반격한다. "민중은 그들에게 필요한 것이 무엇인지 누구보다도 잘 알고 있다. 그들은 직관적으로 알고 있다. 모든 작품은, 그것이 창조이기 때문에, 자유를 위한 투쟁의 참여라는 것을 안다. (…) 창작활동은 그것이 창조(=생산)이기 때문에, 훼방꾼이 된다. 창작활동은 식민주의를 잡쳐놓는다."

위의 시 「귀향 노트」가 전언하고 있듯이, 그들이 다시 한번 "생산"하고자 한 것은 전기도 화약도 아니다. "세계를 지배"하는 물질이 아니라 "세계와 장난"을 치는 마음을 소생시키는 것이 바로 그들이 원하는 생산이다. 언제나 목적어로 남아있던 세계가 그 생산 속에서는 인간과 함께 더불어 가는 생의 반려가 된다. 조와 쌀의 냄새 속에서 지나간 달빛과 낙타들을 "생산"하고, 그때 "대지의 붉은 육신" 속으로 흑인들뿐만 아니라 모든 인간은 더불어 "잠기게" 된다.

　　　나의 희망은 여름의 끝으로 되돌아오는 것.
　　　내가 띤 임무는 간단한 것이리라.
　　　　　　　　　　　　　　　　　　　－「공주에게 드리는 편지」 중에서.

프랑스문학사에서 세제르와 상고르의 시가 등장할 수 있었던 첫째 이유는, "곧은 참을성으로 마침내 칠흑 같은 억압에 구멍"을 내고, "모든 사물의 움직임에 사로잡히기도 했던" 그들의 위대한 흑인성을 자신들의 모국어가 아니라 프랑스어를 사용해서 썼다는 사실에 가로놓여 있다. 세계의 문화적 헤게모니를 장악하고 있는 언어를 사용하여 작품을 쓸 수 있다는 것은 하나의 커다란(무서운) 능력이기도 하다. 일테면 루마니아의 철학자 에밀 시오랑이 급기야 자신의 모국어를 버리고 프랑스어로 작품을 발표하지 않았다면 한국에까지 그의 작품들이 소개될 수 있었을까. 상고르도 마찬가지일 수가 있다. 하지만 프랑스가 세네갈을 식민지화하고 착취하였던 바로 그 나라라는 점에서 그의 프랑스어 사용은 좀더 예민한 사안으로 떠오르게 된다. 그렇기 때문인지 상고르는 유독 여러 차례에 걸쳐 그 이유를 언급하게 된다.

　　상고르에 의하면 모든 인간은 "문화적 잡종"이며, 따라서 흑인들이 느낀 것을 프랑스어로도 표현할 수가 있음을 강조한다. 특히 프랑스어는 어떤 다른 언어보다도 "보편적 성향의 언어"라고 상고르는 그의 시집 『이디오피아 사람들』 서문에서 밝힌다. 하지만 제3자의 입장에서 보자면 이와 같은 이유는 다소간 어눌한 데가 있다. 한글은 "보편적 성향의 언어"가 아니던가?

　　프랑스는 아프리카의 대부분을 식민지화하였고 그들의 언어를 강요하였다. 그리고 수백 년 동안 흑인들을 세계 곳곳에 노예로 팔아넘겼다. 하지만 한편으로는 프랑스어가 네그리튀드 정신을 흩어져 있었던 흑인들에게 가장 효과적으로, 즉 가장 많은 수의 흑인들에게 전할 수 있는 유일한 언어였다는 점에서 "보편적 성향의 언어"라는 의미를 이해해 보아야 할 것이다. 이런 점에서라면 "압제자의 언어"라 할지라도 다함께 "그 칠흑 같은 억압에 구멍을 내기" 위해서 어쩔 수 없이 필요하였을 것이다.

같은 책에서 상고르는 프랑스어에 대한 호감들을 계속해서 언급하고 있는데, 그 중의 한 구절이 유독 눈에 들어온다. 바로 시인의 자격으로서 말할 수 있는 이유이기 때문이다. "(…) 그리고 프랑스어는 우리의 모국어에서 아주 드문 추상어를 선물했다."(『이디오피아 사람들』) 추상어가 아주 드문 언어 속에서 자란 자가 시를 쓰기 시작했다는 것… 기대되는 이야기다. 그런데 그런 시인이 추상어가 가장 화려한 언어 중의 하나를 운명적으로 만났을 때, 그로부터 생겨나는 시는 어떠할 것인가.

나는 황금의 사막 언덕 위에 혹은 스텝지방의 희뿌연 날빛 속, 고무나무의 향기에 감싸인 채 포장을 치고 야영을 하리라.

나는 기린도, 타조도, 야생마도, 사냥하지 않으리라. 나는 전사들과는 먼 곳으로 은퇴할 생각이다. 많은 것을 보았고 많은 것을 배우고자 하는 사람처럼

나는 정신의 세계에 마음을 붙였노라.

이곳은 정신의 고장이다. 하늘에는 구름 한 점 없다. 때로 하늘에 소용돌이가 치는 것은 모래바람 탓이다.

나뭇잎과 입술이 이곳에서는 무겁고 꽃은 피지 아니하며 콧구멍과 가시는 뾰족하다.

동쪽의 바람은 온 몸을 깨물며 모든 불순물을 불태운다.

나는 넓은 강의 층계 위로 은퇴할 생각이로다.

나는 그대의 비밀을 명상할 생각이로다. 그대의 우정은 내게 목걸이며 귀걸이로다.

나의 희망은 여름의 끝으로 되돌아오는 것.

내가 띤 임무는 간단한 것이리라.

나는 내 사람들의 믿음을 얻었다. 나는 헤매는 사람의 자리에 임명되었다.
— 「공주에게 드리는 편지」 중에서

시인이 마음을 붙인 "정신의 세계"는 설명적인 일체의 원리들이 무
용하게 되는 곳이다. 정신의 고장을 이야기하기 위해서 시인은 그곳의
사물들이 보여주는 것 외에는 다른 어떤 설명도 덧붙이지 않는다. 따
라서 독자는 시인으로 부터 그 곳의 풍경을 '전달'받는 것이 아니라 그
풍경을 직접 '경험'하게 된다.

　이곳은 정신의 고장이다. 하늘에는 구름 한 점 없다. 때로 하늘에 소용돌이가 치
는 것은 모래바람 탓이다.
　나뭇잎과 입술이 이곳에서는 무겁고 꽃은 피지 아니하며 콧구멍과 가시는 뾰족
하다….

설명도 비유도 없다. "콧구멍
과 가시가 뾰족한" 곳이 정신의
세계란 말인가? 사물들은 그 앞에
나타난 "정신의 세계"와는 아무
런 연관도 없다는 듯이 자라났다
가 까닭 없이 사라진다. 그래서 각
각의 문장들은 창세기의 사건들
처럼 매번 다시 이어진다. 설명적
인 일체의 원리들이 부재하자 이
윽고 사물들이 다시 소생하는 곳,
그 곳에서 우리는 흑인 시인들이

상고르, 그는 세네갈공화국 대통령이자 세계적
인 시인이다.

만든 낯설음의 힘(une puissance d'étrangeté)으로 들어가게 된다. 그리고 이 힘은 번역문으로는 도저히 전달할 수 없는 문장 속의 일관된 리듬성을 따라 빠르게 다음 문장으로 옮겨간다. 어느 흑인 시인의 표현을 빌자면 "숲을 가로지르는 한밤중 소리의 파도" 같은 이 힘은 사물들 속에서 원시적인 "소리의 파도"를 잊어버린 문명인의 "뼈 속으로까지 점차 날아 들어가는 진동"이 되기도 한다. 우리에게 있어서 생각이 행동과, 귀가 가슴과, 리듬과 의미가, 나뭇잎과 입술이 서로 포개어졌던 적이 언제였던가.

생각은 행동과, 귀는 가슴과, 기호는 의미와 다시 만난다.
마침내 그대의 강물들은 사향 냄새 가득한 악어 떼들과 신기루의 눈을 가진 바다소들로 뒤끓는다.
인어의 전설을 새로 지어낼 필요도 없다.
다만 두 눈을 저 무지개 쪽으로 크게 떠보면 될 것이다.

— 「뉴욕에서」 중

미쇼의 유실(遺失)

「자기 집에서 자기를 지킨다?」 그런 생각은 말라"
- H. 미쇼 -

앙리 미쇼Henri Michaux는 살아생전 참으로 많은 고장들과 나라들을 돌아다녔다. 덧붙이면, 미쇼는 여행가이기보다는 여행자였다. 사전 속의 의미는 엇비슷하지만 여행'자'는 여행'가'에서 느껴지는 직업적인 냄새보다는 차라리 운명적인 힘으로 쉴 새 없이 돌아다니는 사람의 냄새가 난다. 그리고 또 하나의 여행자… 술집에서 술을 마시고 있다고 하자. 술집의 문을 열고 한 사내가 들어와 앉는다. 그를 가리켜 누군가가 "저 사람 여행가야"라고 말한다면, "어허, 그래?" 정도로 반응해주면 적당하다. 그런데 같은 장면에서 그를 가리켜 누군가가 "저 사람 여행자야"라고 말해주면, 상황은 달라진다. 그 사내, 술집 어느 구석진 곳에 앉아있어도 '지금 어디론가 떠나고 있는 중'이라는 뜻일 수도 있기 때문이다. 그 사내, 우리와 눈이 마주쳤지만 그의 눈길은 이미 우리의 얼굴을 무람없이 지나고 그 뒤의 누추한 벽 너머 저 어딘가로 썰물처럼 빠져나가고 있다. 미쇼가 그러하였다. 일어서 있어도 떠나고 벽을 바라보고 앉아 있어도 떠나는 그의 여행들이 시가 되었다. 그리고 고향을 가진 자가 왜 쉬지 않고 떠나야만 하는지를 그 속에서 노래하였다.

앙리 미쇼

벨기에의 아름다운 나뮈르 지방이 고향이었던 미쇼의 어린시절은 꽤나 불행하였던 것 같다. 미쇼가 다른 사람 이야기를 하듯 무덤덤한 문체로 작성한 「59년 간의 생에 대한 몇 개의 정보」에 따르면, 그는 1899년 5월 24일 나뮈르 지방의 중산층 가정에서 태어났으나 그 가정의 어르신들이 보기에는 한마디로 돼먹지 않은 아이로 자라났다. 집안의 어르신들은 7살이 되어도 그를 길들일 수 없게 되자 시골 벽촌의 한 초등학교로 떼어 보내고 그곳의 기숙사에서 5년 동안 살게 한다. 미쇼는 그때의 5년간을 다음과 같은 세 마디로 짧게 표현한다. "궁하였고, 딱딱하였으며, 차가웠다." 그런 미쇼를 그나마 위로해준 한 권의 책이 있었는데, '신데렐라'도 '왕자와 거지'도 아닌 바로 국어사전이었다. 미쇼는 국어사전을 보고 "발견하였다"라는 표현을 쓴다. "아직 어떤 문장이나 문장가에 속하지 않은 단어들, 그래서 사람들이 나름대로 사용할 수 있는 단어들만이 처음부터 끝까지 꽉 차 있는 국어사전"을 발견하였던 것이다. 그 발견은 단어들 속에서 일상적인 쓰임을 걷어내고 언제나 새로운 처녀성을 재발견하고자 시도했던 초현실주의 그룹을 거치면서 미쇼가 결국 시인을 업으로 삼게 된 운명적인 단초가 되었다는 생각이 든다. 1927년에 간행된 미쇼의 첫 번째 시집 『내가 누구였던가(Qui je fus)』

속에는 초등학교 기숙사에서의 시련을 암시하고 있는 듯한 시 「피로 (fatigue)」가 있다.

　　영혼이 혹 육신을 다시 따라잡을 수 있도록 천천히, 그가 할 수 있는 한 천천히 걷고 있었다. 생의 까닭들과 마주하면 여분이라는 것은 없는 것이기에, 그는 영혼 의 4분의 3밖에 안 가지고 떠난 것이 못내 걱정스러운 것이다.

　　얼마나 많은 기숙생들이 아침이면 종소리에 눈을 뜨는 공동 침실 속에서 잠이 들었던가 ─득달같이 일어나서 세수를 해야 하는─ 그들 영혼의 한 부분이 공동침실 의 열쇠들과 쇠붙이로 만든 물건들 사이를 끊임없이 오가는 동안 사람다운 마음들 은 쉬지도, 무엇을 할지도 모른 채 진종일 피곤해 있었다. 밤마다 금이 가버리는 처 음 석 달이 지나고 나면 아이들은 바보가 되기에도 충분치 않은 쥐꼬리만한 영혼으 로 변하고 마는 것이다.

1919년 청년 미쇼는 대학에서의 의학공부를 그만둔다. 어렸을 때 그 가 맞닥뜨린 실존적 피로, "열쇠들과 쇠붙이로 만든 물건들 사이를 끊 임없이 오가는" 그 피로가 앞으로의 생에서도 반복되리라는 섬뜩한 인식에 도달한 것이다. 이러한 계획된 미래와 단절하는 하나의 방식은 바로 여기에서 떠나는 것이었다. 그래서 미쇼는 어떤 목적이 있어서 떠나는 것이 아니라 떠나는 것 자체가 목적이 되는 여행에 이른다. 그 여행은 이제는 여행의 일반적인 술어가 되어버린 '갔다 오다'라는 복 합동사를 가지지 않는다. 미쇼는 '계획된 미래'의 선로에서 아직까지 미적거리는 영혼의 나머지(그의 말대로라면 4분의 1)까지 깡그리 거두 어서 다시는 돌아오지 않을 여행을 떠나기로 했기 때문이다. 그러한 여행 속에서 자신에게로 이르는 길은 결국 자신의 완벽한 유실(遺失) 이다. 유실에 대한 명증한 욕망이 그가 서른 살 되던 해에 쓴 「데려가 주오(Emportez-moi)」라는 제목의 시편 속에서 고동치고 있다.

> 빠른 배에 태워 데려가 주오
> 살갑고 낡은 그 범선에 태워,
> 뱃머리에, 원한다면, 물거품에라도
> 그리하여 나를 유실해 주오, 멀리, 멀리.
> 또 다른 날의 수레로,
> 헛될 만큼 부드러운 눈발로,
> 모여 있는 개들의 숨결로,
> 메마른 낙엽 무더기로,
>
> 데려가 주오 나를 애끓게 하지 말고, 입맞춤으로,
> 들먹이며 숨쉬는 가슴으로,
> 손바닥 같은 양탄자와 그 미소 위,
> 긴 뼈와 뼈마디들의 통로로
>
> 데려가 주오, 아님 차라리 날 묻어주든지.

　대학을 포기한 미쇼가 택한 길은 수부(水夫)였다. 그의 나이 21살 되던 1920년이었다. 해군정의 군비 감축으로 미쇼의 표현에 의하면 "도시와 혐오스러운 사람들 사이"로 이태 만에 되돌아왔지만, 그는 곧 다시 떠났다. 미쇼의 여정을 따라가 보면 에콰도르, 터키, 이탈리아, 북아프리카, 브라질, 중국, 일본, 그리고 우리나라의 서울에까지 이르게 된다. 이러한 떠남은 그에게 있어서 "조국을, 그리고 그를 구속하는 모든 것들과 그가 어쩔 수 없이 몸담고 있는 그리스 로마 문명과 벨기에적인 습관들을 자신으로부터 추방하기 위한 것"이었다고 미쇼는 술회한다. 그런데 이러한 추방 작업의 요점은 앞에서 이야기하였듯이 자신

미쇼의 작업 테이블

의 완벽한 유실이다. 그 유실이 무슨 재생이라도 준비하고 있다면, 그
것은 문장 속에서 의미가 이미 굳어져 버린 단어들이 아니라 마치 사
전 속에서 그 어떤 의미들도 당연하지 않다는 듯 오롯이 버티고 있는
단어들처럼 미결정된 재생이다. 이야기책이 아니라 국어사전에 온통

정신을 빼앗겼던 유년의 미쇼가 청년시절에 이르러서는 일상적 삶의 추방작업을 진행시킨다. 요컨대 일상적인 것, 낯익은 것에 그는 낱낱이 일격을 가한다. 그의 시 「바다(La mer)」를 보자.

> 내가 알고 있는 것, 나의 것, 그것은 가없는 바다.
> 스물한 살, 도시생활에서 빠져나와, 지원하였고, 수부가 되었지. 배 위에는 일이 있었어. 의외였지. 배 위에서는 바다를 바라본다, 한없이 바다만 바라본다라고 생각했었거든.
> 그런데 배들이 줄어들었어. 바다의 사내들은 점점 일을 잃어갔지.
> 등을 돌려, 나 떠났지, 아무 말 없이, 내 안에 바다를, 나를 영원히 둘러싸고 있는 바다를 가지고 있었던 거야.
> 어떤 바다냐고? 그건 정확하게 설명할 수 없는 거라네.

미쇼의 작품들을 읽다보면 바다 외에는 그의 영혼이 깃들 다른 안식처가 없다는 생각이 들곤 한다. 젊은 날의 미쇼는 "흐르는 모든 물결들의 선장(capitaine d'un fleuve)"이 되기를 꿈꾸었다. 흐르는 물결들을 따라 출발한다는 것, 바슐라르의 물에 대한 상상력을 굳이 떠올리지 않더라도 그것 자체가 이미 유실의 시작으로 충분하다.* 그런데 미쇼의 바다는 단지 꿈속에서만 떠오르는 동경의 대상이 아니라 그의 실제적인 의지가 만들어낸 바다이기에 그 속에 유실의 드라마가 생겨난다. 한없이 바라만 보게 될 줄 알았던 그 막막한 바다에도 그 바라봄을 방해하는 일들이 있고 실업이 있음을 미쇼는 알게 된다. 미쇼는 그가 동경해 마지않던 인디언들을 어느 날 아메리카로 건너가 만나게 되는데, 그 멀고먼 나라의 위대했던 인디언들조차 모든 사람들과 똑같이

---

* G. 바슐라르는 『물과 꿈(l'eau et les rêves)』 그 어딘가에서 이런 요지의 글을 남겼다. "죽음은 여행이며, 여행은 죽임인 것이다. 출발하는 것, 그것은 조금 죽는 일이다."

떠남이라고는 모르는 일상에 절어있음을 알게 된다. 그것은 자신과 자신을 둘러싸고 있는 일상들을 잃어버리기 위해서는 바깥 세계의 그 어디론가 멀리 떠나야만 하는 것이 아니라, 자신의 내부 속으로 돌아와 그 속에서 흐르고 있는 보다 더 낯선 물결들과 합류해야 함을 결국 느끼는 순간이기도 하다. 그는 다음과 같이 적고 있다.

사람은 (여행이 아니라) 벽에 걸려있는 아무 양탄자 그림이라도 48시간 동안만 들여다보고 있으면 자신의 진실을 깨닫게 된다.

하지만 앉아서도 깨달을 수 있는 것을 찾기 위하여 수없이 행해졌던 미쇼의 여행들이 결코 헛된 일은 아니었다. 왜냐하면 앉아서도 자신의 진실을 깨달을 수 있음을 그러한 떠남들을 통해서 지각했기 때문이다. 바로 영국의 시인 W. 블레이크가 그 옛날 노래했던 지각의 정화된 문에 이르게 된 것이다.

"만약 지각의 문이 정화된다면 모든 사물이 제 모습 그대로 무한하고 성스럽게 현현할 것이다."

이러한 지각의 문에 이르면서 미쇼는 자신의 안과 바깥을 넘나드는 거대한 빙산, 즉 "제 모습 그대로 무한하고 성스럽게 현현하는" 하나의 빙산을 만나게 된다. 그 빙산 앞에서 "나"라는 주어는 마침내 헛된 눈발처럼 사라진다.

빙산

빙산, 난간도, 울타리도 없지만, 북극의 황홀한 밤이면 늙고 지친 가마우지들과 얼마 전 죽은 수부들의 혼령이 찾아와 기대는 곳.

빙산, 빙산, 영원한 겨울의 종교 없는 사원, 지구라는 별의 얼음 모자를 덮어 쓴.

추위로 태어난 너의 가장자리는 얼마나 높고 순결한가

빙산, 빙산, 북대서양의 등, 아무도 바라보지 않는 바다 위에 얼어붙은 거룩한 부처, 출구 없는 죽음의 반짝이는 등대, 침묵의 미친 듯한 울부짖음이 수세기 동안 계속되고.

빙산, 빙산, 절대적인 은자(隱者), 가로막히고, 멀고, 벌레 없는 나라. 섬의 조상, 샘의 조상, 너를 바라볼수록, 너는 나에게 얼마나 살가운지.

미쇼의 작품 세계가 지니고 있는 독특한 또 하나의 색채는 프랑스 국적을 취득한 시기와 맞물리는 1955년경부터 복용한 메스칼린 mescaline으로부터 비롯된다. 메스칼린은 아메리카에서 주로 자라는 구슬 선인장들 중의 하나인 르포포라의 꽃봉오리에서 추출할 수 있는 환각제이다. 식용하면 지극히 강렬하고 다채로운 시각효과와 환청을 얻게 된다. 미쇼는 이러한 메스칼린을 창작 행위를 위하여 '정기적'으로 복용하였다. 그는 이외에도 여러 가지 환각제

르네 마그리트의 「피레네 성」

들을 실험적으로 복용하였던 것으로 알려져 있는데, 아주 오래전부터 인디언들이 종교적 집회를 열 때 심심찮게 사용한 메스칼린의 약효를 가장 선호하였다고 한다. 또한 미쇼의 약물복용 건에 있어서 '정기적' 이란 용어가 중요하다. 그는 환각제를 중독성으로 섭취했던 것이 아니라, 의사의 통제아래 마치 식후 30분에 먹는 무슨 병의 치료약처럼 정기적으로 복용하였다. 중국의 황허 앞에서 혹은 자신의 방에 걸려있는 낡은 한 점의 그림을 바라보며 "지각의 문"을 당기고자 했던 미쇼에게 있어서 메스칼린은 어쩌면 하나의 특효약이었는지도 모른다. 하지만 미쇼는 20세기 독일의 가장 위대했던 시인들 중의 하나이자 메스칼린 중독자였던 게오르그 트라클이 짧은 생애동안 겪어야만 했던 균열, 일상과 저 일상 너머 사이에서 끝없이 지속된 균열을 경계하였다. 게다가 알코올 중독자이기까지 했던 트라클은 이렇게 그의 균열감을 노래하였다.

"좋은 냄새와 알코올의 도취에서 깨어났을 때 / 네게 남아있는 것은 또렷한 수치의 감정 / 어제의 일그러진 잔영 / 그리고 비통스러운 잿빛 일상이 너를 짓이긴다."

미쇼는 임상 기록체의 작품집들 『비참한 기적』(1955), 『들끓는 무한』(1957), 『구렁에서 얻은 지식』(1961)을 출간하고 약 7년에 걸친 환각체험을 정리한다. 정리했다는 것은, 일상과 메스칼린의 세계 사이의 균열을 미쇼가 극복했다는 뜻이기도 하다. 트라클은 일상 너머의 세계에서 돌아올 때마다 "잿빛 일상"과 고통스럽게 마주쳤지만, 미쇼는 자신의 일상이 더 이상 잿빛 일상이 아님을 '지각'하게 된다. 미쇼의 주위에 있는 모든 사물들은 애초에 그러했던 것처럼 이제 더 이상 당연하지 않다. 이러한 '정화된 지각'은 약물의 금욕적인 섭취를 통해서 보다 더 굳

건해진다. 그의 시 "어릿광대"의 마지막 부분은 그러한 지각의 순간을
우리에게 들려준다.

"아무 것도 가진 것 없이, 온갖 것에 열려있는 숨어있는 무한 정신 속
으로, 나 자신 새롭고 놀라운 새벽이슬로 열려 / 아무 것도 아님으로 해
서, 바닥처럼 평평해져서…"

이후 말년에 이르는 미쇼의 창작 활동은 시와 같은 문자 작업에서
그림으로 경도된다. 아래의 그림은 그 중의 하나다.

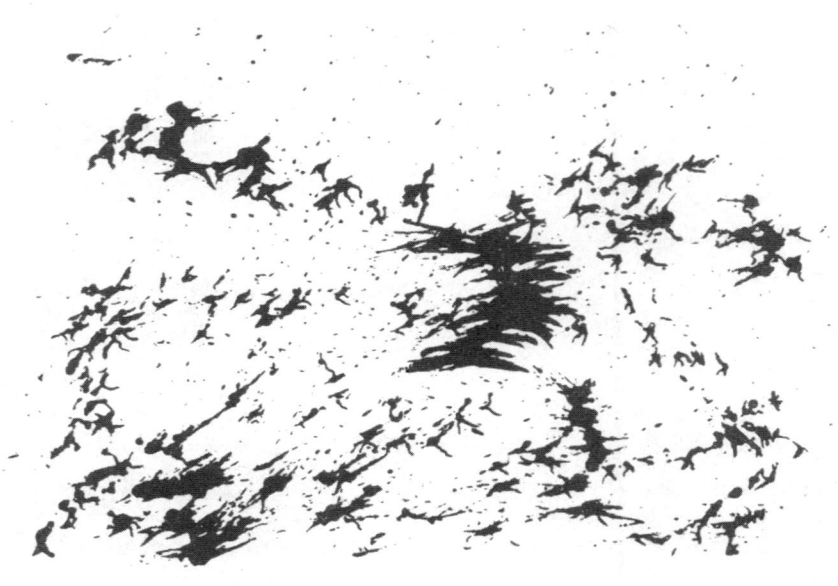

이 그림은 무엇을 이야기하는 것일까? 혹 어떤 이야기가 그 속에서
떠오른다면 시인에게 들려주길….

엘뤼아르, 봄날은 간다.

처음 폴 엘뤼아르Paul Eluard의 「자유」라는 시를 읽었을 때, 프랑스에
도 우리나라의 김지하 같은 시인이 있었구나 하는 생각이 들었다.

　　나의 학습장 위에
　　나의 책상과 나무들 위에
　　모래와 구름 위에
　　네 이름을 쓴다

　　내가 읽었던 모든 책장들 위에
　　모든 백지들 위에
　　돌과 피와 종이와 재 위에
　　네 이름을 쓴다.

　　황금빛 마음그림 위에
　　군인들의 무기 위에
　　제왕들의 왕관 위에
　　네 이름을 쓴다. (…)

인용된 세 개의 연은 「자유」의 첫 부분이다. 모두 스물두 개의 연으
로 이루어진 이 시는 마지막 두 연만 제외하고는, 매번 "네 이름을 쓴
다"로 끝나고 있다. 시인은 이름, 아니 정확히 말해 "네 이름"을 쓰기 위

폴 엘뤼아르

해서 "밀림과 사막 위"에 이르기도 하고, 금방 사라져 버릴 "구름의 거품"도 마다하지 않는다. 또한 아침에 일어나서 먹는 "일상의 흰 빵 위"도 놓치지 않으니, 시인이 잠을 청하는 "침대 위"는 두말할 것도 없다. "불 켜진 램프"가 "네 이름"을 쓰기 위해서 있었다면, 시인은 "불 꺼진 램프 위"도 기다린다. 기다리다, 너무나 일상적인, 그래서 여태까지 아무 의미라곤 없었던, "둘로 쪼갠 과일 위"와 "빈 조개 껍질 위"도 이젠 그냥 지나칠 수 없는 공간이 된다. 요컨대, "네 이름"이 써져야 할 공간이 된다. 이 사물에서 저 사물로 혹은 이 시간과 저 시간으로 얼마나 곡진하게 시인이 "네 이름"을 위하여 순례하고 있는지, 제목 자체가 이미 그 이름이 무엇인지 선뜻 밝혀주었음에도 불구하고 시의 마지막 부분은 김지하 시인이 "타는 목마름으로"*를 숨죽여 불렀을 때처럼 맵다.

---

* "신새벽 뒷골목에 / 네 아름을 쓴다 민주주의여 / 내 머리는 너를 잊은 지 오래 / 내 발길은 너를 잊은 지 너무도 너무도 오래 / 오직 한가닥 있어 / 타는 가슴 속 목마름의 기억이 / 네 이름을 남 몰래 쓴다 민주주의여 // (...) 떨리는 손 떨리는 가슴 / 떨리는 치떨리는 노여움으로 나무판자에 / 백묵으로 서툰 솜씨로 / 쓴다. // 숨죽여 흐느끼며 / 네 이름을 남몰래 쓴다. / 타는 목마름으로 / 타는 목마름으로 / 민주주의여 만세" (김지하, 「타는 목마름으로」)

(…)
네 이름을 쓴다.

그 한마디 말의 힘으로
나는 내 일생을 다시 시작한다
나는 태어났다 너를 알기 위해서
너의 이름을 부르기 위해서

자유여.

　1942년 봄이었다. 알프스 산맥에도 어느덧 봄의 숨소리가 얼어붙었던 땅을 뚫고 곳곳에서 들려왔다. 하지만 프랑스 사람들은 나치스에게 조국을 침공당하고 두 달도 안 되어 항복을 하였다는 사실이 아직도 믿기지 않았다. 친구와 가족들이 봄의 소식이 전해오는 곳곳에서 끌려갔고, 다시는 돌아오지 않았다. 문학을 오랫동안 하나의 민족적 자부심으로 여기고 있었던 이 땅의 사람들에게 자신들이 사랑했던 몇몇의 문필가들이 나치스를 유럽통합의 완성자로 칭송한다는 소식도 들려왔다. 그들은 이제 하늘만 보고 살기 시작하거나, 무기를 들고 무리지어 산으로 들어갔다.
　1942년 그 봄날의 연장선에서 사람들은 비행기 한 대가 지나간 하늘 뒤로 마치 하얀 나비 무리처럼 책장을 펄럭거리며 쏟아지는 아주 얇고 작은 책자들을 보게 된다. 글을 읽을 줄 아는 사람이면 모두 그 책자 속에 씌인 엘뤼아르의 「자유」를 발견하고 나서 흐느꼈다고 한다. 아이들은 실제로 나무 위에, 나치스의 국기가 걸린 그들의 학교 책상 위에, 그리고 그들의 마음속에 "자유(Liberté 리베르테)"를 새겨 넣고 마치 어

른처럼 서로 쳐다보며 미소만 지었다. 그때 살았던 어느 프랑스 시인
의 말에 따르면 날아가던 종달새도 '리브르(Libre: '자유로운'이라는
뜻), 리브르, 리브르…' 하고 울어댔다고 한다.

> 그 한마디 말의 힘으로
> 나는 내 일생을 다시 시작한다
> 나는 태어났다 너를 알기 위해서
> 너의 이름을 부르기 위해서

> 자유여.

시가 비행기로 고공 살포되는 1942년의 봄날은 글을 쓰면서도 대체
문학이 우리의 삶에 어떤 의미를 줄 수 있을까하는 의문이 언제나 남
아 있는 오늘과는 달랐던 것이다. 프란츠 카프카의 표현을 잠시 빌자
면, 시가 "얼어붙은 호수를 가르는 하나의 도끼날"과 같았던 시절이었
다. 이렇게 한 편의 시가 사람들에게 살아가는 데 필요한 절대적인 희
망을 줄 수 있었기에 시대적으로 참혹했으면서도 시인으로서 행복했
던 엘뤼아르는 1895년 프랑스의 생 드니에서 태어났다. 가정형편은 부
동산중개업을 활발히 했던 아버지 덕택에 별 어려움이 없었던 듯하다.
다만 병약했던 것이 문제였는데, 곧 폐결핵에 걸려 학업을 중단한 채
알프스 지방의 요양소에 들어가게 된다.

사족을 붙이자면, 결핵을 치료하는 요양원은 유럽의 문화 속에서
묘한 정주지로 곧잘 등장한다. 증세보다는 조금은 과장되게 기침을 콜
록콜록하며 하얀 손수건으로 입을 가리는 사람들이 거주하는 요양원
(사나토리움)은 토마스 만의 『마의 산』처럼 어떤 정신적 지주를 만나

거나, 라마르틴의 대표적인 낭만시 「호수(Le Lac)」처럼 운명적인 사랑 속으로 휘말려드는 그런 기대감에 찬 장소이기도 하였던 것 같다. 물론 자신이 이 세상에서 곧 사라질지도 모른다는 절망적인 공포가 그러한 운명적인 만남들을 위한 분위기를 충분히 조성했을 것이다. 알프스의 요양원 또한 엘뤼아르에게 만남의 운명을 제공한다. (만남 외에 운명이라고 부를 수 있는 또 다른

폴 엘뤼아르와 르네 샤르

것이 있을까만…) 벌써부터 러시아 출신의 긴 머리 소녀 갈라Gala가 그곳에서 소년 엘뤼아르를 기다리고 있었던 것이다. 그리고 엘뤼아르는 곧 시인이 된다.

사랑하는 여인

그 여자 내 눈꺼풀 위로 일어나
그 여자 머리칼 내 머리칼로 흐르고,
그 여자 모습 내 손과 같고
그 여자 모습 내 눈빛과 같아

하늘 위로 사라진 조약돌처럼
그 여자 내 그림자 속에 잠겨 사라지네

그 여자 언제나 눈뜨고 있어
나를 잠 못 이루게 하네
그 여자 꿈들은 눈부신 빛으로 싸여
태양을 흩어지게 하더니,
나를 웃게 하고, 울고 웃게 하고
할말이 없어도 말하게 하네.

　선연한 겹침. 아침이 되어도 자리에 누워있는 젊은 시인의 몸 위로
'그 여자'는 먼저 일어나 나비 입맞춤이 되어 팔랑거린다. 얼굴 위로 올
올이 떨어져 내리는 여인의 긴 머리다발과 연인의 손끝에서 다시 태
어나는 여성의 굴곡진 어깨마저 시 너머로 힐끗 보인다. "누구든 나에
게 그 여자에 대해 말해 달라, 그러면 나는 그에게 내가 살아가는 이유
에 대하여 이야기 해줄 수 있으리라!" 하고 젊은 시인이 소리치며 동시
에 터트리는 웃음과 울음마저 들려온다. 겹침에 대한, 타인을 통해 자
신이 존재하게 되는 '그 여자'는 마침내 자신이 투영되는 시인의 눈빛
자체가 된다.
　"그 여자 모습 내 눈빛과 같아 / 하늘 위로 사라진 조약돌처럼 / 그
여자 내 그림자 속에 사라지네."
　이제 시인과 '그 여자' 사이의 거리는 존재하지 않는다. 엘뤼아르의
시세계에서는 이와 같은 시선의 주제가 가뭇없이 전개된다. 시인에게
있어서 한시라도 견딜 수 없는 "제멋대로의 고장(Pays arbitraire)"은 "그
누구도 시선이 무엇을 의미하는지 알지 못하는" 곳이다. 시인은 "타인

의 눈에서 제 자신이 환하게 밝혀지기를"(「비옥한 눈(Les yeux fertiles)」) 바라기도 하며, 「너를 사랑해(Je t'aime)」에서 노래하듯이 사랑하는 사람의 눈은 자신을 비추어볼 수 있는 유일한 장소이며 그 상대의 눈을 통해서만 시인은 세계를 목격하게 된다. 물론 그러한 경로를 거친 세계는 어제와는 달리 비옥하게 변형된 세계이다: "그대가

살바도르 달리

아니라면 누가 내 모습 비추어주리 내겐 내 모습이 너무나도 보이지 않는데 / 그대가 없이는 나는 아무 것도 볼 수가 없다네 황량한 벌판밖에는 / 옛날과 오늘 사이에서 / (…)"

하지만 내가 네가 되고 네가 내가 되는 이 선연한 겹침의 세계는 우리네 인생살이가 증명하듯 '선연한 헛것'이 되기도 한다. 1917년 스물두 살의 엘뤼아르는 갈라와 마침내 혼인하게 되는데, 딸 하나를 낳고 헤어진 경위는 이렇다. 엘뤼아르 부부는 초현실주의 운동에서 만난 화가, 시계태엽처럼 오글오글 감겨진 콧수염으로도 유명한 살바도르 달리의 집으로 1929년 여름휴가를 떠난다. 엘뤼아르와 달리는 모두 사드 백작과 로트레아몽을 초현실주의 운동의 선구자들로 떠받들었다. 그리고 엘뤼아르는 그 이유에 대해서도 아주 간단명료하게 다음과 같이

209

언급한 적이 있다:

"너희는 있는 그대로의 너희일 뿐이다라는 공식에 그들은 너희가 다른 것이 될 수도 있다는 공식을 덧붙였다."

여기서 잠깐 우리는 반도덕의 우상이라고 할 수 있는 사드 백작의 소설 『사랑의 범죄』를, 정신 착란적인 로트레아몽의 시들을 두 사내가 함께 소리 내어 읽으며 킥킥거리던 1929년의 여름밤들을 떠올려 볼 수 있을 것이다. 물론 "대지가 오렌지처럼 푸르러 오는"(「사랑, 시」) 밤들과 지중해의 바다에서 불어오던 훈풍 사이에는 갈라도 마치 두 사내의 어머니처럼 미소 짓고 있었다. 그런데 그 여름의 끝에서 달리의 집을 떠나 파리로 돌아온 사람은 결국 엘뤼아르 혼자였다. 엘뤼아르의 시에서도, 달리의 그림에서도 영원한 모성의 이미지로 표현되곤 하였던 갈라와 헤어지고 혼자 오는 기차 안에서 어쩌면 엘뤼아르는 자신이 초현실주의를 위해 일찍이 이런 말을 뱉었던 것을 기억하고 있었을까:

"너희는 있는 그대로의 너희일 뿐이다라는 공식에 그들은 너희가 다른 것이 될 수도 있다는 공식을 덧붙였다."

엘뤼아르는 이제 조금 더 늙게 되었고, 한번 더 시인이 된다.

진실의 알몸

- 난 그걸 알고 있다.

절망에는 비상하는 날개가 없다
사랑도 그러하여,
얼굴도 없고,

말도 없다.
나는 움직이지 않고,
그것들을 쳐다보지도 않는다.
그러나 나는 내 사랑만큼이나 내 절망만큼이나 생생히 살아있다.

엘뤼아르의 시는 그 동안 알지 못할 전쟁을 치른 듯하다 그리고 더욱 단출해져 있다. 「자유」라는 시도 그랬지만, 시의 기본이라 할 수 있는 수사학적 기교와 꾸밈말이 극도로 배제되어 있다. 제목이 「진실의 알몸(nuidité de la verité」이지만 그 전에 먼저 시의 알몸을 보는 것 같다. 이러한 수사적 기교의 부재 속에서도 삶은 온전히 자신이 진행시킨 사랑만큼이라는 '진실'을 마치 우리들의 눈썹 밑까지 들이미는 듯하다. 삶이 그렇지 않다면 또한 어떻게 소중할 수 있겠는가. 그래서 엘뤼아르가 그의 연인을 통해서 영감을 얻었을 수도 있는 이 작품은 개인적 차원의 목소리와 함께 시인이 죽을 때까지 밀고 나갔던 '삶에 대한 사랑'의 단서를 동시에 보여주는 시이기도 하다.

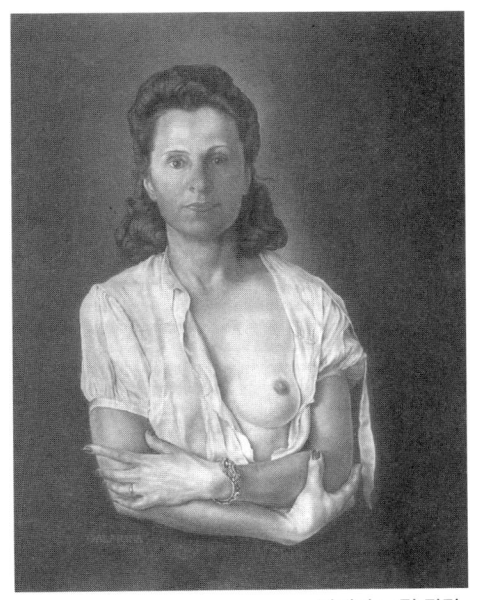

달리가 그린 갈라

엘뤼아르라는 이름은 점령기간 동안 행해진 '시의 고공 살포' 이후 프랑스의 해방운동을 대표하는 저항 시인으로 나이 사십 넘어 일약 유명해진다. 하지만 모든

211

사람들이 나치스의 눈을 피해 숨죽여 읽었던 「자유」는 사실 엘뤼아르가 조국의 해방이 아니라 사랑하는 여인을 그리며 쓴 작품이었다. 연인을 위한 소유행위들 끝에 (누군가의 이름을 바위에도, 책상에도, 누구네 집의 담벼락에도 적어가는 것) 연인의 이름이 "자유"라는 것을 마음을 모아 선언한다. 이렇게 한 연인을 위해 마음을 모을 수 있는 힘이 점령기간 동안 모든 사람들의 마음을 모을 수 있는 해방의 힘으로 바뀐 그 경로에는 하등 오류가 없다. 시인은 이미 1936년의 어느 강연회에서 이렇게 말한 적이 있다.

"시의 가장 중요한 자질은 무엇인가를 확실하게 제시하는 것이 아니라 영감을 주는 것이다. 현실 속에서 구체적인 대상을 가지지 않은 수많은 연시들은, 어느 아름다운 날 사랑하는 연인들을 하나로 결합시켜 줄 것이다. 마치 우리는 실재하는 어떤 사람에 대해서 꿈꾸듯, 한 편의 시를 꿈꾼다. 욕망이나 증오와 마찬가지로 이해란, 이해해야 할 것과 이해되거나 이해되지 못한 다른 것들과의 관계를 통해서 이루어지는 것이다."

그리고 여기 엘뤼아르가 쓴 또 하나의 연시가 남아있다.

내가 했던 말을 되풀이하는 여인에게

VII
나는 이 종요로운 것에 잔치를 벌인다네 그대 있음이 언제나 잔치라네
아무 것도 지나가 버리지 않았고 삶은 새 잎새들을 가지고 있네
가장 젊은 냇물은 새뜻한 풀 속에서 흘러나오네

우리가 또한 따스함을 사랑하기에 날씨는 따스하다네

열매들은 해를 실컷 쪼이고 빛깔들은 타고 있으니
가을은 이윽고 비바리같은 겨울을 미치도록 치근거린다네

인간은 성숙해 가는 것이 아니네 그는 늙는다네
아이들은 죽어버리기 전에 늙을 시간을 갖게 되네
그리고 그 아이들의 아이들은 그를 웃게 만든다네

그대여, 처음이자 마지막으로 그대는 늙지 않았네
내 사랑을 내 삶을 비추기 위해
그대는 언제나 아름답게 벗은 여자의 마음을 지니고 있네

　　생각해 보면, 모두들 어디로 간 것일까. 1942년의 봄날「자유」를 읽으며 오열하던 그 사람들 지금은 다 어디로 간 것일까. 1912년 스위스의 요양원에서 램프의 심지를 돋우고 책을 읽던 러시아 소녀 갈라는 어디로 간 것일까. 그 소녀를 바라보며 "그 여자 언제나 눈뜨고 있어 / 나를 잠 못 이루게 하네"라고 노래했던 젊은 시인의 신열로 가득 찼던 겨울밤들은 다 어디로 사라져 버린 것일까… 2003년 엘뤼아르가 사망한 지 50년이 되었고 프랑스에서는 각종 추모행사가 열린다는 소식이다. 그럼에도, 모두들 어디로 간 것일까. 세월의 뒤안길에서 같이 나이 들어가는 아내를 바라보며 "그대여, 처음이자 마지막으로 그대는 늙지 않았네"라고 논리적으로 설명할 수 없는 가장 단순하고 가장 포괄적인 삶의 단서 하나를 던져준 그 백발의 시인은 지금 어디로 사라져버린 것일까. 아니, 1942년의 봄날에 오열하던 그 사람들, 그 모든 것들이 애초에 있기나 했던 것일까. 여기, 자우림의 노래 <봄날은 간다>를 크게 틀어놓고 컴퓨터 앞에 앉아 있는 이 사람도 지금 어디로 사라져버리려고 하는 것일까.

봄날은 가네 무심히도
꽃잎은 지네 바람에

넘을 수 없던 아름다운 사람들

가만히 눈감으면 잡힐 것 같은
아련히 마음 아픈 추억 같은 것들….

본느푸아,
이제 오게 될 죽음의 시간

며칠 전 한강의 야경을 굽어보다, 그만 흐뭇해져서 이런 질문을 상대방에게 하고 말았다.

"몇 살까지 살 수 있을 것 같아요?"

"60까지 살 수 있다면? 60까지 살 수 있다면, 그 전까지는 죽지도 않고 계속 살아야 하는 거겠네요. 뭐야 그게…. 만약 정해진 죽음이 있어 그 전에 죽을 수 없다면 제대로 된 삶도 불가능하겠지요. 그런데 옷에는 뭐가 이렇게 묻었어요?"

이브 본느푸아

60까지 사는 것도 만만치 않은 일이라는 것을 느끼게 된 나이에, 상대방에게 그만 고루한 질문까지 해서 나이든 태를 너무 내고 말았다.

현대적인 또 하나의 분망함은 삶에 대한 지나친 애착에서 비롯된다. 담배 끊은 X하고는 상종도 하지 말라는 풋풋한 시절은 다 지나갔고 언제부턴가는 아직 담배를 안 끊은 X는 취직도 못하는 혹독한 시절로 바뀌어 버렸다. 이러한 시절에는 어떻게 하면 장수하느냐가 가장 큰 화제이니, 티브이에서는 거의 매일 일본의 무슨 장수촌을 찾아가서 그들이 무엇을 먹고 저렇게 살아있는지를 보여주고 있다. 간단히 말해, 우리는 비껴갈 수 없는 죽음으로부터 너무 많이 등을 돌린 채 삶과 삶의 질에 대해서만 분망하게 이야기하고 있는 것이다. 한강의 야경을 같이 굽어본 상대방의 말대로, 정말 그게 뭔가? 그렇게 인간의 존재론적 두려움을 회피한 삶이 보장된다면, 60이 될 때까지 죽음 없이 보장된 삶이 있다면, 그건 뭔가? 그런 허방이 어디 있겠는가? 본느푸아 식대로라면, 60이 되는 환갑날, 죽음이 현존하는 그 순간만 삶은 삶다운 가열함으로 진행된다. 그리고 살아남아 있는 자들을 존중하며 임종의 고통을 맞이할 때(말이야 쉽지, 얼마나 어려운 일이겠는가), 우리의 생은 우리로부터 온당하게 실현되는 것이다.

1923년 프랑스의 중부 도시 투르에서 태어난 이브 본느푸아Yves Bonnefoy의 시집을 펼치면, 소중한 누군가 죽어갔고, 그 죽음을 고스란히 곁에서 바라보았고, 그 죽음 이후의 시간이 저 너머의 천국이 아니라 바로 이곳에서 '힘든 아름다움'으로 서서히 바뀌는 경우들을 만나게 된다. 그 '힘든 아름다움'은 소중한 누군가의 죽음뿐만 아니라 마침내 모든 사물들 속에 이미 깃들어 있는, 혹은 이제 오게 될 죽음의 시간을 매순간 인식하게 되면서 시인이 홀로 맞이하게 되는 진정한 삶의 입구이기도 하다. 그의 시 「참된 몸(Vrai corps)」도 그러한 죽음의 경계로부터 비롯된다.

참된 몸

입은 닫히고 얼굴은 씻겨진 채
깨끗해진 몸, 말씀의 땅 속으로
매장된 그 빛나는 운명,
이제 가장 낮은 혼례가 이루어졌다네.

매섭게 헤어져 있던 우리,
내 얼굴을 향해 소리치던 그 목소리 이제는 스러지렴
그 눈이 감겨져, 이제 나는 두브를 죽어서 간직한다네
나와 함께 나 자신의 힘듦 속에 갇혀있네.

그리하여 그대로부터 올라오는 차가움이 그렇게 크고
우리의 친밀한 결빙이 아무리 녹아내린다 할지라도
두브여, 나는 그대 속에서 이야기하며, 그대를 껴안는다네
알고 부르는 행위 속에서.

인용된 시에 등장하는 두브(Douve)라는 고유명사는 본느푸아의 다른 시편들에서도 계속해서 등장하는 여성의 이름이다. 특히 위의 시에서는 사랑하는 여성의 이름으로 감지되고 있으나, 이 고유명사의 상징성은 우리나라의 '님'과 같은 역할을 담당하면서 보다 다양한 의미들로 본느푸아의 작품 속에서 펼쳐지고 있는 듯하다. 굳이 예를 들자면 '시의 이상', '시인의 자아', '잃어버린 장소', '아내' 등의 경우다. 시 속의 화자는 이러한 두브의 장례식을 치른 듯하다. 죽음은, 우리가 알고 있는 한, 이별을 의미한다. 그런데 시 속의 죽음은 이별의 의미와는 거리가 먼 듯싶다. 두 번째 연의 "매섭게 헤어져 있던 우리"라는 시행은

죽음과 사랑의 시인 본느푸아

죽음 이전에 이미 그들이 이별하였음을 분명히 나타내주고 있는데, 두브가 죽음을 맞이함으로써 이러한 상황은 달라진다. 이제는 더 이상 말할 수도, 포옹할 수도 없는 불가능의 정점에서, 그 매장의 순간에, 화자는 마침내 헤어져 있던 "그대"와 다시 이야기하고 "그대"를 다시 포옹한다. 그래서 닫힌 입, 씻겨진 얼굴, 깨끗해진 몸으로 이어지는 매장의식은 시 속의 화자로부터 "가장 낮은 혼례"로 바뀌어 불려진다. 시의 제목처럼 두브의 몸은 그때, "참된 몸"으로 부활한다.

위의 시는 본느푸아의 기념비적인 시집이라고 할 수 있는 『두브의 유동과 부동에 대하여(Du mouvement et de l'immobilité de Douve)』(1953)에 실려 있다. 본느푸아는 대학에서 수학을 전공하였다가 시인으로 방향을 바꾸었는데, 그의 시적 흐름에 지대한 영향을 끼친 것은 헤겔 철학이었다. 이 시집의 첫 장에는 헤겔의 글귀가 인용되어 있는데, 본느푸아가 두브라는 연인의 죽음을 그리면서 우리에게 전언하고자 하였던 시적 바탕을 필경 요약하고 있는 글귀이기도 하다.

"정신적 삶은 죽음 앞에서 두려워하지 않으며, 죽음을 경계하는 것이 아니다. 그것은 죽음을 지탱하고 그것 안에서 스스로를 유지해나가는 삶이다."[*]

이와 같이 본느푸아의 시에서는 삶에 대한 것이 보다 더 많이 말해지고 중요하게 되는 죽음의 현존이 항상 깃들여있다. '참된'이라는 형용어가 붙은 그의 또 다른 시 「참된 이름(Vrai nom)」은 죽음의 경로를 통해서 다다르게 되는 "눈부시게 빛나는 그런 나라"를 노래하고 있다.

> 나 예전에 그대가 머물렀던 그 성채를 사막이라고
> 그 목소리를 어둠이라고, 그대 모습을 부재라고 부르리라,
> 그리하여 그대가 불모의 땅에 쓰러질 때
> 그대 데려간 섬광을 허무라고 불러 주리라
> 죽음은 그대가 사랑하던 나라. 하지만 영원히
> 그대의 캄캄한 길을 나는 따라가니.
> 그대의 욕망과 모습과 추억을 부수어 가는
> 나는 연민을 모르는 그대의 적
>
> 나 그대를 싸움이라고 부르리라 그리하여 그대로 인해
> 싸움의 자유를 얻을 것이고 또한 가지게 되리라
> 두 손 안에는 그대의 어둡고 꿰뚫린 얼굴을,
> 내 마음 속에는 천둥과 비바람으로 눈부시게 빛나는 그런 나라를.

위에서 인용된 두 시편들 속에서 죽음의 현존과 그 인식은 분명 어

---

[*] 본느푸아의 『시에 대한 대담집』에서는 다음과 같은 구절을 읽을 수 있다. "시에 관해서 말하자면, 나는, 예전에도 그랬지만 지금도 여전히 변증법적 이해를 강조하는 경향이 있다." 시인 자신이 밝힌 바도 있지만, 비평가들은 본느프와의 시적 주제들이 헤겔적 사유와 긴밀한 연관성을 가지고 있다고 보고 있다. 하지만 본느푸아나 그의 독자들이 알아두어야 할 평범한 사실은 그의 시가 헤겔의 몇 가지 교설을 반복하는 평면적 수준에 머물지도 않지만, 머물러서도 안 된다는 점이다.

르동이 그린 "늪지의 꽃, 슬픔에 잠긴 인간의 얼굴"

편 변전을 일으킨다. 그런데 그 변전은 더 이상 죽음이 몰고 오는 불안과 부동의 상황이 아니라 오히려 삶의 진정성으로 편입해서 자유를 구가하는 상황이다. M. 블랑쇼의 말을 빌리자면 그 상황은 "죽음을 만나지 않는 죽음"(『문학적 공간(L'espace littéraire)』, 우리로부터 아무것도 앗아가지 않는 시작(始作)의 죽음이다. 헤어져 있던 두브가 죽어서는 시인과 결합하는 "참된 몸"이 되며, 위의 시편에는 연인으로 보이는 "그대의 부재", 곧 "그대"의 죽음은 삶을 향한 가장 강렬한 방식 중의 하나라고 할 수 있는 "싸움"과 연결된다. 뒤이어 그 죽음은 어둠이 아니라 빛으로 가득한 나라를 시인의 마음속에 열어 준다. 그래서 시인은 심지어 그의 연인이 "부재"가 되는 것을 도와주며 ("그대의 욕망과 모습과 추억을 부수어 가는 / 나는 그대의 적") 기꺼이 부재의 시간 속으로 편입한다. 바로 이 지점에 본느푸아의 독특한 시적 성찰의 계기가 마련된다.

본느푸아가 「시의 행위와 시가 보이는 장소」에서 말하고 있는 "죽어야 할 사물에 대한 사랑"은 바로 이러한 죽음의 현존을 통한 변증법적인 "가능성"의 계속되는 진행으로부터 배가된다. 그는 다음과 같이 말하고 있다.

"죽어야 할 사물에 대한 사랑이라는 보들레르의 발자취를 다시 한 번 더듬어 보기를 나는 제안한다. 닫혀 있다고 그가 믿은 입구에, 밤의 가장 슬픈 증거 앞에 다시 한번 서 보기로 하자. 모든 미래, 모든 계획은 흩어진다. 허무는 사물을 무로 돌리고 우리들은 바람 속에서 투명한 불꽃에 사로잡힌다. 이미 우리들을 지탱하는 어떤 신념도 공식도 어떠한 신호도 없이 제아무리 엄격한 눈초리도 결국은 절망하고 시들어 버린다. 하지만 형상 없이 자신을 상실해 버린 지점에 머무르자. 이 발걸음을 포기해서는 안 된다. 왜냐하면 이것은 획득한 발걸음이니까. 사실 하나의 변화가 일어날 것이다. 존재하는 것에 이 우울한 별, 이 근본적인 양면성의 신(神)은 천천히 그러나 순식간에 변하여 또 하나의 얼굴을 우리에게 보여준다. 가능한 모든 것의 폐허 위에 또 하나의 가능한 것이 나타난다."

앞으로 발걸음을 옮기기 위해서는 우선 출발점이 필요하다. 그것은 시인이 이야기하고 있듯 "형상 없이 자신을 상실해버린 지점"이다. 그 상실의 지점에 대한 오랜 관조와 회상은 본느푸아가 일구어낸 시적 깊이의 디딤돌이 되고 있다. 「미완성이 절정이다」라는 아래의 시는 그 깊이의 한 단면을 보여주고 있다.

미완성이 절정이다

무너뜨리고, 무너뜨리고, 무너뜨려야만 했다네.
구원은 그 대가로써만 이루어졌다네.

대리석 위로 떠오르는 벌거벗은 모습을 지워버릴것,
모든 허울과 모든 아름다움을 두들겨 버릴것

완전함이란 입구이므로, 완전함을 사랑할것
알게 되면 곧 부정할것, 죽게 되면 곧 그것을 잊어버릴것

미완성이 절정이라네.

　그의 시 속에 나타난 존재들은 앞으로 다가올 소멸의 시간을 예견
하지도 않거니와, 소멸이 필연이라는 형식으로 존재들의 다가오는 발
걸음을 기다리지도 않는다. 왜냐하면 소멸 혹은 죽음이라고 부를 수도
있는 그것은 이미 자청해서 이루어졌던 일이거나, 존재들과 함께 바로
지척에서 같이 발걸음을 옮겨가는 진행형이기 때문이다. 따라서 본느
푸아적 삶은 소멸 이후에, 혹은 소멸과 함께 시작된다. 존재의 매순간
마다 인식된 소멸은("순간마다 죽는 것을") 인식의 주체를 절정의 순
간으로 이끌어간다. 다시 말해서, 위의 시에서 전언하고 있는 "미완성
이 절정"인 그 순간으로 이끌어간다. 그러한 본느푸아의 세계 속에서
는 죽음도 영원하지만, 생도 함께 영원하다.

완전함이란 입구이므로, 완전함을 사랑할 것
알게 되면 곧 부정할 것, 죽게 되면 곧 그것을 잊어버릴 것

미완성이 절정이라네.

　본느푸아가 사유하고 있는 자연물들 중에서 가장 빈번하게 등장하
고 있는 것이 돌이다. 어쩌면 죽음의 부동적 상태와 가장 가까운 자연
물이라고 할 수도 있는 돌의 이미지는 앞에서 짧게 언급한 바 있는 『두

브의 유동과 부동에 대하여』라는 시집에 실린 「불도마뱀이 사는 곳 (Lieu de la salamandre)」이라는 제목의 시에서도 보인다.

불도마뱀이 사는 곳

놀란 불도마뱀은 꼼짝 않고
죽음을 가장한다네
이것이야말로 돌 속으로 들어가는 첫 번째 마음의 걸음,
가장 순정한 신화,
정신이면서, 가로지른 커다란 불.

불도마뱀은 벽의 가운데, 창문의 빛 속에 들어앉아 있었네.
녀석의 시선은 하나의 돌,
허나 녀석의 가슴이 영원히 두근거리고 있는 것이 보인다네.

오 나의 짝패 나의 마음, 순수한
모든 것의 우화,
이렇듯 자신의 침묵 속에서 즐거움의 유일한 힘을 억누르고 있는 것을
어떻게 사랑할까

어떻게 사랑할까 꼼짝하지 않는 몸 전체로
하늘의 별들과 어울리고 있는 것을
어떻게 사랑할까 땅에 납작하게 엎드려 숨을 죽인 채
승리의 시간을 기다리고 있는 것을.

본느푸아의 시들을 읽다 보면, 돌 속으로 들어가고자 하는 갈망들이 집요하게 내비쳐진다. 출구도 입구도 없는 단단하게 경화된 돌의 세계로 진입할 수 있는 방식은 무엇일까? 우리나라의 이성복 시인이

보여준 그 진입의 방식에 대해서* 위의 시는 또 다른 경로를 통해 이야기해주고 있는 듯하다. 이미 소멸의 자세로 아주 오랫동안 남아 있는 돌의 단단한 세계로 들어가기 위해서는, 그러한 소멸의 자세에 온전히 참여할 때만이 가능해진다. 시인의 현형이라고 생각되는 불도마뱀은 부동의 자세로, "납작하게 엎드려 숨을 죽인 채" 있는데, 그때 "돌 속으로 들어가는 첫 번째 마음의 걸음"이 가능해진다고 시인은 전언하고 있다. 그런데 돌 속으로 들어가는 이행의 경이는 이미 돌 안에서 계속되어 왔던 이행의 다른 풍경들을 발견함으로써 배가된다.

> 어떻게 사랑할까 꼼짝하지 않는 몸 전체로
> 하늘의 별들과 어울리고 있는 것을
> 어떻게 사랑할까 땅에 납작하게 엎드려 숨을 죽인 채
> 승리의 시간을 기다리고 있는 것을.

땅 속에서 썩어가는 두브의 두 눈에서 "석탄의 아름다운 몸짓"을 일으켰듯이, 오랫동안 소멸의 자세로 남아 있던 돌 속에서 이행의 풍경들을 발견한다는 것, 그것은 죽음을 통해서만이 삶으로 향하고 있는 시인의 몫이다.

---

* "한 여자 돌 속에 묻혀 있었네 / 그 여자 사랑에 나도 돌 속에 들어갔네 / 어느 여름 비 많이 오고 / 그 여자 울면서 돌 속에 떠나갔네 / 떠나가는 그 여자 해와 달이 끌어 주었네 / 남해 금산 푸른 하늘가에 나 혼자 있네 / 남해 금산 푸른 바닷물 속에 나 혼자 잠기네" ('남해 금산」온마디)

샤르 혹은 마을의 시학

언제부터인가, 프로방스 지방에 대한 무시 못할 풍문이 들리고 있다. 프로방스 지방에 곧 개발 '붐'이 일어난다는 것, 다시 말해서 유럽공동체가 구체적으로 진행될 때 프로방스는 틀림없이 '유럽의 캘리포니아'가 될 것이라는 풍문이다. 이러한 풍문은 많은 사람들을 들뜨게 하고 있지만 그와 동일한 이유로 시름에 잠기게도 한다. 붉은 빛 기와 아래 도마뱀들

프로방스의 지붕들

이 천연덕스럽게 기어 나오는 프로방스의 풍화된 벽돌집은 고층 아파트로 바뀔 것이며, 마을은 그렇게 대단위 아파트 단지로 조성될 여지가 있다. 이러한 변화에 대한 긍정적인 혹은 부정적인 측면들에 대한 논의는 이곳에서 생략하고자 한다. 다만 한 가지 사실에 주목하기로 한다. 현대적인 시간 속에서 일어나는 빠른 변화들은 아주 오랜 세월 동안 간직되어온 것들을 완벽하게 사라지게 한다는 사실이다. 하나의 다운타운이 불가피한 어떤 이유로 철거되면 그 자리에 다시 새로

운 다운타운을 건설하여 보다 더 안락한 생활방식을 지향할 수도 있다. 반면에, 하나의 마을이 붕괴되면 또다시 그곳에서 이전과 같은 삶을 시작한다는 것은 매우 어려운 일, 아니 어쩌면 불가능한 일일 수 있다. 가령, 수몰지구 옆에 건설된 새 마을에 이전의 주민들이 살지 못하고 뿔뿔이 다른 곳으로 흩어져 나가게 되는 것은, 정책적인 공론으로는 이해할 수 없는 한 마을의 의미를 단적으로 보여준다.

프로방스 지방에서 일어날 수 있는 '붐'은 그러한 마을이라는 실제를 사라지게 할 수도 있을 것이다. 이러한 사라짐에 대한 여운은 프로방스 지방의 일-쉬르-라 소르그(L'Isle-sur-la Sorgue)라는 작은 마을 출신의 20세기 시인 르네 샤르René Char의 작품들을 떠오르게 한다. 특히 그의 시편들은 가까운 미래에 프로방스에서 사라져버릴 수도 있는 마을의 서정적 의미를 구체적으로 불러일으키고 있기 때문이다.

마을의 시간

난해함, 형이상학적인 사유의 번득임으로 정평이 나있는 샤르의 작품세계 속에서 우리는 그와 다른 한 면, 즉 그가 살아왔던 마을에 대한 진솔한 애정을 보여주는 세계를 간과할 수 없다. 제2차 세계대전 당시 레지스탕스(저항) 활동에 가담하였던 샤르는 그의 고향마을 근처에 매복하여 독일군들을 겨누고 있었던 긴박한 장면을 이렇게 남기고 있다.

그 마을은 어떻게 해서든지 피해를 입지 않아야만 했기에 나는 (사격)신호를 내리지 않았다. 한 마을이란 무엇인가? 다른 마을과 같은 한 마을인가? 아마 그(레지 스탕스 동료)는, 이 최후의 순간에, 그것을 알고 있었을까? (PL, p.208)*

전쟁 이후의 시간, 그 이후에 또 다른 인간들이 떠맡게 되는 구체적인 고통을 생각하는 자는 승리를 위해서 방아쇠를 당길 수 없다. 그가 지키기로 결심한 프로방스의 고향마을은, 그 무엇과도 바꿀 수 없는 지상의 기쁨이 되는 장소로 다시 그의 글 속에서 나타난다.

오, 유순해진 대지여 !
오, 나의 기쁨이 익어가는 가지여 !
하늘은 해맑다.
거기에, 비치는 것은, 바로 당신, (…) (PL, p.310)

그리고 고향마을의 삶이 전해주는 "기쁨"은 만물이 얼어붙는 겨울에도 예외가 될 수 없다.

보드와 산맥이 회색의 눈빛으로 굽어보는
프로방스에서는 겨울이 스스로 즐거워한다
장작불이 눈을 녹였고,
급류의 물은 뜨겁게 흘러갔다. (PL, p.422)

고향마을은 결코 새롭게 복원될 수 없는 시공간의 역사와 개인의 이야기들을 간직하고 있다는 것을 샤르는 그의 직접적인 체험을 통하여 우리에게 가르쳐주고 있다. 초현실주의 운동의 초기 일원으로 파

---

* 인용되는 샤르의 작품들은 1983년 갈리마르Gallimard의 플레이아드Pléiad 총서에서 간행한 『르네샤르 전집Oeuvres complètes de R. Char』(1983)에서 번역하였다.

해방된 세레스트(Cerests) 주민들과 샤르

리에 입성했던 샤르는 시작활동이 가장 왕성했던 젊은 나이에 자신의
고향, 프로방스로 다시 돌아온다. 예술의 도시 파리를 뒤로하고 귀향
한다는 것은 한 작가에게 있어서 의미심장한 결의라고 보아야 할 것
이다. 더욱이 샤르가 주도적으로 활동하였던 초현실주의 운동이 '귀
향'이라든지 '고향'이라는 단어들에 얼마나 많은 배타감을 가지고 있
었는지 고려한다면, 그의 현실적 귀향은 샤르 작품세계의 질적 전환점
을 시사하기도 한다. 하이데거가 "사실 고향의 강 언덕에 도착하는 것
도 이미 흔해 빠진 일은 아니다"*라고 토로하였던 현대적 시간 속에서,
시인 샤르는 도리어 프로방스의 풍경들과 생물들 그리고 그곳에서 어
우러지는 인간의 삶을 자신의 작품 속에서 한껏 호흡하게 한다. 그래
서 샤르의 첫 번째 알파벳은 A라는 문자적 기호가 아니라 마을 어귀에
서 있던 한 그루의 꽃나무로부터 시작한다.

---

* M. 하이데거 『시와 철학』, 소광희 옮김, 서울: 박영사, p.17.

꽃이 핀 산사나무는 나의 첫 번째 알파벳이었다. (PL, p.766)

　샤르의 고향, 프로방스를 프로방스로 있게 해 주는 첫째 조건은 '8
할'이 햇빛이었다는 것을 필자가 그곳을 찾아갔을 때 살갗으로, 눈으
로 그리고 냄새로 감득하였다. 샤르의 시 속에서 가장 많이 나오는 단
어인 "강"은 왜 언제나 "태양"의 이미지들과 섞사귀고 있는지, 그리고
그의 시 속에서 아이는 번번이 "태양의 아이"라는 수식어가 붙어야 하
는지, 그리고 또 하나, "명징성은 태양으로부터 가장 가까운 상처이다"
(PL, p.216)라는 치열한 정신의 대결에 이르기까지 프로방스의 햇빛은
샤르적인 은유의 세계에 대한 하나의 실제적인 대답이라고 할 수 있
다. 20세기 프랑스 문단에서 태양에 매혹된 작가를 떠올려 볼 때, 앞에
서 일별하여 본 시인 샤르와 더불어 우리는 A. 카뮈를 떠올리지 않을
수 없다. 그의 저서『태양의 후예들』의 한 부분을 샤르의 글로 할애하
고 있다는 것은 카뮈가 샤르를 바로 태양과 연관된 대표적인 작가로
간주하고 있다는 것을 나타낸다. 또한 A. 카뮈가 스스로 가장 아끼는
책이라고 증언한『반항인』의 결론을 샤르의 시 한 구절로 끝맺고 있다
는 사실은 그들 두 작가 사이에서 이어졌던 우정뿐만 아니라 그토록
태양을 사랑했던 카뮈가 문학적 행로의 동지를 마침내 만나게 되었다
는 것을 의미하고 있다. 그런데 남불의 두 작가들이 공통으로 간직하
고 있는 태양숭배 속에서 우리는 미세한 차별성을 발견할 수 있다. 카
뮈의 유명한 '정오의 사상'이 함의하고 있듯이, 이 작가의 태양들은 한
낮의 태양과 태양의 빛을 맹렬하게 작파(斫破)하는 지중해 사이에서
지속되는 실존의 사유를 대변하여주고 있다. 반면에 샤르의 태양들은

농촌마을의 삶이 시작되는 새벽의 술렁거림을 동반하고 있는 태양, 혹은 일이 끝나고 집으로 돌아가는 길 한쪽에서 만날 수 있는 태양으로 그의 귀향 이후 한층 가까이 다가가고 있다. 전쟁기간에 쓰여진 시들을 주로 모은 『분노와 신비』 이후 그의 두 번째 기념비적인 시집, 『신새벽에 일어나는 사람들』은 제목 스스로가 농촌마을의 삶과 유리될 수 없는 미명의 햇빛을 함의하고 있다. 그 시집 속에서 샤르는 또한 석양의 태양과 함께 번져 오르는 씨알의 "미소"가 노동으로 투박해진 농부의 손과 교류하는 순간을 그려내고 있다.

> 농부,
> – 누구도 그가 정말 죽으리라고 믿지 않아
> 그가 추수가 끝난 일몰에 곡식 더미들을 바라볼 적에
> 손 안에서 쓸리는 낟알들이 그에게 미소할 적에

한낮이 지속되는 시간 속에서 마을은 풍경이 된다. 프로방스의 화가 P.세잔이 그림을 그릴 때 침묵과 햇빛을 그려나갔다고 했듯이, 프로방스 마을의 한낮은 그림 속의 풍경처럼 침묵과 햇빛으로 가득 차 있지만 "신새벽에 일어나는 사람들"을 위한 실쌈스러운 마을은 더 이상 아니다. 들에서 이루어진 긴 노동이 농부들을 죽음 같은 잠으로 몰아넣을 때, 그리고 그 죽음 같은 잠을 깨쳐버리고 일어나 눈을 다시 뜨는 새벽의 순간은 샤르에게 있어서 태양뿐만 아니라 자연의 온갖 생명력들이 마을을 찾아 깃들여 오는 순간이다. 그의 시 속에서 나타나는 시간의 주제가 지속의 시간이 아니라 순간의 시간으로 매번 치달아가고 있는 근원적인 이유는, 바로 죽음 같은 휴식에서 생명력의 운동으로

반전하는 순간의 인식 속에 시인이 천착하고 있기 때문이다. 다음에 인용되는 샤르의 짧은 글귀는 자연과 인간의 생명력이 부재하는 '지속적인 시간'에 대한 거부를 함축적으로 나타내고 있다.

르네 샤르의 육필원고

옛적에 사람들은 지속하는 시간의 여러 조각들을 위하여 이름들을 건네주었으니. 이것은 하루였고, 저것은 한달, 이 텅 빈 성당은 일년. 허나 죽음이 가장 격렬하고 삶이 가장 명확해지는 순간으로 다가서는 여기, 우리. (PL, p.197)

많은 사람들이 기대하고 있듯이, 혹은 많은 사람들이 우려하고 있듯이, 만일 프로방스가 유럽의 캘리포니아가 된다고 할 때 사라지는 것은 프로방스의 풍경보다도 차라리 프로방스의 마을이 보듬고 있는 새벽과 노동을 끝마치고 난 일몰의 순간들이다. 관광지로 개발된 마을에서 마을 사람들의 삶이 어떻게 바뀔 것이라는 것을 P. 메일의 『프로방스에서의 일년』이라는 책 속에 나오는 한 대목이 시사하여 주고 있다.

우리는 그렇지 못했다. 우리는 아침 일곱 시면 일어난다. 그들은 10시, 11시까지 잠자리에 누워있기 일쑤였고, 어떤 땐 오전 수영 시간에 딱 맞춰 아침 식사를 끝내기도 했다. 우리가 일할 동안 그들은 일광욕을 했다. 오후 낮잠으로 원기를 회복하고 나면 그들은 저녁 무렵엔 생생해져서 사교에 고속 기어를 넣기 시작했고, 그 때쯤이면 우리는 샐러드를 먹다 말고 졸기 시작한다. 선천적으로 친절한 성질에다 사람들이 음식이 부족하다고 느끼는 꼴은 눈뜨고 못 보는 내 아내는 몇 시간씩 부엌에서 보내야 했고, 우리 둘은 밤늦은 시간까지 설거지를 해야 했다. 일요일엔 또 달랐다. 우리 집에 와 머무는 사람들 모두 일요일 장을 한번 둘러보고 싶어 해서 그날은 일찌감치 출발을 했다. 그러니까, 일주일에 딱 한번 우리와 손님들의 기상, 취침 시간이 들어맞는 셈이다. 일—쉬르—라 소르그의 강이 내려다보이는 카페에서 아침을 먹으려고 한 이십 분 차를 몰고 가노라면 흐릿한 눈으로 평소답지 않게 조용하게 뒷좌석에 앉아 있던 그들은 꾸벅꾸벅 졸기 일쑤였다.[*]

같은 책 다른 페이지에서 P. 메일은 저녁 무렵 프로방스의 한 마을을 내려다보면서 부부 관광객들이 나누는 대화를 풍자적으로 옮겨 적고 있다.

"석양이 어쩜 저렇게 장관일까요." 여자가 말했다.
"맞아." 남편이 대답했다.
"저렇게 작은 마을치고는 대단하군."

프로방스의 햇빛을 즐기러 관광객들이 몰려오게 되면 프로방스는 지금보다는 더 윤택한 물질적 삶을 영위 할 수 있을 것이다. 그럼에도 불구하고 프로방스에서 태어나고 또한 그곳으로 귀향해서 삶을 마감했던 시인 샤르가 '알비옹'이라는 작은 마을 앞에서 읊었던 한 구절은 우리에게 한 농촌의 마을이 담고 있는 가치를 다시 한번 생각하게 하

---

[*] P. 메일, 『프로방스에서의 일년』, 송은경 옮김, 서울: 진선출판사, 1996, p.142.

여주고 있다.

> 우리에게 있어서 이 장소는 우리들의 빵 보다도 가치가 있다, 왜냐하면 그 장소
> 는 다른 것으로 대체 될 수 없는 것이기에. (PL, p.456)

프로방스가 사랑한 스포츠

일터에서 돌아온 농부는 산굽이로 찾아드는 석양을 바라보다 아내에게 문득 말을 건넨다. "바람 좀 잠시 쐬고 오지…" 바람을 쐬다, 프랑스어로는 'prendre l'air'라는 표현은 산보, 즉 프랑스어의 'promenade'라는 단어의 의미와 먼저 연결된다. 그러나 프로방스의 한 농가에서 남자가 석양 무렵 이 말을 하였을 때는 대부분의 경우 홀로 산이나 강 주위를 개와 함께 돌아다니면서 맑은 공기를 들이키겠다는 뜻이 아니라는 것을 우리는 알아야 할 것이다. 'prendre l'air'라는 표현은 프로방스 지방에서는 특히 만남, 즉 프랑스어의 'rencontre'라는 의미를 함의하고 있다. 우리가 바람을 쐬러 나간 이 농부의 뒤를 밟아 본다면 폴도 베르나르도 그리고 베르나르의 아버지도, 베르나르를 찾아온 이웃 마을의 피에르도 같이 만나게 해 주는 '페탕크(pétanque)'라는 스포츠가 프랑스 남부의 마을 그 어디서나 열리고 있다는 것을 목격할 수 있을 것이다. 손에 꽉 쥐어지는 제법 무거운 쇠공들을 굴리거나 던져서 임의로 정해진 목적지에 얼마나 가까이 붙여나가느냐가 이 스포츠의 경기 방식에 대한 간단한 설명이 될 수 있다. 특별한 연습과 실력이 필요 없기에 아버지를 따라 나선 소녀와 마을의 노인들도 이 경기에서 제외되

페탕크를 하고 있는 시인들과 그것을 바라보고 있는 소년

지 않는다. 페탕크는 그 외에도 다른 몇 개의 특징을 갖고 있다.

우선 흙이 있어야 이 경기를 할 수 있다. 볼링이나 농구 등 대부분의 구기종목이 흙이 없는 공간에서도 이루어질 수 있지만 페탕크는 경기가 이루어지는 땅에 있는 흙의 성질과 기복을 잘 간파하여 흙에서 쇠공이 미끄러지는 한도와 접착력을 고려하는 것이 경기 운용의 필수조건이기 때문이다. 이러한 필수적인 조건은 샤르 시의 독일어 번역 작가 P.한트케의 발언을 떠올리게 한다. 그는 샤르의 시들을 번역하기 위해서는 번역자자신이 시인의 고향땅을 반드시 방문해야 한다는 소감을 피력한다.

페탕크의 두 번째 특징은 임의로 정해진 목표점에 가능한 한 쇠공을 가까워지게 하는 것이 승부를 내는 것이기에, 일정한 목표점이 정해져 있어 그곳으로 골을 넣어 확실하게 목표에 이를 수 있는 다른 구기종목인 축구, 아이스하키, 골프 등과는 차이가 있다. 그래서 임의로 목표지를 정해주는 작은 구슬 '코쇼네'로부터 어느 쇠공이 더 가까이 위치해 있느냐에 대해서 번번이 마을 사람들은 유쾌하게 혹은 지독하게 다투게 되고, 결국 그 누구의 말도 결정적일 수가 없게 된다. 마치 샤르의 난해한 시 「소르그 강」을 설명하고자 하는 수많은 견해들이 나왔지만 그 어떤 것도 결정적인 설명이 되지 못하는 애매한 시적 상황을 재현하여주는 듯하다.

세 번째 특징으로, 페탕크는 흙이 있는 곳이라면 사람들이 오고가는 길에서도 시작할 수 있다는 것이다. 여름 오후 다른 마을로 이르는 길을 따라 쇠구슬을 굴리다 보면, 풍경은 조금씩 바뀌어 가고 지나가는 사람들과 인사를 나누기 위해서 경

프로방스의 작은 창문

기가 중단되기도 하고, 달려가던 아이들이 쇠구슬을 건드려 말썽이 나기도 한다. 우연하게 풍경들과 지나가는 사람들을 만나게 해주는 '페탕크'는 샤르가 초현실주의의 활동 때부터 줄곧 천착하여 온 '우연한 만남'이라는 주제를 상기시켜 준다.

프로방스의 시인 샤르에게 있어서 귀향이란 단순하게 고향에 도착하는 것을 일컫지 않는다. 샤르적인 귀향이란 도착이란 의미를 넘어서 고향에 조금씩 익숙해지는 과정 속에서 그 의미를 되찾아보게 되고 그 귀향의 의미는 계속 갱신되어진다. 그래서 한번 고향을 떠났던 자에게 귀향이란 페탕크의 쇠구슬처럼 고향으로 끊임없이 가까이 다가가나 결코 처음 떠나왔던 자리로 다다를 수 없는 안타까움과 그 안타까움만이 동반할 수 있는 계기의 과정 속에서 그 의미가 되살아난다. 『신새벽에 일어나는 사람들』에 들어있는 한 편의 시 「살아 있거라!」가 보여주듯이, 고향으로 돌아가는 것은 타향이 강요하였던 신산스러운

삶들을 뒤로하고 여생을 마감하는 일반화된 장소로 돌아가는 것이 아니라, 고향이 비밀스럽게 간직하고 있는 생명력의 정수리로 육박하여 들어가는 과정이라고 할 수 있다. 그렇지 않았다면 샤르가 그의 문청(文靑)시절에 귀향을 생각 하였을까? 시「살아 있거라!」의 첫 구절은 시인의 고향이 여생을 마감하는 장소가 아니라 그에 반(反)하는 장소라는 것을 단적으로 보여주고 있다.

> 이 고장은 다만 영혼의 한 맹세이기에, 무덤을 거부하는 곳이다. (PL, p.305)

"무덤을 거부하는 곳"은 이 시의 마지막 구절 속에서 조건 없는 은총의 장소로 이어지고 있다.

> 나의 고장에서, 인간은 감사하는구나.

고향에 익숙해진다는 것은 한편으로는 고향이 베풀 수 있는 만남의 여러 형태들에게 조건 없는 '감사'로 대응하고자 하는 시도이다. 페탕크라는 경기가 어떤 조건도 필요치 않은 만남의 공간을 열어주듯이 시인은 만남들의 공간과 시간에 귀를 기울이고, 시인 자신의 표현을 빌자면, "보이지 않는 오솔길들(Les sentiers invisibles)"을 사람들 사이에서 혹은 인간들 사이에서 열어주는 자이다. 샤르는「입노즈의 장(Feuillets d'Hypnos)」이라는 작품 속에서 전쟁 당시 마을을 지키려고 싸웠던, 그러나 소박한 마을 사람들과의 만남에 대하여 이야기하고 있다. 이 소박한 만남들이야말로 한 마을의 근원적인 존재이유이며 또한 한 개인의 존재이유라고 할 수 있을 것이다.

샤르의 고향을 방문한 마르틴 하이데거

언제나 기쁜 마음으로 나는 포르칼리퀴라는 마을에 들려서 바르두엥 집에서 식사를 하고, 인쇄공인 마리우스 그리고 피귀에르와 악수를 나눈다. 이 용감한 사람들로 만들어진 바위는 우정의 성채이다. 맑은 정신에 족쇄를 채우고 신의를 약화시키는 모든 것들은 이곳에서 추방될 것이니. 우리들은 진실로 근원 앞에서 혼례를 올렸다. (PL, p.179)

앞에서 언급하였듯이 길 위에서 시작된 페탕크는 경기를 하던 한 마을의 사람들을 어느덧 또 다른 마을로 이르게 하고 그곳에 거주하는 사람들과 만나게 해준다. 가로놓인 강과 포도밭을 지나 저녁의 푸르스름한 굴뚝 연기와 막 켜지기 시작한 불빛들을 신호처럼 보내고 있는 마을에 이른다는 것은 도시에서 느끼기 어려운 만남의 서정을 우리들에게 일깨워주고 있다. 샤르는 섬들처럼 떨어져 있는 마을과 마을 사이에 열려있는 모든 만남의 "보이지 않는 오솔길들"을 「바로니

마을에서 춤을」이라는 시편에서 마치 춤을 추는 듯한 글쓰기로 축성
(祝聖)하고 있다. 시를 인용하기 전에 참고로 언급하자면 '바로니'는 프
로방스 북부에 위치한 고장의 이름을 일컫는다.

> 올리브가지 빛 치마를 입은
> > 그 고운님
> 말했었지:
> > 저의 깜직한 정숙함을 믿으시라구요,
>
> > 그리고 그 이후
> 벌어 진 골짜기
> > 불타오르는 언덕의 구비
> 혼례의 오솔길들
> > 모두 그 고장으로 밀려들어 왔지
>
> 사랑의 다스릴 수 없는 시름이 강의 폐부로 스며드는 그 곳으로
>
> > > > (PL, p.429)

인용된 시 속에서 "올리브가지 빛 치마를 입은 / 그 고운 님" 이라
는 표현은 샤르적인 여인상이 프로방스적인 자연의 요소들과 겹쳐지
고 있는 한 예를 보여주고 있다. 자연과 겹쳐지는 여인만큼 욕망을 불
러일으키는 대상이 어디 그리 많은가. 그것도 이 마을이 아닌 저 마을
의 여인이라면… 인용된 시를 위하여 시인 스스로가 덧붙인 설명은 마
을과 마을 사이의 만남이라는 우리의 주제를 다시 한번 프로방스적인
삶의 실제를 통해서 음미할 수 있도록 허락하고 있다.

우베즈라는 골짜기에 있는 이 큰 마을(bourg)은 상인들에게 그곳의 광장들을, 그리고 보리수꽃의 연례 전시회에, 혹은 축제일 동안에, 비어있는 작은 길들을 장터로 내 주고 있다. 소규모의 무도회가 하류 쪽의 몰란이라는 부락에서 시작되는데, 시간이 지나게 되면 젊은이들과 아가씨들은 그 밤을 뷔스라는 부락에서 맞이하러 떠나곤 한다. (PL, p.1255)

20세기 프랑스 시인들 중 샤르만큼 고향마을의 지명들을 작품의 제목으로, 혹은 작품 속에서 언급한 시인도 드물 것이다. 바꾸어 말하자면 지도책에 표시되기 전 고향마을의 지명들은 시인에게 하나의 시적 울림이 되어 끝없이 시인의 정신을 흔들어놓고 있는 것이다. 시인은 마을의 단순한 지명 속에서 그 마을에서 일어난, 그리고 일어날 수 있는 사람들의 만남들, 계절이 이어지면서 다시금 새로워지는 대지와 식물들의 밤과 낮을 불러오고 있다. 이 부름에 의하여 마을의 지명은 끝없는 울림을 허락하게 하는 시간과 공간의 지도책 속에서 다시 기입된다.

샤르가 간직하고 있던 오래된 사진첩에서 우리는 페탕크 경기를 함께 구경하고 있는 샤르와 독일 철학자 하이데거를 발견할 수 가 있다. 샤르의 고향에 머물면서 페탕크를 사랑하게 됐던 하이데거가 독일로 돌아가 샤르에게 보낸 편지 하나는 시인만이 간직할 수 있는 시간과 공간의 지도책에 대한 철학자의 따뜻한 시선을 느끼게 해준다.

지명들의 단순한 열거라고요? 그럴 수도 있습니다. 허나 장소들에 고유한 지명들은 각각의 방식으로 그곳에 거주하는 존재들과 존재들의 작업과 몸짓들을 그 주위로 불러 모으며, 또한 그 존재들을 위한 시와 사유를 불러 모읍니다 − 고유한 장

239

소는 그러한 것들을 드러내게 하고 또한 독특한 빛깔을 부여합니다. (PL, p.1248)

프로방스에 거주하면서 프로방스 마을들의 지명들을 기꺼이 그의 시어들로 차용하였던 샤르는 분명히 프로방스적인 시인이었다라고 말할 수 있을 것이다. 하지만 프로방스를 방문하였던 독자들에게 혹은 아직 그곳을 미지의 어떤 고장으로 알고 있는 독자들에게 "혼례"의 울림으로 채워진 지명들을 들려주었던 샤르는 동시에 프로방스라는 한 지역을 넘어서는 서정의 보편성을 감득한 시인이라고 말할 수도 있다. 그래서 프로방스 고향 지명들인 '즈네스티에르', '발랑드란느'는 지도책이 아닌 시인의 마음 속 길의 이정표가 된다.

생생한 겨울날들의 미명 속에서, 그대 다시 추워진다고 느껴질 적에, 즈네스티에르, 발랑드란느, 아이들이었던 우리를 맞이하는 초등학교 교실에서 그리도 빨갛게 달아올랐던 난로처럼, 그 지명들은 우리들 굳어간 가슴의 우물 밖으로 의미의 벌꿀 무리들을 불러내니 (PL, p.572)

"마술이란 사물 속에 흩어져 있는 정신이다."

끝으로 샤르 작품 속에 나타난 식물세계를 살펴보고자 한다. 그 중에서도 특히 샤르의 식물세계가 어떠한 시적 변전을 통해 마을의 영상과 연계되고 있는지를 살펴보는 것이 그 주안점이다. 많은 샤르 연구가들은 시인이 마을에 거주하며 썼던 작품들 속에서 환기되는 식물세계의 거의 도감적인 다양함을 샤르 작품의 한 특징으로 보고 있다. 예를 들자면, 가장 빈번하게 등장하는 라방드, 보리수나무, 올리브, 아

페탕크 놀이를 하는 프로방스 주민들과 하이데거

망드나무 등은 샤르가 전형적인 프로방스 지방의 시인이라는 것을 다시 한번 상기시켜 준다. 프로방스 지방이 그의 시적 언어의 세계를 구축하는 데 있어서 중요한 바탕이 되고 있다는 연구가들의 일치된 의견은 사실 지당한 이야기라고 할 수 있겠다. 그 어떤 작가도 그가 거주하고 있는 세계와 동떨어진 언어군을 계속 사용할 수 없는 것이다. 다만 친근한 고향에서 발견하게 되는 모든 일상적인 존재들에게 어떻게 그 일상성에 숨어있는 새로운 만남들을 언어를 통하여 제시하느냐가 시인의 상상력적인 몫이다. 독자는 식물세계가 불꽃을 환기시키는 언어들과 접목되는 영상 속에서 샤르가 가지고 있는 그러한 독특한 상상체계를 발견할 수 있다. 낮이 어둠에 자리를 내어주는 일몰의 순간에 식물들은 일제히 하나의 램프처럼 불타오르기 시작한다. 시「세 자매」에 나오는 구절 속에서 한 가지 예를 찾아볼 수 있다.

어깨 위에 있는 이 아이는
너의 행운이며 또한 너의 무거운 짐이다.

대지 위 거기서 난초는 타오르는데.

(…)

방긋이 열리는 어깨가 맹렬하다,

소리 없이 나타나는 그 화산

대지 거기서 올리브나무가 반짝인다

모든 것은 스치듯 사라져간다. (PL, p.249)

일몰의 순간에 하나의 마을을 사람들이 거주하는 마을로 허락하게 하는 것은 불을 밝히는 행위이다. 샤르적인 상상력은 식물 속에서 바로 이 불을 밝히는 행위를 재현하고 있으며, 불을 밝힌 식물들은 창문마다 램프를 밝힌 마을과 함께 시적인 밤을 맞이한다. 식물 속에서 불타오르는 램프의 상상력은 샤르의 선조들이 살았으고, 이제 그가 또한 거주하고 있는 프로방스의 마을이 맞이하고 있는 일몰 속에서 더욱 분명하게 나타난다. 선조들의 이름을 일컫는 「자크마르와 줄리아」라는 시 속에서 계속되는 회상의 단장들 중 하나는 이렇게 쓰여져 있다.

옛날, 대지의 길들이 석양빛과 겹쳐지는 때에, 풀들은 부드럽게 줄기들을 올린 채 불을 밝히고 있었다. (PL, p.257)

샤르의 독자는 식물에게 점화되는 불의 이미지가 도시에서 전깃불을 밝히는 기계적인 행위와 전혀 다른 차원 속에서 이루어지고 있음을 쉽게 인식할 수 있다. G. 바슐라르는 이러한 차이의 생생한 의미를 『초의 불꽃』 제6장 '램프의 빛'에서 일깨워주고 있다.

"전등은, 기름으로 빛을 내는 저 살아있는 램프의 몽상을 우리들에게 주는 일은 아무래도 하지 못할 것이다. 우리들은 통제를 받는 빛의 시대에 들어선 것이다. 우리들의 유일한 역할이라는 것은 다만 스위치를 켜는 일뿐이다. 우리들은 기계적인 동작의 기계적인 주체 이외의 아무것도 아닌 것이다. 정당한 긍지를 가지고 점화한다는 동사의 주어가 되기 위한 그 행위를 이제는 도와줄 수 가 없게 된 것이다. (…) 램프가 보다 인간적이었던 시대에는 보다 많은 드라마를 가지고 있었다. 낡은 램

샤갈의 '일몰'

프에 불을 켜려고 하면서 사람들은 무엇인가 실수를 하지 않을까, 무엇인가 박자가 서투르게 되지는 않을까 하고 늘 두려워하는 것이다. 오늘밤의 심지는 어제의 심지와는 전혀 다른 것이다."*

　바슐라르의 글은 앞에서 인용된 샤르의 시구가 또 하나의 숨은 의미를 내포하고 있음을 보여주는 한 단서가 된다. 즉, 독자는 식물과 램프가 융합되는 마술적 상상력과 함께 샤르가 얼마나 도시적인 삶을 거부하는 마을의 참된 의미를 그의 시 세계 속에서 보존하고자 하였는지를 생각하여 볼 수가 있는 것이다. 마을 어귀에서 마을을 바라보는 시인은 자연과 교류하는 인간의 불빛을 발견한다. 그 발견은 짤막한 문구 속에서 압축되어 나타나고 있다.

　　너의 램프 불빛은 장미이구나, 바람은 불타오른다. 저녁의 문턱은 깊어만 가는데. (PL, p.136)

---

* G. 바슐라르, 『초의 불꽃』, 민희식 옮김, 서울: 삼성출판사, p.153.

샤르가 좀더 나중에 쓴 시 「밤의 언덕 길」에서, 시인은 그의 꽃에게 전적으로 불을 환기시켜주고 있는 동사들을 건네고 있다.

내가 다시 따뜻하게 하는 꽃, 그 꽃잎들을 나는 갑절로 늘린다. 그리고 그 화관을 어둡게 한다. (PL, p.405)

밤이 찾아온 언덕에서 시인이 문득 마주친 꽃 한 송이는 마을의 거주민들이 겨울을 나기 위해서 필요한 화로의 이미지와 연계되고 있는 듯하다. 밤의 추위 속에서 인간은 불을 쬐면서 불꽃이 또다른 불꽃 속에서 솟아나오는 것을 바라본다. 그리고 점차 사위어 가는 불꽃 또한 인간은 그의 운명처럼 바라보아야 한다. 이러한 자연과 인간의 삶이 융합하는 마술적 불의 상상력은 산과 들판 사이에서 저녁나절 불을 밝히고 있는 마을의 삶으로 독자들을 친밀하게 다가가게 한다. 그런데 불을 밝힌 마을은 마을에 거주하고 있는 자들을 위해서만 존재하는 것이 아니라 고향을 떠나 떠도는 자들을 위해서도 존재하고 있음을 샤르의 시는 보여주고 있다.

샤르의 자필원고

새벽 두 시 삼십 분, 자정의 분칠같이 비가 내리고,
사람들, 추운 덤불들은, 그들을 에워싼 진흙 속에서
지친 눈빛으로 초롱의 발자국을 쫓는다
창유리의 초롱은 잊어버린 달이고 불꽃인데. (샤르의 개인 수첩에서 인용)

    샤르의 이상적인 마을은 바깥에서 떠도는 자들을 거주자들이 친밀하게 맞이하는 만남의 공간을 지향하고 있다. 인간적인 삶의 바깥에 위치하여 있는 식물세계가 끊임없이 인간적인 삶의 기틀이 되는 램프와 연계되는 샤르의 시적 상상력은 이미 마을의 이 같은 친화적 공간을 설정하여 주고 있다. 『신새벽에 일어나는 사람들』에 들어있는 한 편의 긴 대화체 시에는 샤르가 "해와 달의 방랑자들"이라고 명명한 무리들이 등장한다. 그 무리들은 여름밤에게 말을 걸며, 프로방스 지방에서 만날 수 있는 독특한 바위산들이 그들의 입을 빌어 노래하기도 하며, 올리브나무들과 밀밭에서 솟아오르는 까마귀 떼들은 그들의 형제가 된다. 이 시는 바로 방랑자들과 마을에 거주하는 자들의 대화로 단락들이 이어지면서 마을의 친화적 공간의 의미를 다시 한번 일깨워주고 있다. 샤르가 이탤릭체로 강조한 이 시의 첫 부분은 다음과 같다.

    투명한 사람들 혹은 해와 달의 방랑자들은 우리들 시절, 사람들이 쉽게 그들을 볼 수 있었던 숲과 마을로부터 거의 완벽하게 사라져 갔다. 바랑을 놓았다가 다시 취하는 시간 동안에, 상냥하고 섬세한 그들은 마을의 거주자와 서로 대화하였다. 거주자는, 감동된 상상력은, 그들에게 빵을, 술을, 소금과 날 양파를 주었었다. 비 내리면 밀짚 우의를 주었었고. (PL, p.295)

프로방스 지방의 핵미사일 설치를 반대하는 샤르

이제는 사라져 버린 이 방랑자들이 "시로 대화하고 있다"는 점으로 미루어 보아, 샤르는 중세시대부터 마을들을 편력하던 프로방스의 음유시인들인 트루바두르(Tourbadour)를 염두하고 이 시편을 썼음을 가정하여 볼 수도 있다. 그러한 방랑자들이 마을로부터 "거의 완벽하게" 사라져 버렸다는 샤르의 진술은 바꾸어 말하면, 인간과 자연 사이에 사람과 사람 사이에 유지되어야 할 친화적 공간을 부여해줄 수 있는 마을들이 이미 우리들 시대에서 사라져 버렸다는 의미이기도 하다.

> 우리에게 있어서 이 장소는 우리들의 빵보다도 가치가 있다, 왜냐하면 그 장소는 다른 것으로 대체 될 수 없는 것이기에. (PL, p.456)

샤르의 시 속에서 날아간 새

르네 샤르(René Char)는 발튀스(B. Balthus)*가 그린 한 폭의 그림에 대해서 다음과 같이 표현한 적이 있다.

"발튀스의 작품에서 나를 매혹시키는 것은, 작품의 근원이며 혈맥인 저 울새의 타고난 현존이다."(PL, p.681)**

시인은 왜 그림 속에 표현된 대상들 중에서 하필이면 새에 매혹된 것일까? 그 이유를 알아보기 위해서 발튀스의 그림을 직접 확인하는 노력이 필요할까? 물론 그러한 노력을 통해 샤르의 텍스트를 보다 더 잘 이해할 수도 있을 것이다. 그런데 시인은 자신이 언급하고 있는 새가 발튀스의 어떤 작품에 있는지 분명히 밝히지 않고 있기 때문에 텍스트와 텍스트 바깥의 자료체 사이의 의미연계를 어렵게 하고 있다. 따라서 샤르가 같은 글 속에서 그 새를 하나의 불가사의로 명명하며 "이 작품의 중심부에 은닉되어있는 안내자(le pilote caché au coeur de cette oeuvre)"라고 다시 한번 가치화한 것은 화가의 의도를 넘어서는 샤르만의 고유한 인식일 수 있다는 것이다. 그의 시 속에서는 고향의 자

---

* 르네상스 시대의 원근법을 살린 구성과 초현실주의적 분위기를 연상시키는 풍경화와 초상화를 주로그린 20세기 프랑스 화가
** 이곳에서 인용되는 샤르의 작품들은 1983년 갈리마르(Gallimard) 출판사의 플레이아드(Pléiade) 총서로 간행된 『르네 샤르 전집(Oeuvres complètes de René Char)』에서 번역하였다. 인용문 뒤에 오는 괄호 속의 숫자는 책의 쪽수를 가리킨다.

연적 요소들, 특히 프로방스의 강, 바람, 빛과 같은 요소들과 동물들 중에는 새의 심상이 압도적으로 많이 등장하고 있다. 시인의 이와 같은 관심은 고향의 자연물들에 대한 일반적인 동경에서 비롯되었다기보다는, 정지상태의 속성을 지닌 것들에 대한 샤르의 항구적인 부정정신과 한층 관계된다고 보여 진다.

한 작품 혹은 대상 앞에서 개인적으로 가치화된 인식은 그것이 의식적이든 무의식적이든 그 인식의 주체가 거쳐 간 생의 흔적*들을 반영하게 된다. 요컨대, 앞에서 인용한 발뛰스의 그림에 대한 샤르의 진술들은 언어만큼이나 생의 경험들이 절대적인 질료가 되고 있는 샤르자신의 시 세계에 마찬가지로 적용해 볼 수 있는 것인지도 모른다. 그리고 그 진술은 이 글의 출발점이 될 수 있는 하나의 질문을 허락해주고 있다. 샤르의 시 속에서 끊임없이 '현존'하고 있는 새에 대한 고찰은 샤르의 고유한 시세계로 들어갈 수 있는 하나의 통로가 될 수 있을 것인가?

새는 지상에서도 쉬지 않는다.

샤르는 참으로 많은 종류의 새들을 자신의 시 작품을 통해서 다시 만나게 해준다. 샤르의 주요한 비평가 중 한사람인 J. 페나르는 일찍이 이러한 사실에 주목하고 있었다. 비평가의 논고는 시인의 작품 속에

---

* 흔적이라는 단어를 선택한 이유는 J. 데리다의 '흔적구조'라는 개념을 배제하지 않았기 때문이다. 이 개념은 데리다가 프로이드의 이론에서 발전시켰다고 볼 수 있다. 프로이드에 의하면 모든 경험들은 망각되는 것이 아니고 무의식에 계속적으로 흔적(trace)을 남긴다고 한다. 글을 쓰는 순간 그 흔적은 자신의 근원인 경험을 떠나 글쓰기의 지각작용을 열어주며 스스로의 구조를 생성하게 된다고 데리다는 자신의 생각을 덧붙이고 있다. 또한 글쓰기는 지각작용 자체가 출현하기도 전에 흔적구조에 의해서 지각작용을 보충받는다. 이와 같은 흔적구조의 개념은 특히 자크 데리다(Jacques Derrida)의 『글쓰기와 차이(L' Ecriture et La différence)』(Seuil, 1967.)에서 설명되고 있다.

얼마나 자주 새들이 묘사되고 있는지를 우선 통계학적인 방식을 통해 일견할 수 있도록 도와준다. "새들 중에서, 빈도수가 가장 많은 새부터 시작하자면, 제비, 종달새, 독수리, 칼새, 개똥지빠귀, 울새, 호도애(멧비둘기), 산비둘기 등이 있다. 그리고 종달새, 칼새, 꾀꼬리, 갈매기, 산비둘기, 갈대 꾀꼬리(개개비로도 불리는) 들은 적어도 한 편의 시 전체를 위한 중심 주제가 되고 있다는 것도 고려되어야 할 것이다."[**] 날짐승들에 대한 이와 같은 샤르의 지속적인 애착은 어쩌면 당연하기도 한 질문 하나를 일깨워준다. 새는 어떻게 비상할 수 있는가? 물론 날개가 있기 때문이지만, 공기의 저항이 없는 진공상태에서 새는 날개를 가지고도 결코 날 수가 없다. 바로 이 비상이 담보하고 있는 보이지 않는 저항과 긴장에 대한 전망이 샤르가 추구하고 있는 "바람 속에서 팽팽해진 날개들(les ailes tendus dans le vent)"의 세계를 탐색해보고자 하는 논고의 단초가 된다.[***] 샤르의 시 「칼새(Le martinet)」는 이러한 새의 비상이 시의 의미적 공간 안에서 어떻게 구체화되고 있는지를 보여주고 있다.

너무나 큰 날개를 지닌 칼새, 집 주위를 맴돌며 자신의 기쁨을 외치네. 심장이란 그런 것.

녀석은 천둥을 메마르게 하네. 청랑한 하늘에 씨를 뿌리네. 땅에 내리면, 찢기어 버리네.

[**] Jean Pénard, "Un bestiaire de R. Char", *SUD*, 1984, pp.457-458
[***] 결국 무엇인가에 대해 글을 쓰는 것은 무엇인가의 뒤에 가로놓인 이러한 보이지 않는 것들에 대한 의식으로부터 비롯되는 것이 아닌가. 프루스트가 그토록 긴 소설 『잃어버린 시간을 찾아서』를 줄기차게 써내려간 이유도 일상적 시간과 풍경들 뒤에 그 보이지 않는 것이 촘촘하게 기다리고 있기 때문이 아닌가. 일테면, "무엇인가가 이 움직임 뒤에, 이 빛 뒤에 있었다. 마치 감추려는 듯 간직하고 있는 무엇인가가 이었다." (Marcel Proust, *Du côté chez Swann, A la recherche du temps perdu*, Gallimard/Pléiade, 1954, tomeI, p.180.)

녀석의 변통(變通)은 제비. 하지만 익숙함은 질색이라네. 레이스처럼 구멍 숭숭한 탑은 무슨 가치가 있을까?

가장 어두운 구멍이 녀석의 쉼터. 아무도 그보다 더 비좁은 데 있지 못하지.

긴 빛의 여름, 한밤중의 덧문으로, 어둠 속으로 녀석은 질주할 것이니.

그 녀석을 쫓아갈 눈은 없다네. 외치니, 그것만이 녀석의 현존. 날렵한 소총이 그를 잡을까. 심장이란 그런 것.

Martinet aux ailes trop larges, qui vire et crie sa joie autour de la maison. Tel est le coeur.

Il dessèche le tonnerre. Il sème dans le ciel serein. S'il touche au sol, il se déchire.

Sa repartie est l'hirondelle. Il déteste la familière. Que vaut dentelle de la tour?

Sa pause est au creux le plus sombre. Nul n'est plus à l'étroit que lui.

L'été de la longue clarté, il filera dans les ténèbres, par les persiennes de minuit.

Il n'est pas d'yeux pour le tenir. Il crie, c'est toute sa présence. Un mince fusil va l'abattre. Tel est le coeur. (PL. p.276)

인용된 시는 칼새가 "너무나 큰 날개(martinet aux ailes trop larges)"를 지니고 있음을 먼저 알린다. 그런데 왜 하필이면 "너무나 큰 날개"라는 표현으로부터 시가 시작되는 것일까? 칼새가 큰 날개를 가지고 있음은 생물학적 사실이다. J. 페나르는 샤르의 시를 평하면서 결론적으로 다음과 같이 언급하고 있다.

"그는 본대로 묘사한다."*

이러한 발언은 샤르 시의 주요한 특성들 중 하나를 잘 나타내주고 있지만, 한 편의 시 앞에서는 다소 과격한 발언일 수 있다. 특히 일반 독자가 아닌 시의 해석자는 시인이 보기로 선택한 대상이 무엇이며, 또한 왜 그것을 보고 있는지를 이후에라

샤르의 희곡 『물의 태양』속에 들어있는 삽화

도 물어보아야 하기 때문이다. 그 물음에는 당연히 그가 본 것들이 어떻게 언어라는 형태로 발현되고 있는지를 살펴보는 작업이 동반된다.

다시 말해, 왜 시인은 양태 부사인 "너무(trop)"를 사용하면서까지 날개의 거대함을 강조한 것일까? "너무나 큰 날개"는 보들레르가 거대한 새 알바트로스를 노래한 이후, "저주받은 시인"의 표상으로 즐겨 써왔다. "너무나 큰 날개"로 인해 시인-알바트로스는 지상에 내려앉았을 때 도리어 인간으로부터 포박당하는 신세가 된다. 샤르가 보들레르적인 알바트로스를 직접 염두하고 쓴 듯한 구절을 또 다른 시편에서 발견할 수 있다: "알바트로스의 말(言)이여, 나는 그대를 야만으로 만들리라."(PL, p558) 인간에 의해 포박당한 알바트로스든지, 아니면 일상성에 의해 포박 당한 말(言)이든지, 샤르의 시적 윤리는 알바트로스와 말

---

* J. Pénard, 같은 책 p.454.

251

을 해방시키고 (혹은 야만으로 만들어서) 그들이 지니고 있는 잠재적 가능성을 시발시키는 작업에 있다. 첫 연의 "너무나 커다란 날개"라는 표현은 보들레르의 알바트로스와는 달리 칼새의 순기능적인 상징성을 우선 함의하고 있다:

　"너무나 큰 날개를 지닌 칼새, 집 주위를 맴돌며 자신의 기쁨을 외치네. 심장이란 그런 것"

　그런데 거대한 날개에 대한 이와 같은 강조는 새의 자유로운 비상을 함의한다고 볼 수도 있겠지만, 더 나가서는 샤르의 새가 창공을 끝없이 날아야 한다는 어떤 절박한 의무감에 사로잡혀 있다는 것을 반증하고 있기도 하다. 시인은 비상하고 있는 칼새를 갑자기 왜 "심장"이라는 단어와 맞닥뜨리게 한 것일까? 바로, 칼새가 "너무나 큰 날개"를 지닌 이상, 치러야 하는 대가가 그 나름대로 있기 때문이다. 그 대가는 땅에 내려앉은 보들레르의 알바트로스가 뒤뚱거리며 받았던 모멸의 수준을 넘어서고 있다는 것을 제2행이 곧 전언해주고 있다: "땅에 내리면, 찢기어져 버리네." 이와 같이 "너무나 큰 날개"로 창공을 맹렬히 날아가던 칼새의 정지가 휴식이 아니라 죽음인 이상, "심장"이라는 단어 하나로 그 상황적 현실을 받아내는 샤르의 시적 효과는 유효하다. 심장의 정지는 휴식이 아니라 죽음이기 때문이다. 위의 시 제4행에서도 칼새의 휴식, 곧 정지가 "가장 어두운", "아무도 그보다 더 비좁은데 있지 못하지" 등의 상황적 표현들과 이어지면서, 존재감의 상실 직전에 있음을 나타내주고 있다. 샤르는 첫 행과 마찬가지로 "심장"이라는 단어를 이 시의 종결어로 사용하면서, 심장의 박동과 같은 긴장의 구도를 칼새의 비상과 맞물리게 한다.

새의 비상과 외침 그리고 길항하는 것들

샤르는 그의 시를 통해서 칼새의 첫 번째 존재방식을 전해준다. 다름 아닌 휴식 없는 비상이 그 존재방식이다. 비상을 그만둔 새는 멸시를 받는 것이 아니라, 아예 자신의 '존재' 혹은 존재의 감각을 상실한다. 샤르 식대로 표현하자면 "찢기어" 사라져버리는 것이다. 따라서 시인은 새라는 현실을 통해서 진정한 휴식은 지속적인 부동의 자세가 아니라 독특하게도 언제나 출발의 순간, 그 출발의 순간을 집적하고 있는 비상 속에 존재함을 보여주고 있다. 이와 같은 지적은 시에 대한 샤르의 전반적인 성찰과 통하고 있어, 한층 타당성을 담보할 수 있다. 그는 랭보의 작품집을 위한 서문에서 시적 장소를 다음과 같이 정의하고 있다:

"시 안에서는, 떠나는 장소에서만 거주할 수 있다"(PL, p733)

앞에서 살펴본 인용시의 1행에는 두 개의 행위 동사가 등장한다. 하나는 칼새의 첫 번째 존재방식인 비상을 상기시켜주는 "선회하다 (virer)"이고, 다른 하나는 칼새의 두 번째 존재방식을 표명하는 동사인 "외치다(crier)"이다. 인용시의 마지막 행은 외침의 존재적 역할을 명백하게 보여주고 있다. "외치니, 그것만이 녀석의 현존." 그런데 샤르는 새의 비상을 의미하는 여러 동위 동사들* 중에서 왜 "virer"라는 동사를, 그리고 새의 소리를 의미하는 여러 동위 동사들** 중에서 왜 "crier"라는 동사를 굳이 선택하게 된 것일까? 이 부분에서 J. 페나르의 말을 다시 한번 상기해 볼 필요가 있다:

---

* Voler(날다), Planer(활공하다), Survoler(비행하다), etc.
** Pépier, Chanter, Gazouiller, Ramager, etc.

"그(샤르)는 본대로 묘사한다."

다시 말해서, 샤르가 사용한 두 개의 동사는 몸을 자유롭게 뒤집으며 창공을 선회하는, 그리고 날카로운 쇳소리로 우는 칼새의 특징을 가장 잘 나타내주는 동사들이라고 할 수 있다. 그런데 우리는 묘사의 적확성이란 수준에서 만족할 수는 없다. 왜냐하면 "칼새"라는 제목의 텍스트는 결국 한 편의 시이기 때문이다. 묘사의 적확성이 시적 울림을 확보하지 않는 한, 샤르는 조류학자이지 시인이 아니다. 이러한 맥락 속에서 이 시의 다음 행인 제2행을 살펴보기로 한다. "녀석은 천둥을 메마르게 하네. 청랑한 하늘에 씨를 뿌리네. 땅에 내리면, 찢기어져 버리네."

샤르의 가장 중요한 비평가였던 G. 무넹은 「칼새」 시편 중 앞에서 인용한 제2행의 의미적 비중과 그 난해함을 다음과 같이 일깨워주고 있다.

이제는, 또 다른 질문들에 대답해야만 할 때이다. 왜냐하면 젊은이들이건 그보다 나이가 들었건, 감수성이 예민한 독자들은 바로 자신들에게 혹은 우리에게 다음과 같은 질문을 던질 것이기 때문이다. 왜 '그 새는 천둥을 메마르게 하죠?' 고백하건대, 나는 그 대답을 알지 못한다. 시골사람들의 오랜 믿음에 의할 것 같으면, (비를 맞는 것을 참지 못하는) 칼새의 출현이 뇌우의 끝을 예고하는 것이기 때문일까? 아니면 칼새의 날카로운 울음소리가 따닥이는 듯한 천둥의 메마른 소리와 교전하기 때문일까? 아니면 그 새의 엄청난 속도(시속 200㎞)를 암시하는 것일까? 그리고 또 왜 '맑은 하늘에 씨를 뿌린다'라고 했을까? 그것 또한 알 수가 없다.[*]

칼새의 다양한 습성들을 시 구절에 적용시켜 보면서도 그러한 적용

---

[*] Georges Mounin, *Sept poètes et le langage*, Paris : Gallimard, 1992, p.146

을 또한 주저하기도 하는[**] G.무넹의 해설을 일단 접수하면서, 이 행에 쓰인 단어들의 내적 의미의 관계망을 아울러 고려해 볼 수가 있다. G.무넹이 앞에서 인용한 두 개의 문장을 따로 분리하여 그 의미들을 해석했다면, 우리는 그것들을 연속적으로 이어서 읽어본다면 어떨까.

"녀석은 천둥을 메마르게 하네. 청랑한 하늘에 씨를 뿌리네"

샤르의 많은 시편들이 상반어들의 길항적 관계를 즐겨 사용하고 있듯이, 이 두 문장도 대립되는 단어들의 효과를 통해서 의미의 압축적인 상생(相生) 관계를 보여주고 있다: "메마르게 하다(dessèche) / 씨를 뿌리다(sème)", "천둥(le tonnerre) / 청랑한 하늘(le ciel serein)" 이러한 대립적인 언어들의 충돌은 서로 버티고 맞서는 길항적인 상황을 꾀하고 있다. 요컨대 시인은 길항의 상황을 통해서 그 어떤 장소에도 안주하지 않고, 그 어떤 안주에 대한 확신도 부정하는 칼새를 재현하고 있는 것이다.

그래서 높은 고도에서 지상으로 곤두박질하듯 낙하하다가 갑자기 다시 솟구쳐 오르는 칼새의 습성과 한순간에 죽음과 삶이 엇갈리는 칼새의 운명을 단어들 사이에서 작동되는 길항의 국면들 사이로 들이밀어 볼 수 있는 것이다. 갑자기 공기를 가르는 칼새의 날카로운 쇳소리 또한 "청랑한 하늘"의 고요와 "천둥"이 내는 폭음의 교차를 통한 길항의 국면 속에서 재현되고 있다. 따라서 제2행은 칼새의 보편적 습성들을 단서로 그 묘사의 타당성 여부를 고려하는 G.무넹식 해석보다는 차라리 언어체를 단서로 현실의 재현방식을 능동적으로 고려해 보아야 하는 시적 장소가 아닐까? 그 시적 장소에서 칼새는 규정되고 고정

** 이러한 주저는 어쩌면 시 텍스트와 그것이 제시할 수 있는 현실의 대상을 일방적으로 관련시키는 해석작업에 대한 의도적인 경계의 행위로 볼 수도 있지 않을까?

샤르의 친구 니콜라 드 사타엘이 그린 「새」

된 어떤 형태가 아니라 규정되고 고정된 모든 것을 항시라도 뒤집을 수 있는 상황이 된다.

현실의 시적 재현 방식을 고려해 볼 때, 쓰인 단어들의 어의적 상생 (相生)만큼 중요한 것은 청각영상들의 상생이다. 이러한 시학에 있어서의 고전적인 명제는 앞에서 인용한 제2행 전체가 또 다른 측면에서 다시 읽혀지기를 촉구한다. 즉, 제2행은 자음 "S"의 청각영상이 반복되는 것을 발견한 독자에게 새로운 구조체로 다가온다.

"Il désseche le tonnerre. Il sème dans le ciel serrein. S'il touche au sol, il se déchire."

샤르가 "외치다, 울다(crier)"라는 동사로 묘사한, 공기를 가르는 칼새의 날카로운 울음소리는 "S"의 반복되는 소리효과를 통해서 다시 한 번 새의 현존을 구축한다.* 그리고 그 청각적 구축성은 다음과 같은 비약적 묘사를 정당화시킨다. "외치니, 그것만이 녀석의 현존." 덧붙이자면, 반복되는 'S'의 시각적 형태는 바로 보든지 뉘여서 보든지, 샤르가 "선회하다(virer)"라고 묘사한 바와 같이, 창공을 자유롭게 넘나들며 선회하는 칼새의 활공 습성을 재현하고 있다.

비상과 외침을 통해 형성된 칼새의 생명력은 결국 생명의 핵심인 '심장'과 동일시된다. 이 시의 마지막은 비약적으로 "심장이란 그런 것 (Tel est le coeur)"이라는 선언적인 문장으로 끝나고 있다. 그런데 샤르의 시적 윤리를 좀더 잘 이해하기 위해서는 선언적 문장 바로 앞에 시인이 길항적으로 배치한 상실, 즉 죽음에까지 이를 수 있는 상실의 위험을 간과해서는 안 된다 ("날렵한 소총이 그를 잡을까. 심장이란 그런

---

* 샤르가 "새의 날카로운 쇳소리(voix tournois d'oiseaux)"를 묘사하고 있는 또 다른 시편에서도 청각영상 'S'의 두드러진 우위를 발견할 수 있다: "Dans la luzerne de ta voix tournois d'oiseaux chassent soucis de sécheresse." (PL, p. 136)

것"). 왜 치명적인 위험에 대한 총의 대유적 표현이 새의 자유로운 삶 앞에 가로놓여 있는 것일까?

자유 너머

샤르의 작품 전체에서 새는 빈번히 자유의 상징적 존재로 출현하고 있다. 그런데 그보다 더 중요한 것은, 자유의 가치는 주어지는 것이 아니라 획득되는 것이라는 하나의 상황을 샤르의 새들이 끊임없이 일깨워주고 있다는 점에 있다. 또한 자유가 매순간 긴장에 의해서 혹은 상실의 위험에 맞서서 갱신되지 못한다면, 그 부동의 자유는 충족보다는 차라리 결핍을, 욕망의 해소보다는 차라리 욕망 속에 머무는 욕망을, 영혼의 안주보다는 차라리 영혼의 떠돎을 감내하고자 했던 샤르의 독특한 시적 윤리와 상치된다. 요컨대 갱신되지 못하는 자유는 시인에게 있어서 차라리 적(敵)이다. 아래에 인용되는 시 「개개비(La fauvette des roseaux)」는 이러한 샤르적 관점을 다시 한번 보여준다.

총의 눈으로부터 가장 잘 드러나 있는 나무는 녀석의 날개를 위한 나무는 아니라네. 수선스럽다는 것은 그러려니 하는 생각, 녀석은 곧 나무를 넘어가면서 소리가 없어진다네. 한순간에 덥석 붙잡힌 버드나무 긴 가지는 도망자의 발톱에 몸을 맡긴다네. 하지만 녀석이 파고들어간 갈대숲에서부터는, 카바티나의 선율이 시작된다네! 녀석이 노래하는 곳은 바로 이곳. 온 세상이 다 알고 있는 사실.
여름, 강, 하늘, 몸을 숨긴 연인들, 물에 홀랑 비치는 달, 개개비는 자꾸만 지저귀네. "리브르(libre), 리브르, 리브르, 리브르…" (PL, p.388)

칼새를 위협하던 "소총"이 위의 시에서도 "총의 눈(l'oeil du fusil)"이라는 표현으로 다시 등장하고 있다. 생의 위험에 맞서고 있는 개개비는, 인용시가 보여주고 있듯이, 소란스럽거나 머뭇거리지 않는다. 적확하고 소리 없는 활공만이 그 새에게 필요하다. 따라서 텍스트 속에서 새의 비상은 단순하게 자유를 구가한다기보다는 죽음에 대한 저항을 우선적으로 함의하고 있다. 하지만 시 「칼새(Martinet)」와 마찬가지로 공기의 저항이 새의 비상에 없어서는 안 될 필요조건이듯이, 죽음의 현존은 새의 자유에 대한 필요조건이 된다. 샤르의 새는 위험의 공간을 넘어서고 난 후에 획득하게 된 자유를 다음과 같이 노래한다. "Libre, libre, libre, libre…" 자유(libre)를 노래하는 새는 그 자체가 지닌 일반적 심상이기도 하겠지만, 제2차 세계대전 당시 레지스탕스로서 위험한 순간들을 수없이 넘어서야 했고 자유를 위해 싸우던 동료들의 죽음들 또한 곁에서 목도해야 했던 시인의 정서 내지 상황 속에서 포착된 새의 모습일 수도 있을 것이다. 특히 샤르가 레지스탕스 당시 썼던 『입노즈의 장(Feuillets d'Hypnos)』 속에서는 샤르의 새들이 맞서야 했던 '총의 위협'과 그 위협을 뚫고나가야 하는 삶의 절대적 상황이 빈번하게 재현된다.[*] 제2차 세계대전 후에 샤르가 쓴 텍스트 "종달새(L'alouette)" 또한 새의 비상을 통한 자유와 죽음의 극적인 대비를 압축적으로 보여준다.

> 창공의 더없는 잉걸불과 하루의 첫 번째 열기,

---

[*] 아래에 인용한 「입노즈의 장」 제48번은 그러한 예들 중의 하나일 것이다. "두렵지 않아. 단지 현기증이 있을 뿐이야. 적과 나 사이의 거리를 줄여나가야 해. 그와 수평으로 맞서나가야 해." 이탤릭체로 써서 강조한 단어 "수평으로(horizontalement)"는 화자가 피할 수 없는 상황 앞으로 나서게 된다는 것을 짧고 선연하게 나타내주고 있다. 그 상황은 서로가 총을 들이대고, 서로가 다가가서, 결국 서로가 맞닥뜨리게 되는 죽음의 순간들 속에 있다.

녀석은 꼭두새벽에 박혀서 술렁이는 대지를 노래하지
그 숨결의 주인이면서 그의 길로 자유로운 종소리.

홀리는 것, 사람들은 녀석을 황홀케 하며 죽인다네. (PL, p.354)

이 시에서도 마찬가지로 창공을 날아가는 새를 위하여 "자유로운
(libre)"이라는 형용어가 쓰이고 있다. 그런데 시의 마지막 행에서 그 자
유로운 삶과 대립되는 죽음이 여백을 사이에 두고 묘사되고 있다. "홀
리는 것, 사람들은 녀석을 황홀케 하며 죽인다네(Fascinante, on la tue en
l'émerveillant)." 죽음을 가리키는 이러한 갑작스러운 반전으로 인해서
종달새의 생명력을 환기시켜주는 심상들이 독자에게 도리어 강렬하
게 부각되고 있다. "창공의 더 없는 잉걸불"; "하루의 첫 번째 열기".

다니엘 들라스D. Delas와 자크 필리올레J. Filliolet는 그들의 기념비적
인 저서인 『언어학과 시학(Lingustique et poétique)』에서 앞의 인용문
을 언어학적 방법으로 분석하고 있다. 종달새(l'alouette)의 문자표기가
텍스트 속에서 죽음을 상정하는 문자표기인 "녀석을 죽이네(la tue)"
와 결합되고 있음을 언어학자들은 흥미롭게 보여주고 있다: 'la tue /
ALoUETte'.* 그런데 종달새의 심상이 죽음의 상황과 함께 자유로운
삶을 재현하고 있을 뿐만 아니라 죽음과 삶이 팽팽하게 맞서고 있는
의미적 공간을 위의 시가 전면적으로 수행하고 있다는 점에서, 앞의
철자 기호표현에 관련된 분석은 또 다른 분석의 여지를 남겨주고 있
다.** 언어학자들이 종달새 l'alouette의 문자표기가 "la tue"와 결합되어

---

* Daniel Delas et Jacques Filliolet, *Lingustique poétique*, Larousse, 1973, p.181.
** 시 텍스트가 보유하고 있는 매력 중의 하나는, 후설이 지적했듯이, 시를 읽는 매 순간마다 "언
제나 밝혀지지 않는 지평(un horizon résiduel non éclairci)"이 은은하게 다시 나타나는 데 있다. (cf.
Edmund Husserl, *Expérience et Jugement*, PUF, 1970, pp. 147-148)

샤르의 작품속에 가장 빈번히 등장하는 프로방스 지방의 몽미라이 산

있음을 굳이 제시하였다면, 그와 동시에 종달새가 텍스트 속에서 자유로운 삶을 상정하는 문자표기들과도 결합되어 있는 것 또한 간과하지 말아야 한다. 제1연의 마지막에서 그 예를 찾아 볼 수 있다: "haleine et libre de sa route / ALOUETtE" 생명의 징표인 '숨결(haleine)'과 움직임의 징표인 '길(route)'의 한가운데에 위치하고 있는 '자유(libre)'가 '종달새(l'alouette)'의 문자표기와 결합함에 따라 죽음의 반대급부인 생명의 심상을 재현하고 있다. 샤르가 좀더 나중에 발표한 「계속되는 개화(Floraison successive)」라는 제목의 시에서는 꾀꼬리가 등장한다. 그런데 이 새 또한 기나긴 밤을 거치면서 자신이 부른 노랫소리 속에서 죽음과 삶을 동시에 발견하는 자연물이 된다.

세월이 밀려드는 죽음
그리고 성벽처럼 강한 삶,

꾀꼬리만이 홀로 그것들을 듣는다
귀 기울이면 밤새 부르는
노래의 경계선들 위에서 (PL, p.450)

　작품들 사이에 가로놓인 오랜 시간의 편차에도 불구하고 죽음과 삶
이 가파르게 만나는 상황은 시인이 새들로부터 친화와 교감을 느끼게
되는 지속적인 모티프가 된다. 사실 위의 시 구절에서는 시적 자아인
'내(Je)'가 과연 시인 자신인지, 아니면 새의 의인화인지 확실치 않다. 그
러나 후자인 경우라 하더라도 시인은 죽음과 삶을 향해 동시에 "귀 기
울이는" 시적 자아와 결국 동일화에 이른다. 위의 시 구절에서 제기되
는 또 하나의 샤르적 문제는 'entendre'라는 동사를 위해서 어떠한 한국
어 역어를 취해야하는가라는 점에서 비롯된다. 'entendre'가 받고 있는
목적어가 삶과 죽음 같은 추상명사들이기 때문에 '듣다' 보다는 '이해
하다'라는 역어를 선택하는 것이 의인화된 새를 위하여 한결 합당할
수 있다. 그럼에도 불구하고 '듣다'라는 역어를 굳이 선택한 것은, 삶과
죽음은 이해되는 것이 아니라 체험되는 것이라는 사실을 샤르의 시가
끊임없이 역설하고 있기 때문이다. 따라서 시인은 이렇게 말하고 있
다.

　"우리는 삶을 사는 것이지, 그것을 생각하는 것이 아니다." (PL, p703)
　이러한 삶과 죽음, 혹은 대립된 것들의 동거와 그 동거로 말미암은
긴장의 궁극은 샤르의 시 속에서 길항의 시학을 구축하는 핵심적인
질료가 된다.

　샤르의 작품 속에서 나타나는 동물들과 관련된 J. 페나르의 생태학

적 시각의 발언은 주목할 만하다:

"르네 샤르가 진정으로 자기 자신처럼 여긴 동물들은 자유로우면
서도 위험에 처해있는 동물들이다. 그들의 움직임, 사랑, 삶은 자유로
운 것이다. 그러나 강과 들판의 오염, 동물들의 습성에 대한 무지와 경

피카소와 샤르

피카소의 그림과 샤르의 육필원고

멸, 사냥으로 행해지는 무분별한 살육 같은 모든 것들로부터 그들은 유죄판결을 받고 위협 당한다."* 앞에서 인용한, 새의 이름이 제목으로 붙여진 세 편의 시들 속에서 새의 자유로운 삶을 죽음과 대치시키는 '사냥'이 재현되고 있음을 상기해볼 때, 이러한 생태학적 시각은 그 시들을 이해할 수 있는 충분한 근거가 될 수 있다. 하지만 시 "종달새(L'alouette)"의 마지막 행은 이러한 시각을 넘어서게 하는 또 다른 의미의 여지를 남긴다.

"홀리는 것, 사람들은 녀석을 황홀케 하며 죽인다네(Fascina-nte, on la tue en l'émerveillant)".

죽음과 대치하며 날아가는 새는 두렵고 고통스러워하기 보다는 차라리 황홀감을 접하고 있다. 죽음도 아니고 삶도 아닌, 죽음과 삶이 서로를 향해 발사될 것 같은 활시위처럼 팽팽하게 맞서고 있는 그 황홀한 찰나는 생태학적 시각을 넘어서는 샤르 시의 본질적 긴장의 미학

---

* J. Pénard, 같은 책 p. 459. 특히 「Ruine d'Alvion」과 같은 시는 샤르가 프로방스 지역의 알비옹 고원에 핵미사일 설치와 개발 사업에 반대하는 운동을 적극적으로 주관하면서 썼다고 한다. (cf. Eric Marty, "Le poète et la politique", Magazine Littérair, Fev, 1996, pp.32-33)

을 보여주고 있다. 결국, 상실의 위험이 부재하는 자유는 우리의 삶이 아니라 영원에 속하게 되는 것이다. 샤르는 그 지속되는 영원의 권태로움을 잘 알고 있었던 시인이 아닐까?

키냐르 –
침묵의 사랑, 사랑의 침묵

모두가 아는 옛날이야기를 한번 더 해보자. 남자와 여자가 하룻밤을 같이 보냈다. 그리고 전라도 여자는 남자에게 말한다. "집이 어디여, 앞장 서랑께!" 혹은 무뚝뚝하다는 경상도 남자는 사랑한다는 말 대신에, "내 아 하나 낳아 도!"라고 했다는 이야기를 저 먼 프랑스에서 살고 있는 파스칼 키냐르가 알고 있지는 않을 것이다. 하지만 키냐르(Pascal Quignard)의 책 『은밀한 생(Vie secrète)』은 웃자고 하는 가벼운 이야기 속에 버무려 있는 사랑의 전모를 떠올리게 한다. 그 이야기의 밤 속에는 키냐르가 성교의 언어학적 기원을 빌어 "타인과 하는 여행" 혹은 "시선 밖으로 벗어나는 인간의 유일한 이동"으로 뜻매김했던 결합의 비밀스런 순간들이 두 연인들 사이에 있었을 것이다. 서로의 벗은 몸을 서로에게 '위탁'하고, 그 벗은 몸의 불완전함과 각자의 생들이 겪었던 환희와 참담함들 마저 서로에게 위탁하면서 만들어진 둘 만의 격리된 결합, 즉 "이 세상에서 생겨나올 수 있는 가장 강력한 공동체"(253쪽)가 그 밤에 태어난 것이다. 하지만 전라도 사투리든지 경상도 사투리든지 언어가 개입되면서 그 결합의 시간은 문득 사라져 버린다. 키냐르에게 있어서 우리가 내뱉는 모든 말들은 은밀한 생을 '엿보는 자'

들이기 때문이다.

> 언어가 나타나면, 엿보는 자가
> 나타나고, 사회가 나타나고, 가족
> 이 재등장하고, 갈라놓는, 후(後)-
> 성적(性的)인 분리가 재등장하고
> 질서 · 도덕 · 권력 · 위계, 내면화
> 된 법이 몰려든다. (201쪽)*

파스칼 키냐르

서로의 벗은 몸 위로 엿보는 자가 나타나면, 많이 부끄러울 것이다. 서로가 황급히 가리게 될 것인데, 이제 사랑이 필요로 했던 '은밀한 생'은 사라지고 각자가 알아서 가려야 할 치부들만이 오롯이 남아있게 되는 셈이다. 요컨대 언어는 집단적인 약속이고, 그 집단으로 형성된 "사회는 사랑을 거부한다"고 키냐르는 내처 말한다. 사랑을 용납하지 못하는 사회가 두 사람 사이에 끼어들지 않게 하기 위해서는 입술까지 올라온 사랑의 고백조차도 소멸시키고야 마는 인고의 행위가 필요하다:

"어떤 대가를 치르더라도 영혼보다 더 강한 언어를 몰아내야만 했다."(74쪽)

그래서 작품 속의 화자에게 있어서, "침묵하기, 소리를 내지 말며, 말하지 말 것"이라는 사냥의 중요 금지 수칙이 그의 연인을 만나게 될 때의 기본 수칙이 된다. 물론 그러한 수칙은 사냥감 앞에서가 아니라 연인 앞에서라 더러 매서운 고통이 되기도 하겠지만, "비밀과 정액은 동

---

* 파스칼 키냐르, 『은밀한 생』, 송의경 옮김, (문학과 지성사, 2001)

일한 것들이다. 그것들을 간직하면 고통을 받는다. 배출하면 그것들을 잃는다"(199쪽)라는 사실을 화자는 또한 지적하고 있다. 침묵은 다른 무엇에 의해 충만하게 되는 것이 아니라, 침묵자체에 의해 충만하게 되면서 영원한 비밀이 된다. 그러한 침묵 대신 사회적 약속인 언어를 사용함으로서, 사랑을 거부하는 사회 속으로 사랑의 시간이 편입되는 것을 작가는 줄곧 근심하고 경계한다. 새삼스럽게도 사랑은 그만큼 지킬만한 가치가 있기 때문이다. 작가는 중세시대의 연애담인『트리스탄과 이졸데』의 한 구절을 인용하고 있다:

"우리는 세상을 잃었고 세상은 우리를 잃었지요."

세상으로부터의 격리됨은 두 연인들이 감당해야 할 형벌이라기보다는 불온하게도 사랑에 필요한 유일한 거주지를 만들어준다. 그래서 상실로서 비롯되는 격리는 능동적이다. 작가는 그러한 사랑의 근거를 다음과 같은 말로 요약하고 있다.

1959년 바이로이프 음악제에서 공연한 트리스탄과 이졸데

그것이 가족과 사회로부터 격리된 삶인 이유는 그러한 삶이 가족보다 먼저, 사회보다 먼저, 빛 보다 먼저, 언어 보다 먼저 삶을 되살리기 때문이다. (94쪽)

작가의 신상에 대해서 조금 거칠게 요약해보자면, 1948년 키냐르는 대대로 악기 제작과 음악에 업을 두고 있는 집안에서 태어난다. 어머니 또한 대대로 언어학자들을 배출한 뼈대 있는 집안 출신이었는데, 키냐르는 3살 때 그리고 다시 한번 16살 때 언어장애 혹은 거식증과 같은 심한 자폐증을 앓다가 겨우 살아나곤 한다. 21살 때 『말 더듬는 존재(L'être du balbutiement)』를 출간하면서 현재까지 40권이 넘는 책을 쓰게 되는 작가의 길을 걷는다. 1996년에는 갑작스런 병마와 싸우다가 다시 살아나는데, 그때부터 칩거하면서 『은밀한 생』(문인협회 춘계 대상 수상)을 집필하기 시작한다. 2000년에는 『로마의 테라스(Terrasse à Rome)』로 아카데미 프랑세즈 소설대상을, 2002년에는 약 15권 분량으로 완성될 『마지막 왕국』의 제1권인 『떠도는 그림자들(Les ombres errantes)』로 공쿠르 상을 수상한다. 지금은 신경쇠약에 시달리면서, 모든 장르를 포함하면서 모든 장르를 넘어서고 있다는 평가를 받은 『마지막 왕국』의 나머지 부분을 계속 쓰고 있다.

키냐르가 1998년에 발표한 『은밀한 생』은 전통적인 소설의 형식과는 사뭇 다르게 쓰게 될 소설집들의 출발선상에 놓여있다. 책 속에는 작가 자신이라고 짐작되는 한 남자가 등장하고, 그 남자는 세상에 존재했었으나 세상에서 이제는 사라진 한 여인과 함께 했던 지나간 사랑을 기억한다. 그런데 그 기억들은 시간적인 순서를 배제한 채 두서없이 떠오르는 몇 개의 장면들처럼 언뜻언뜻 묘사된다. 또한 기억들의 묘사 사이에는 마치 사위어가는 사랑의 기억들을 현재화시키려는 작업들처럼 다양한 글쓰기의 방식으로 펼쳐진 작가의 치열한 사유들이 가득 가로놓여 있다. 차라리 철학적 에세이에 가깝다고 할 수 있을까? 잠언 같은, 문학작품의 해석 같은, 인용부호가 표시되어 있지 않은 인용문 같은, 역사와 신화에 대한 명상 같은, 단어들 사이에 나타나는 의미의 기원에 대한 추리 같은 글들이 각각 일정한 여백을 유지한 채 크고 작은 군도의 섬들처럼 펼쳐져 있다. 그래서 독자가 아무 곳이나 자유롭게 책을 펼치면 그 곳에서 책은 혼란스러우면서도 황홀하게 솟아오르는 한편의 시처럼 매번 다시 시작되고 있다.

책을 읽는 미덕 중의 하나는 독자들이 시간과 공간을 넘나들 수 있게 해주는 것이라고 키냐르가 이야기 한 적이 있다. 키냐르의 책은 자신이 말한 이러한 넘나듦의 웅숭깊은 집약체로서, 하나의 주제를 다루는 단 몇 줄의 글 안에서도 동서고금을 오고가는 연통을 놓는 미덕을 발휘한다. 가령 인터넷과는 비교할 수 없을 정도로 빠르게 뻗어가는, 혹은 인터넷의 지식망이 결코 다다를 수 없는 먼 곳까지 사유와 몽상의 통로를 독자에게 열어주는 것이 그 미덕의 산물일 것이다. 키냐르가 언급한 대로라면 서사적인 줄거리를 마다하고 시공간의 끝없는 넘나듦을 전제로 한 다양한 방식의 글쓰기가 녹아있는, 그래서 매번 다시 시작되는 책에 대한 욕망은 프랑스 문단의 한 줄기를 형성한다.

나는, 내가 읽으면서 몽상할 수 있는 그런 책을 쓰려고 한다.
나는 몽테뉴, 루소, 바타유가 시도했던 것에 완전히 감탄했다. 그들은 사유, 삶, 허구, 지식을, 마치 그것들이 하나의 몸인 듯 뒤섞었다.
한 손의 다섯 손가락들이 무엇인가를 붙잡고 있었다. (292쪽)

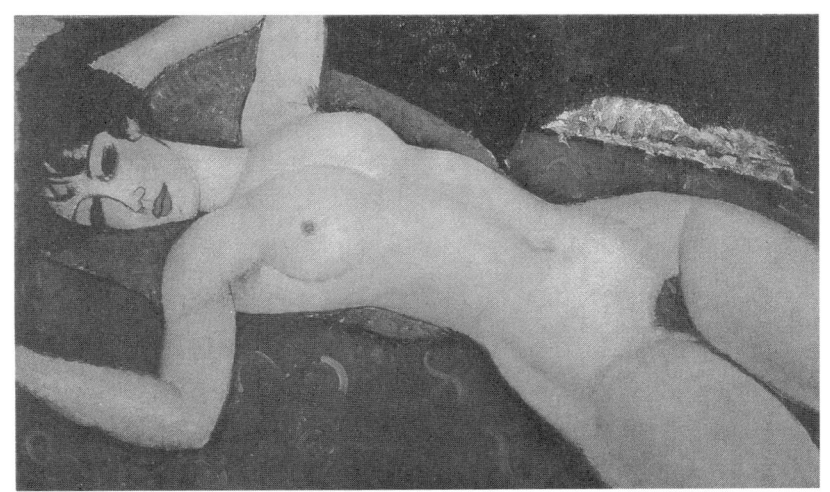

모딜리아니의 "누드"

　『은밀한 생』은 키냐르만이 만들어낼 수 있는 또 하나의 독특한 체험을 약속해 주고 있다. 그 체험은 나름대로 시공간의 넘나듦과 같은 독서의 한 미덕에 속하면서도 동시에 독자의 의식을 고통스럽게 확장시키는 정황들을 불쑥 그리고 끝없이 제시하는 것이기도 하다. 사랑의 동심원 안에 포괄되어 있으면서도 갈망, 몸, 매혹, 결별, 성, 노출, 공모 그리고 침묵처럼 차별화된 주제들에 새로운 의미를 부여하고 있는 그 책은 독자에게 부재하는 과거를, 혹은 잊고 있었던 우리 오래된 사랑의 전모를 차곡차곡 다시 만나게 해준다. 요컨대 우리는 미래가 아니라 과거를 향한 시간의 흐름을 체험하게 된다. 『은밀한 생』의 독서는 문자를 읽고 해독했다는 실제에 앞서 캄캄한 방에서 불도 켜지 않은 채 과거를 향해 한참동안 면벽하고 있었다는 느낌을 더욱 강렬하게 준다. 왜일까? 키냐르는 이렇게 답을 주고 있다.

"왜냐하면 세계가 우리의 시야에 모습을 드러내기도 전에, 꿈이 우리들 내부에서 그 세계를 보았기 때문이다."(297쪽) 지나간 과거를 통해서만이 현재를 볼 수 있다는, 키냐르가 언급한 현상학적 사실에 수긍을 하면서도, 바로 그 점이 사랑을 경험했던 사람들의 가슴을 마저 미어지게 하기도 한다. 우리의 소망은 곧 지나간 시절과 연결되어 있다.

> 눈에 보이는 것을 믿어서는 안 된다; 그것은 우리가 소망하는 것과 너무나 닮아 있다. 우리는 승강기 안에서 눈을 감아야 하고, 우체통 앞에서 눈을 감아야 하고, 길에서 눈을 감아야 하고, 길을 건너면서 눈을 감아야 하고, 사무실에서, 식당에서, 영화관에서 등등 눈을 감아야 한다. 그렇지 않으면 어디서나 추억을 보게 될 것이다.
>
> 그렇지만 눈을 감거나 자면서 보는 것을 믿어서는 더욱 안 된다. 그것은 욕망과 너무나 닮아 있다.
>
> 결국 우리는 아무것도 보지 않는다. 우리는 아무것도 본 적이 없다. (298쪽)

소망하는 과거…. 그 과거는 우리가 말을 습득하기 전의 시간 단계로까지 거슬러 올라가기도 한다.

"우리가 언어들을 배웠다는 것은 우리가 언제나 말을 하지는 않았다는 사실을 의미한다."(85쪽) 인간이 언어로 힘겹게 소통하기 이전의 시간, 즉 "언어에 선행되는 것"에 대한 키냐르의 도저한 믿음은 어머니와 젖먹이가 살을 맞대고 서로를 바라보는 또 다른 소통의 시간으로 우리를 안내한다. 그곳은 언어가 아니라 빙긋이 열리는 입술의 모습, 의미를 알 수 없는 목소리의 울림과 눈빛의 음영만으로, 아니 눈을 감고도 서로 통하는 비언어적 영역이다. 어머니의 자궁에서 양분되어

나와 다시 시작되는 둘만의 내밀한 결합, 최초의 사랑이 그 침묵 속에서 이어진다. 그래서 작가가 사랑의 가치를 통절하게 일깨우고 있는 거개의 언어학적, 역사적, 신화적 탐색들조차 그 언어 이전의 시간에 대한 사유와 욕망으로 점철된다. 물론『은밀한 생』의 화자가 운명적으로 사랑을 나누는 한 여자에게서도 마찬가지이다. 우선, 한 여자를 "진짜"로 포옹하면 어떻게 될까?

> 진짜 포옹에서는 육체가 기이하게도 말하기를 거부하는 어떤 이상한 언어를 말한다는 사실을 우리는 알게 된다. 말을 하면 그 언어를 이해하지 못한다. 그러나 만일 그 언어에 귀를 기울인다면, 다른 언어도 배울 수 있다. (87쪽)

아주 오래 전에 읽어 잊고 있었던 모자에 대한 일화는 다음과 같이 요약된다. 사비나라는 이름의 여류화가는 정사를 나눌 때 다른 것은 몰라도 중절모를 쓰고 있다. 그런데 그녀와 정사를 나누는 프란츠 교수는 미소를 지으며 그녀로부터 중절모를 벗긴다. 다음번에 그녀와 밀월여행을 가자고 이야기해야만 하는데 중절모가 줄곧 방해되었기 때문이다. 그것이 그들 사랑의 마지막 장면이다. 사비나가 유일하게 걸치고 있는 남성용 중절모는 사랑을 용납하지 않는 사회에서 일탈된 해독불능의 불온한 상징이다. 그 불온한 상징을 언어 이전의 상징으로 내버려둔 채 그냥 공유할 줄만 알았더라면, 프란츠 교수는 남성용 중절모를 쓰고 있는 여자와 거의 울음이 쏟아지도록 사랑을 나누었을 것이다. 짧게 말해서, 프란츠 교수는 "진짜 포옹"이 가능했을 그 시간을 놓친 셈이다. 떠도는 혼령들을 불러 모으는 굿판처럼 키냐르의『은밀한 생』은 이와 같이 까맣게 잊고 있었던 다른 책 속의 이야기들을 섬광처럼 다시 일깨워 주는 묘한 책이기도 하다. 상징에 대한 의미부여는 언제나 유치하게 되어 버리지만, 사랑은 키냐르도 자신의 책에서 언급한 그 상징의 공유로 필경 시작된다.

"(…) 상징들이 진짜 섬광들이다. 고대 그리스인들이 교환이나 매장 시에 깨뜨리곤 하던 도기들, 그들이 그 테두리를 맞출 때면, 깨진 조각들(fragmenta)은 서로 맞물려 끼워지는 턱뼈처럼 꼭 들어맞았다. 그들은 그 조각들을 상징들이라고 불렀다. 눈꺼풀이 눈 위로 다시 내려감기듯이 – 내려감긴 눈에서 환대와 친구의 감사가 서로 부합했었다. 부러진 창들이 금속화폐의 시초였으며, 그것을 통해 우정을 넘어선 모든 교환이 평형을 이룬다. 성(sexualité)을 넘어, 사랑의 시선으로 서로를 응시하는 남녀는 테라코타(구운 흙)의 상징들이 그러하듯, 서로 맞붙는다고 믿는다. 사랑은 교환에 대한 광기다. 교환이라는, 상징들의 파열과 그것들의 재접속을 매혹이 주제한다. 그리고 그것들은 섬광들처럼 어둠 속에 묻힌다."(137쪽)

『은밀한 생』에 등장하는 화자는 다행히도 자신이 사랑하게 된 여자로부터 다른 모든 사람들을 배제한 채 둘만이 공유할 수 있는 상징을 놓치지 않는다. 그 불온한 상징은 소리 없이 연주되는 피아노이다. 한 여자가 불온한 상징을 통해 남자의 기억 속에 영원히 아로새겨지는 순간을 키냐르는 다음과 같이 아름답게 적어나가고 있다.

이따금 한 동작 속에, 우리의 취향 속에, 우리 목소리의 음향 속에 깊이 박힌 채 말로 표현 할 수 없는 거의 무의식적인 여러 종류의 잔해들이 남아 있다. 그것들은 바닷물이 빠질 때 썰물이 바다로 끌어갈 수 없었던 녹색 게의 작은 발들이나 조가비들의 파편들이다. 바로 그렇게 나는 그 소리 없는 피아노를 생각한다.
네미가 피아노를 치지 않으면서도 피아노를 치고 있다고 믿는 놀라운 경험을 나는 두 번이나 목격했다. 그녀는 눈은 내리깔고 건반을 향해 확실하게 몸을 기울이고, 두 손을 각각 허벅지 위에 대칭으로 얹어 둥글게 구부리거나, 혹은 완전히 건반과 높이가 다른 무릎 위에 놓고 미동도 없이 앉아 있었다. 그것은 그녀가 내게 가르쳤던 것처럼, 연주하기 전에 우리가 악보 전체를 마음속으로, 우리의 육체 깊은 곳에서, 다시 읽을 때와 정확히 똑같은 자세인데, 근육들이 팽팽하게 긴장될 때만을 제외하고 그녀의 몸은 좌우로 흔들렸고, 육체는 더욱 현존감을 지녔으며 훨씬 더 힘으로 넘쳤다. 그제야 그녀는 이 힘을 쏟아내었다. (57쪽)

이 세상에서 가장 불온한 상징이 있다면 침묵의 공유일 것이다. 침묵도 불온하지만, 침묵의 공유는 더욱 불온하다. 왜냐하면 "침묵을 듣는 일"은 언어를 통해 이룩된 사회적인 것들에서 가장 멀리 떨어진 채, 한 타인에게 다다를 수 있는 가장 강렬한 의사소통의 방식이기 때문이다. 침묵을 듣는 일은 타인의 삶을 규정하거나 설명하려는 이 시대의 근본적인 허영심으로부터 빠져나오게 해준다. 그리고 그 순간에 어머니와 말을 못하는 젖먹이가 서로의 시선 속에서 "동물적인 순수성"으로 응답하던 기원의 시간 속으로 역류할 수 있는 통로가 열린다.

"약간의 침묵만으로도 충분히 말들이 뒤로 물러서고, 영혼이 조금이나마 사회의 더러움을 씻을 수 있으며, 육체가 얼마쯤 벌거벗을 수 있을 것이다."(300쪽)

키냐르를 믿는다면, 그러한 침묵의 방식은 우리의 사회가 용납하지 않는 사랑을 매번 되살리는 유일한 방식이기도 하다. 설령 신경쇠약증에 시달리고 있는 키냐르를 믿지 못하더라도, 우리에게 언어 아닌 언어를 가르쳐줄 수 있는 "진짜 포옹"이 반드시 어딘가에서 우리를 기다리고 있을 것이라고 믿어 볼만한 일이다.

도미니크 실뱅,
21세기 추리소설의 서정을 찾아서

도미니크 실뱅

2007년 6월 3일 서울에서 <문학은 오늘의 세계를 말 할 수 있는가?>라는 주제로 공개 토론회가 열렸다. 참석한 도미니크 실뱅 Dominique Sylvain은 앙드레 말로의 글을 인용하면서, 프랑스적인 추리소설의 특징에 대하여 많은 부분을 할애한 자신의 강연을 끝마쳤다. 인용된 앙드레 말로의 요지는 다음과 같다.

"추리소설의 본질이 플롯, 즉 범죄자를 쫓는 과정 속에만 있다는 생각은 분명 잘못된 논리가 아니겠는가. 제풀에 한계가 규정되는 플롯은 체스놀이의 규칙일 수는 있겠지만, 예술적인 관점에서는 허방이다. 플롯이 본질적인 경우가 될 수 있는 것은 윤리적이며 시적인 방식으로 그것들이 확연하게 드러날 때이다. 플롯은 다양해질 수 있다는 것 때문에 가치가 있는 것 아닌가."

토론회가 끝난 후, 청중들이 빠져나간 강연회장에서 도미니크 실뱅과 마주하였다. 책상 앞에는 목을 축일만한 맥주 한잔 없었지만 우리는 이제 프랑스적인 추리 소설의 특징을 넘어서 그녀가 추구하는 추리 소설의 세계를 계속 이야기하기 시작했다.

M. Lee : 일본에서 거주하신다고 들었는데 서울에는 처음이십니까?

Sylvain : 여행하러 두 차례 왔었습니다. 일 때문에는 이번이 처음이네요.

M. Lee : 실뱅 씨, 2005년도 추리소설 독자상 등 몇 가지 문학상들을 수상하면서 당신의 작품들이 프랑스 문단에서 주목을 받고 있지만, 아직 한국에는 번역된 것이 없습니다. 제가 <현대문학>에 당신을 소개하려합니다. 당신의 소설세계를 간략히 설명해 주시면 어떨까요?

Sylvain : 저의 첫 작품은 『바카』입니다. 1994년부터 일본에 머물며 쓴 추리소설이지요. 루이즈 모르방이라는 여성이 주인공인데 최근에 다시 손을 봐서 재출간된 책입니다. 여자 탐정, 루이즈가 활약하는 시리즈가 그때부터 시작된 것이지요. 그 다음 시리즈로는 스릴러가 있어요. 『복스』와 『코브라』라는 작품에서는 두 남자가 얽히고설킨 사건들을 헤쳐 나갑니다. 세 번째 시리즈에서는 여전히 무시무시한 음모와 범죄들이 이야기의 터를 이루고 있지만, 예전과는 달리 야살스러운 분위기들이 지속되면서 극의 무거움들이 일순 가볍게 반전되곤 하지요. 『욕망의 길목』, 『식인귀가 없다』같은 영국 여인 로라와 미국인 잉그리드가 등장하는 추리소설 시리즈가 있습니다.

M. Lee : 그렇군요. 무거움이 일순 가벼움으로 반전되는 상황들은 허구에서 뿐만 아니라 이따금씩 삶 속에서도 계속 겪게 되는 것 같습니다. 가장 비극적인 경우 속에 어처구니없는 유머가 스며드는 리얼리티… 그런 것인가요? 실뱅 씨께서는 오랫동안 아시아에서 거주하셨다고 들었습니다. 당신의 동양적인 경험이 작품에 어떤 영향을 주지 않았을까요? 있다면, 구체적인 예를 들어줄 수 있겠습니까?

Sylvain : 소설을 쓰기 전 한동안은 기자였고 또 한동안은 제철회사 사보에 글을 실었죠. 그러다 남편과 함께 일본에 오는 모험을 하게 되었고 그 곳에서 나를 발견하게 되었네요. 하하하… 프랑스와 아주 멀고 매우 다른 나라, 전통적이면서 현대적인 도쿄라는 도시는 제게 깊은 인상을 주었습니다. 거기서 받은 일종의 충격들이 쓰고자 하는 욕구를 건드렸지요. 조금 전에 끝난 <문학은 이 세상에 대해 말 할 수 있는가?>라는 주제의 공개토론에서도 잠시 언급하였지만, 그 도시에서 벌어지는 이야기와 내 나라 사회에 대해 말하고 싶었죠. 처음에는 나를 위한 소일거리로 시작한 글이 프랑스에서 출판되면서…. 제 스스로 글에 대한 엄청난 열정을 지녔다는 것을 깨달았네요…. 오랫동안 아시아에서 살았습니다. 동경, 싱가포르, 또다시 4년 전부터 동경에서 살고 있습니다. 저의 작품들 중 많은 수가 동양에 거주하며 쓴 것입니다. 동양적인 것들이 제가 하는 일에 분명 많은 영향을 미쳤다는 생각이 듭니다. 제가 이곳에서 발견한 무라카미 하루키와 같은 작가는 제게 중요한 의미를 지닙니다. 비가 많이 오더군요. 비와 아시아는 그 분위기가 서로 썩 잘 어울린다는 생각이 들어요. 비가 오는 창밖을 내다

보고 있으면, 하루키의 소설처럼 그곳에 아시아적 미학이 담겨 있는 듯합니다. 제 작품 속의 주인공들은 아시아로 여행을 떠난다거나, 아시아적 풍광들이 소설 속에 끊임없이 나타났다 사라지곤 합니다. 하지만 소설의 이야기들은 프랑스에서 일어납니다. 제가 태어난 나라, 현재의 프랑스 사회의 특수성 또한 그려내고 싶은 것이죠.

M. Lee : 한국에서 여성 추리소설작가는 매우 드물다고 할 수 있겠는데요. 추리소설의 세계로 발을 들여놓게 된 계기가 있습니까?

Sylvain : 글을 쓰기 시작했을 때는 어떤 장르를 염두 해 두고 있지 않았습니다. 다만 저는 추리소설을 무척 좋아해서 많이 읽었습니다. 레이몬 챈들러Raymon Chandler, 엘모어 레오나르Elmore Leonard, 에드 맥베인Ed. Mcbain 등등…. 자연스럽게 제가 잘 아는 방식의 흐름을 쫓아 추리소설을 쓰게 된 것이죠. 글로 무언가를 시작하는데 저를 제일 편안하게 받아준 것이 추리소설이었어요. 그 뒤로 추리(推理)는 그 이상의 어떤 것이 되었습니다. 제가 또한 추리소설을 좋아하는 이유는 일종의 매우 강한 힘이 글을 쓰고 있는 나와 함께 앞으로 나가기 때문입니다. 그리고 저는 서스펜스를 가진 이야기와 함께 완전히 자유롭게 됩니다. 제 아이디어에 한계가 없어집니다. 다시 말해 추리소설이 다른 장르를 불러들이는 방법이 될 수 있는 것이죠. 시간이 흐르면 흐를수록 추리소설의 그러한 면을 풍요롭게 만들고 싶었습니다. 실상 제게 중요한 것은 이야기와 함께 그 이야기를 이끌어가는 문체, 그리고 동시대와 프랑스 사회의 변화에 대한 인식이었습니다. 추리소설을 좋아하는 독자들은 제 책 속에서 행복해 질 수 있을 것입니다. 제 책에는 음모와 살인 같은 추리소설다운 이야기가 흐르지만, 그러한 것들에 별반 끌리지 않는 독자일지라도 추리에 한정되지 않는 소설의 세계로 인해 즐거움을 찾을 수도 있지 않을까 싶네요? 저는 추리라는 장르, 서스펜스의 뼈대를 끊임없이 구축하면서도 그 위에서 또 다른 자유를 느낍니다.

M. Lee : 당신에게 추리소설의 매력은 자유입니까?

Sylvain : 으음…. 추리를 쓸 때에는 모든 것이 허락된다고 말해야 할 것 같습니다. 프랑스 문학에서 작가들은 늘 우아함을 염두하는 경향이 있죠. 추리소설에는 그런 한계가 없습니다. 상스런 단어나 아주 많이 조탁된 언어들도 혼합될 수가 있는 것이죠. 대화도 자유롭게 쓸 수 있고요.

M. Lee : 오늘도 제법 무더운데, 이제 여름이군요. 여름은 또한 여름밤이 있어서 아름다운 계절인데요. 그런 여름밤에 식은땀을 흘리게 하는 추리소설…. 짭짤하거든요. 실뱅 씨는 인간이 어느 순간에 가장 거친 공포에 사로잡힌다고 생각하십니까? 간단히 말해, 공포란 무엇일까요?

Sylvain : 강렬하다 해도 자동차의 추격이나 다가올 일이 뻔히 보이는 것에 사람들이 결정적인 두려움을 느끼지는 않습니다. 두려움의 대상을 알 수 없을 때, 다시 말해 있을 법하지 않은 것이 아닌 일상에서 가능한 어떤 장면을 불길한 가능태로서 묘사할 때 공포가 일어나는 것 같습니다.

실뱅의 추리소설 「바카!」 표지

M. Lee : 그렇군요! 실뱅 씨께서 추리소설을 선호하는 이유가 일종의 매우 강한 힘이 글을 쓰고 있는 당신과 함께 앞으로 나가기 때문이라고 좀 전에 말씀해주셨는데요. 그러한 공포 또한 사람을 어떻게든 움직이게 하는 힘이라고 할 수 있는데요. 하지만 그런 움직임이 어떤 실체와 맞닥뜨리게 되는 데 결국 가장 큰 일조를 한다고 생각하면 더욱 두려운 것이겠지요. 질문을 하나 더 드리자면, 여성이 추리소설을 쓰는 일에서 어떤 긍적적인 측면을 고려해 볼 수 있을까요? 그리고 당신의 소설 속 여주인공은 남성주인공에 비해 다른 모험을 시도 한다는 생각이 드는데, 어떻게 생각하십니까?

Sylvain : 한국에서 여성 추리소설 작가가 드물다고 하셨는데 프랑스도 마찬가지입니다. 현재는 몇몇을 찾아볼 수 있지만 이런 현상은 비교적 최근의 경향입니다. 1990년 초로 거슬러올라가야 합니다. 제가 추리소설을 쓰기 시작한 것도 그 무렵이네요. 반면 영어권의 경우는 영국의 아가사 크리스티, 미네트 월터스, 루스 렌들 등 너무도 많아요. 미국도 마찬가지죠. 저명한 작가 패트리샤 하이스미스가 있어요. 영미권 나라들에는 오래전부터 이런 전통이 있지요. 그런데 프랑스, 이탈리아, 에스파니아 등의 라틴어권 나라들에 있어 여성 추리소설 작가는 훨씬 더 드물었어요. 오늘날 추리소설 부분에서 급상하는 여성작가들의 출현은 아마 한국에서도 곧 나타날 현상일지도 모르죠. 두 번째 질문에서 제 소설 속 여주인공이 남성 주인공과는 다른 모험의 길을 간다고 하셨던가요?

M. Lee : 어제 밤부터 오늘 새벽 까지 한정된 시간에 당신의 소설을 읽었습니다. 주인공 역할을 하는 사설탐정은 예외 없이 여성이던데…

Sylvain : 어떤 책을 읽으셨지요?

M. Lee : 『바카』입니다.

Sylvain : 아! 『바카』입니까? 『바카』는 1994년도부터 일 년에 걸쳐 쓴 책입니다. 하지만 당신이 보신 판본은 완전히 다시 써진 것입니다. 출판사가 소설을 재판할거라고 해서, 그 기회를 빌미 삼았죠. 15년 세월이 흐르는 동안 제가 배운 것들을 보완해서 다시 썼습니다. 하지만 여주인공은 동일합니다. 개작하면서 조금은 두렵기도 했죠. 그녀를 다시 찾지 못할까봐요. 동시에 뒤로 물러나 완전히 다른 이야기를 써내려가는 일이 저를 흥분시키게도 하더군요. 15년의 차이를 넘어… 일본이 변했고 저도 변했고 저의 여주인공도 성숙해야 했겠죠. 그 소설을 썼을 때 최선을 다해…. 아니 뭔지 모를 끝까지 밀고가지 않았다는 느낌을 늘 가지고 있었는데, 그 때가 처음이었으니까요, 뒤로 물러나 더 나은 소설을 시도해보는 일은 흥미로웠어요. 그 소설 속에 주인공은 남성보다는 여성이 자연스러웠어요. 왜냐하면 대다수의 추리소설 속에서 여자들은 배경으로 처리되고 말죠. 이미 있는 것들과 똑같은 것을 되풀이하고 싶지는 않아요. 그래서 사설탐정이 여자가 되었지요. 제가 바라보는 여자들, 독립적이며 여성의 특성들 가까이에 있는, 유혹하는 것을 좋아하는, 때로는 자유롭기를 바라는, 하지만 페미니스트적인 세월을 뒤로 한 여자. 제 세대의 여자들은 페미니스트들은 아니죠. 프랑스에서 페미니스트들은 제 어머니의 세대에요, 우리는 자연스레 페미니스트들이 아닙니다. 저희는 여성의 권리를 위해 싸운 세대는 아니죠. 여성이 남성과 같은 보수를 받는다거나 여성경찰을 생각하는 것이 자연스러운 세대이니까요. 제가 그 감성을 잘 전달해 줄 수 있는 인물을 주인공으로 하는 것, 그것이 제 소설의 시작이지요.

M. Lee : 당신이 모범으로 삼는 소설가가 있다면?

Sylvain : 제가 좋아하는 작가들 중 하나가 무라카미 하루키예요. 일본에서 비록 영어로 번역된 책으로 그를 발견했다지만, 저는 그의 작품에 매료되었죠. 특히 그가 장르를 넘나드는 것이 맘에 들었어요. 제가 읽은 그의 소설 하나는 거의 추리였어요. 사설탐정의 이야기였죠. 컴퓨터 분야와 환상적인 상상의 세계를 다룬 소설 속에서 주인공은 미국식 하드보일드의 영향을 받은 것 같았지요.

M. Lee : 하루키의 어떤 작품이지요?

Sylvain : 네, 『세상의 끝과 하드보일드 원더랜드』란 작품입니다. 하루키는 장르를 혼합하며 커다란 자유를 얻고 있어요. 그는 그가 원하는 것을 할 수 있죠. 저는 그것을 정말 대단하다고 생각하고, 그것에 친밀감을 느끼고 있지요. 처음 도쿄에 거주하게 되었을 때, 도쿄라는 도

시가 마치 소설의 인물같이 다가오는 듯 했어요. 제 주변의 모든 것이 너무도 인상적이어서 도쿄에서 일어나는 이야기를 쓰지 않을 수 없었어요. 글을 쓰는 행위가 아시아에서의 제 삶과 직관되어 있습니다.

M. Lee: 문화적 차이가 당신을 어떤 식으로든 변화시켰겠군요?

Sylvain: 자기가 살던 사회를 떠나 다른 곳에 이르렀을 때, 작가들이 무엇인가에 충격을 받거나 흔들리는 것은 필요조건 같습니다. 상상력을 움직이게 하거나 무엇인가를 창조하도록 부추기는 듯해요. 그렇지만 저를 흥미롭게 하는 것은 이국적인 소설을 쓰는 것이 아니라 낯선 것에 처했을 때 느끼는 강한 감동을 유지하는 것입니다. 제게 글을 쓰게 하는 원동력은 바로 그것입니다. 그래서 저는 언제나 아시아에 제 마음의 일부를 남겨두지요. 일본, 싱가포르, 섬의 열기…. 수많은 추억들과 더불어.

M. Lee: 조금 전 당신이 프랑스 추리소설의 흐름에 대해 연설을 하실 때, 어느 문학 평론가가 당신의 작품들이 장르문학과 전통문학의 경계를 지우는 작품들이라는 평을 하였다고 인용하셨는데, 당신은 그런 효과를 위해 어떤 노력을 하는지요?

Sylvain: 문체를 이룩하는 데 아주 많은 시간을 보냅니다. 표현 하나를 위해 오랫동안 생각하는 일이 잦아요. 한 달 만에는 도저히 책 한 권을 생산할 수가 없습니다. 어떤 시대에는 추리소설이 아주 빨리 써지고 빨리 소모되는 질이 낮은 문학이라고 여겨지던 때도 있었습니다.

지금은 그렇게 운영되고 있지는 않죠. 스타일을 연구한다는 것은 작가로서는 본질적인 문제인 듯해요. 저는 제 스타일을 위해 자신이 가진 상상력을 완전히 열어보려고 노력해요. 좀 더 멀리 나아가보려는 거죠. 마치 서울에 있는 구중궁궐의 문들을 지나가듯이, 하나를 열고 지나가서 또 다른 문을 열고 또 열면서 단지 추리소설의 세계만이 아닌 다른 영역의 세계에 이르고 싶은 것이죠. 끝이 없는 것 같은 새 영역에서 걸어갈 때면 어떤 장르에 있다고 느낄 수가 없어요. 단어, 문장의 리듬같은 언어적인 조탁, 그리고 새로운 단어의 창조도 감히 시도할 때가 있습니다.

M. Lee : 리듬 같은 언어적인 조탁에 대해서 말씀하시니 추리소설 이야기가 아니라 어느 시인과 이야기를 나누는 것 같습니다. 조금 더 정확하게 말하자면, 아름다운 시인과 말이지요. 뜬금없는 질문 같기도 한데, 당신이 좋아하는 프랑스 시인들은 누구입니까?

Sylvain : 여러 번 대담을 했지만, 제가 좋아하는 시인에 대해서 질문을 받기는 처음인 것 같군요! 우선 기욤 아폴리네르를 무척 좋아해요. 매우 로맨틱한데, 그 이미지의 상기가 가공할 호소력을 갖고 있습니다. 그의 멜랑콜리 덕분이겠지요. 랭보의 시 또한 언제나 놀랍지요. 시적인 그의 짧은 삶, 내적으로 마치 무엇인가를 활활 불태우다가 그 마지막 빛을 솟구치게 하는 작품들은 우리를 밤새 아프리카처럼 뒤척이게 하지요. 보들레르 또한 좋아합니다. 그는 관능을 말할 줄 알아요. 또한 제가 접할 수 있는 중국과 일본의 시들을 좋아합니다. 하이쿠가 좋은 예입니다. 비록 번역시라 하지만 아름답고 심오하며 환상적인 이미지가 있는 높이 평가해야할 작품들이라고 생각합니다. 불행히도 얼마 만큼 아름다운지 원본과 얼마만큼 차이가 나는지 정확히 알 수는 없지만 그럼에도 잘 번역되어 감동적입니다.

M. Lee : 일테면 바쇼의 하이쿠 같은 것, 그 중 하나가 문득 생각나는데요. "쿄토에 있어도 교토가 그립구나, 소쩍새 울음."

Sylvain : 하하하, 정말 그렇습니다. 어쩌면 서구의 시들과는 많은 거리가 있어 더욱 매력적입니다.

M. Lee : 마지막으로 질문 드리겠습니다. 추리소설은 로망 누아르(검은 소설)라 불려지기도 하는데요. 그리고 보니 당신의 책들도 모두 검은색 장정이군요! 하지만 그 검은색 장정 속에서 당신은 어떤 색의 소설을 쓰고 싶으신지요?

Sylvain : 여러 색이 깃든 소설을 쓰고 싶어요! 검은색 그와 대조되는 흰색, 야살스런 장밋빛과 초록빛…. 추리소설이지만 대화 사이에 해학을 녹여서, 영국식 유머 같은 재미난 현실에서 시작하는 그런 작품 말입니다. 어려움, 고독의 문제, 경제 공황 같은 심각한 주제들이 풍자와 유머가 버무려진 여러 색들로 펼쳐지는 소설을 계속해서 쓸 생각입니다.

M. Lee : 당신이 좋아하는 어느 샹송의 노랫말이 떠오릅니다. 저는 노래를 잘 못해서 그냥 심각하게 인용해 보겠습니다.

"심각한 상황 속에서 미소들이… / 농담은 오로지 가장 심오한 것들 속에서 이루어지는 것들…

현대 문학 인터뷰에 응해 주셔서 감사합니다. 이제, 서울에서는 과연 어떤 이야기가 시작될까요?

작가연표

1957 프랑스 북동부 로렌지방의 도시 띠옹빌(Thionville) 출생
1980 파리에서 기자생활
1986 제철회사 입사
1989 실비의 사가 입문
1993 오랫동안 머물게 될 아시아와의 첫 만남, 일본행 비행.
1995 Viviane Hamy 출판사에서 첫 추리소설 『바카!』 출간
1997 싱가포르 체류 『피의 자매』 출간
1998 『변장자』 출간
1999 파리로 귀국 『테크노 보보』 출간
2000 『복스』 출간
2001 『스트라드』 출간
2002 『코브라』 출간
2004 잉그리드와 로라 시리즈의 첫 에피소드 『욕망의 길목』 출간
　　　일본과의 재회
2005 『사무라이의 딸』 출간
2006 『망타 코리도르Manta Corridor』 출간
2007 『식인귀가 없다』 출간

– 현대문학. 2007년

횡단하는 문화

랭보에서 김환기로

1판 1쇄 펴냄 | 2012년 3월 5일

책임편집 | 박찬규 **디자인** | 김대인

제369-2009-000058호

121-839 서울시 마포구 서교동 375-24 그린홈 301호
전화 | 02_3141_9120 **팩스** | 02_6918_6684
전자우편 | fabrice1@chol.com
블로그 | http://blog.naver.com/fabrice

ISBN 978-89-6664-002-7(03800)

구름서재